# 星をつなぐ手

## 桜風堂ものがたり

村山早紀

PHP
文芸文庫

○本表紙デザイン＋ロゴ＝川上成夫

# 星をつなぐ手
## 桜風堂ものがたり

【目次】

目次イラスト・げみ
目次デザイン・岡本歌織（next door design）

沢本毬乃（まりの）——小野田文房具店の女主人。本職は染織家。大柄な美人。

蓬野純也（よもぎのじゅんや）——見た目と知性と才能に恵まれた売れっ子作家。人付き合いもうまく、性格もいい。一整の従兄弟。

高岡　源（たかおかげん）——大人気の『紺碧の疾風』シリーズの著者。五十を過ぎて売れっ子に。デザイン会社勤務の営業職。穏やかで腰が低い。

団　重彦（だんしげひこ）——デビュー作『四月の魚』は一整が見出したことがきっかけでベストセラーに。かつて活躍した著名な脚本家。

柏葉鳴海（かしわばなるみ）——本好きの大女優にして元スーパーアイドル。通称「なるる」。苑絵の母の古い友人。

福本　薫（ふくもとかおる）——桜野町町長。定年まで出版業界で活躍した後、Ｕターン。白髪の美女。

大野　悟（おおのさとる）——福和出版社営業担当。明るく素直、商売もうまい。

夏野耕陽（なつのこうよう）——渚砂の離別した父。大手出版社に勤める著名な編集者。

アリス——桜風堂書店の賢い三毛猫。

船長——年齢不詳の白いオウム。態度が大きい。

## 登場人物紹介

月原一整（つきはらいつせい）———桜風堂書店書店員。元銀河堂書店文庫担当。山間の小さな店の再生に取り組む。他者と関わることを避ける傾向にあったが、多少変わってきたらしい。書評ブログ「胡蝶亭」の書き手。

卯佐美苑絵（うさみそのえ）——銀河堂書店児童書担当。内気で美しい娘。絵を描くのが得意。一整を心ひそかに慕っている。

三神渚砂（みかみなぎさ）———銀河堂書店文芸担当。若きカリスマ書店員。苑絵とは幼馴染。書評ブログ「星のカケス」の書き手。

柳田六朗太（やなぎたろくろうた）——銀河堂書店店長。業界の風雲児と呼ばれた豪快な男。万引き事件で店を辞めた一整を、なにかと気遣う。

金田　丈（かねだ　じょう）———銀河堂書店のオーナー。裕福な実業家。戦後、灰燼に帰した風早の駅前商店街を復活させた地域の偉人。

桜風堂店主（おうふうどう）——明治時代から続く店を一整に託す。良き書店人。

透（とおる）————桜風堂店主の孫。本好きな利発で優しい少年。

藤森 章 太郎（ふじもりしようたろう）——音楽喫茶「風猫」店主。一流出版社を早期退職した元人文分野の名編集者。全国の書店員たちと付き合いがある。妻は東京在住の児童書編集者。娘は海外留学中。

沢本来未（さわもとくるみ）———漫画家の道を断念し、小野田文房具店の二階でひきこもっている美大生。繊細な心の持ち主。毬乃の妹。

# 序章　白百合の花

「……『年をとると、慣れ親しんできたはずの我が身にも、いろいろとびっくりするようなことが起きるものだ』」

柏葉鳴海（かしわばなるみ）は、浮かんだ言葉を口に出しつつ、原稿用紙に愛用の万年筆でさらさらと字を埋めていく。ブルーグレイのインクは今日も美しい。二十四金のペン先はよくしなって、子どもっぽくて癖のある鳴海の文字さえも、上手（じょうず）な筆致のように見せてくれる。

若い頃から長年書き続けている、週刊誌のエッセイだ。気楽に気軽に好きなことを、といわれていたので、飽きっぽく気まぐれな彼女にしては続けられているのかも知れない。

古く小さな温泉宿は、箱根（はこね）にある。メジャーな通りからは少し外れた場所にあるせいか、どこか隠れ家めいて静かだ。若い頃からの定宿（じょうやど）なので、文字通り匿（かくま）うように鳴海がここにいることを許してくれる。なので、鳴海はひとりになりたくなると、ひょいとここを訪れるのだ。

「『この間は、なんと鼻毛に白髪を発見した。――鼻毛だよ？　髪だけじゃなくて、こんなところまで白くなるって信じられない、って思って』……。

うーん、ちょっと品が悪いかなあ？」

鳴海は腕組みをして原稿用紙を見つめた。古い籐の座椅子の背もたれが、ぎしぎしと音を立てる。

仮にも元スーパーアイドルにして、いまや国内外の映画賞にノミネートされるのは当たり前、受賞歴だっていくつもあって、お茶の間の皆さんに敬愛される、なるるのエッセイに「鼻毛に白髪」はありなのか。

しばし考え込み、けれどやがて、

「ま、いっか」

笑いながら、また万年筆を手にとった。

「いいじゃん、いかにもなるるが書きそうなエッセイって感じでさ」

部屋には磨りガラスごしに夏の日差しが入って明るい。といっても、山間の古い旅館の空気はしんと冷えている。エアコン無しでも、充分涼しいのだ。さっきテレビの昼のニュースでは、都内は今日も三十五度を超えた、といっていたけれど、ここは別天地だ。潮騒のようなひぐらしの声が心地よく降りそそぐ。

「ごめんね」

鳴海は舌をぺろりと出した。自分だけ夏から逃げているような気がして、少しだけ――あくまでも少しだけ、街で働く友人知人に申し訳なく思う。秋にスタートの連続ドラマ、鳴海の出番が無い部分の撮影は、今日も灼熱の下界で続いているはずだった。大正時代の華族のお話で、それも秋から冬までの季節の物語なので、みんな豪華な衣装を身にまとう。屋外のパーティシーンもあったので、撮影はさぞ暑かろう。ではスタジオの中で撮影するシーンは涼しいかというと、ライトの熱で服の下の汗ばんだ肌が蒸され、煮えそうになる。

「ほら、エッセイの〆切りが迫ってるしさ。自主缶詰って奴？」

誰にいうわけでもなく、ついいいわけをする。いつものことだもの、楽に書けるからと油断していたら、うっかり〆切りを過ぎてしまったのだ。自宅のマンションで考えていても煮詰まってきそうで、明け方にタクシーを捕まえて、この山里まで逃亡してきた。

このエッセイ。連載はもう何年目になるだろうか。

「――何年どころじゃないや。何十年目って話だよ」

本をよく読む変わったアイドル、ということで珍しがられて声がかかったのは、まだ十代の頃のことだった。三ヶ月でいい、短いエッセイを連載して欲しい、と。

もちろん事務所のプッシュがあってのことだとわかってはいた。それでも嬉しかった。ただ、言葉を知らない、頭もよくない自分に、大人向けの雑誌の連載なんて無理だと思った。怖かった。

そもそもまともな文章なんて書いたことが無い。学校で書かされた、作文と読書感想文、絵日記くらいだ。国語の成績もよくなかった。エッセイは読むのは好きだけれど、こんな自分に書ける物なのだろうか。

（でも、思ったんだよね）

毎週原稿を書いていったら、文章の勉強になるかも知れない。ものを考える癖だってつくかも知れない。わからないことを調べながら書いたら、世の中のことにも詳しくなれるかも。

仕事が忙しくて——そのこと自体は喜ばしいことだったのだけれど——せっかく入学した高校にはほとんど通えていなかった。家の事情で、中学校の勉強もまともにできなかった彼女だったのに。

アイドルの仕事は好きだったけれど（今でも芸能の仕事は自分の天職だと思っている）、二十四時間ほぼ仕事しかできない、今の状況ではいけないといつも思っていた。自分が空っぽになりそうで。だから最後の砦のような気持ちで、撮影の待ち時間や、移動の車内での時間、寮で寝る前のわずかな時間に手当たり次第に本を読み、活字に触れ続けていたのだ。

（国語の勉強だと思って、やってみよう）

下手だったら、相手が断ってくるだろう。できるだけのことをすればいい。いつも仕事をするときと同じように。

悩みながら、辞書を引きながら書いた。最初は原稿用紙の使い方もわからなかった。鉛筆で書いて、書き直して、消しゴムを何度もかけて、破いてしまったりもした。事務所の先輩たちやマネージャー、現場で会うおとなたちが、面白がってあれこれ教えてくれた。おとなにもいろんなひとがいる。みんなが善人というわけではないけれど、普段は荒っぽいひとや何かと評判が悪いひとたちでも、頑張る高校生、いつも努力家の新人アイドルには優しかった。

参考になりそうな本を貸してくれたり、使い古しの辞書をくれたりした。鳴海によく声をかけてくれていた大御所の女優は、山ほどの原稿用紙に高価な万年筆を添えて贈ってくれた。――そのひとも家庭の事情で苦しんだ過去があると聞いたことがあるので、過去の自分を見るような気持ちになったのかも知れない、と鳴海は当時思った。

鳴海もその大女優も、父親を早くに亡くし、故人の残した借金を自分の稼ぎで返し、家族を支えて生きていたのだ。芸能事務所に入る前は、いろんなアルバイトに忙しく、学校は寝る場所でしかなかった。そんな話、面と向かってしたことがあるわけではなかったけれど、わずかな言葉を交わしただけで、たぶん、思いは共有できていたから。

大女優は週刊誌の連載を楽しみに読んでくれ、葉書に綺麗な字で書かれた感想を毎週寄せてくれた。葉書にはかすかな百合の花のような香水の香りが残っていて、鳴海はこんなおとなになりたいと憧れたものだ。彼女の使っていた香水の銘柄を聞いて、百貨店で買い求めたものの、自分には似合わないと思い、瓶だけ部屋に飾っていたりもしたものだった。

連載は好評で、三ヶ月の予定が一年になり、三年になった。やがて「お時間がある限りでいいですので、どうぞ続けてください」と編集者に頼まれるような人気連載になった。

鳴海の方も、この連載のおかげで、文章を書くということに抵抗がなくなり、気がつくとエッセイの仕事をいくつもこなせるようになった。書いたものをまとめた本も数冊上梓して、それぞれに売れ、版を重ねている。

長い時間が経ち、大女優はもういない。祭壇にあふれるほどに白い花が飾られた告別式の、あの美しい遺影と、そこに満ちていた白百合とドイツ鈴蘭の香りを、鳴海はきっと忘れられないだろうと思う。

あの日贈られた万年筆は今も美しい文字を綴ることができる。大女優から葉書が届くことはもう無いけれど、この万年筆で書いていると、彼女の好きだった香水の香りを身近に感じるようで——言葉を交わせなくても、そばにいてくれる気配を感じるような、そんな気がするのだった。

ほんとうに時間が経ったなあと思うのは、日本で雑誌の売れ行きが落ちたということで、鳴海のエッセイの連載が終わることがあるとしたら、それは打ち切りではなく、雑誌が終わるときになるだろうということだ。

「鼻毛が白髪になるくらいの時間が経っちゃったんだもんね」

苦笑する。

十代の何も知らなかったアイドルが、かつて自分のエッセイに毎週感想の葉書をくれた、そのひとの年齢を超えてしまった。当時の彼女の忙しさを思うと、それがどれほどの厚意だったのか、心が痛くなる。今の自分に同じことができるだろうか。ちょっと仲がいいだけで、たまにすれ違うだけの新人に。

順送り、という言葉が最近何かと思い浮かぶのも、年をとったということなのかも知れない。鳴海には子どももなく、後の世に残してゆくものは何も無い。出演した作品と、記録に残った言葉、書き残したものくらいだろうか。そのどれもがいつか、風に吹かれるように忘れ去られ、消えていってしまうだろう。これまでに作られ、残されてきたいろんなものたちと同じように。彼女自身の人生のように。

彼女に、そして、彼女の残すものたちに、どれほど、誰かを幸せにし、この世を幸福な方向に変えていくことができるだろうと思うと、我が身の無力さに切なくもなる。生まれてきたからには、この世界に生きた証を、それもできることなら、より美しく幸せな記憶とともにこの星に刻まれるような、そんな人生でありたいし、ありたかったと思う。

「もうちょっと才能に恵まれたかったし、美人にも生まれたかったなあ。外国語をばりばり学んで、海外の仕事ももっとしたかった」

そうしたらもっと、できることも多かっただろう。良い仕事もできただろう。人生の残り時間について思うとき、歯がみしたくなることも多い。

「でもね」

そんなときふと、祭壇で見た大女優の白百合の花のような、優しいまなざしを思い出す。彼女だってきっとそうだったのだろうと。病床でなおも脚本を読み、役作りのための本を読んでいたという彼女は、生涯休むということがなかったという。

きっとひとは、もっともっとと上を目指すのだ。少なくともそうであるべく運命づけられた人間は。泳ぎ続ける魚のように。飛び続ける鳥のように。

白い花の香水の香りをふと感じ、鳴海は顔を上げた。

「とにかく、エッセイ終わらせよう。わたしの出番が回ってきちゃう」

これを終わらせて、灼熱の都会に、帰るのだ。仲間たちが待つ場所へ。

古い万年筆は心地よい音を立てて、原稿用紙にブルーグレイの文字を綴ってゆく。最初にこれを手にしたときと変わらぬ誠実さで。


宿の女将が、お茶とお菓子を持ってきてくれた。鳴海よりもかなり年上のはずなのだけれど、絽の着物が似合っているせいもあって、老いは感じない。その仕事に誇りを持っているひと特有の、どこか精霊めいた、静かな落ち着きとひんやりとした熱さを感じさせる女性だった。

お茶は薫り高く、いつもの通りにちょうどよい熱さだし、お菓子は手作りの林檎羊羹だった。よく冷えているものがガラスの器にのせてある。器も添えられた銀のフォークも氷のように冷えているのは、当たり前のことだ。

冬にとっておいた林檎やいろんな果物をジャムにして冷凍保存してあるのだそうで、この宿では果物を使った菓子や料理がよく供される。

いつものように、おいしいおいしいと鳴海が舌鼓を打つと、女将はこれもまたいつものように障子のそばで楽しげに笑っている。

「今夜は良い鮎を用意してございます。それにとれたての野菜を色々と」

「ありがとうございます」

ただのお礼ではなく、意識して感情を込めて礼を述べる。

女将は畳に手をつき、頭を下げて廊下へと下がり、美しい仕草で障子を閉めた。丁寧で恭しいその様子は、相手がどんな客であろうと変わらない。そもそも昔、鳴海が初めてこの宿にたどりついたときには、彼女は無名の小娘に過ぎなかった。珍しく時間ができた夏の日に、ゆくあてもなく箱根をふらついていて、偶然迷いこんだ彼女は、このクラスの宿ならば、「あいにく今日は空いている部屋はございません」などと嘘をつかれ、追い返されることがあってもおかしくはなかったろう、と今の鳴海なら想像がつく。けれど女将は、「いらっしゃいませ」と笑顔で鳴海を迎え入れた。

「まあ、汗をたくさんかかれて」と冷たいおしぼりをさしだし、子どもにするように、さりげない仕草で額の汗を拭いてくれた。宿の人々は、井戸の水を汲んだ木の盥と、ふかふかしたタオルを持ってきてくれて、疲れて汚れた足を洗う手伝いをしてくれた。

その頃から、女将の表情も、その態度も変わらなかった。親切な宿の人々の態度も、女将の弟だという板前が作る料理の味も変わらない。鳴海はこの宿が好きだった。きっとこの先も好きだろうと思う。

あれはいつだったろう。もうずっと昔に、ふとしたはずみで女将から礼をいわれたことがある。

「あの日、柏葉様がおいしい、また来たい、といってくださったから、この宿を続ける決心をしたのでございます」と。

歴史のある宿だったけれど、女将の子どもは都会に出たきり戻ってこない。後を継ぐものもなく、人手も足りず、夫はその少し前に病気で亡くしていて、もうこの仕事は辞めよう、宿は自分の代で終わりにしようと思っていた頃に、たまたま迷いこむようにこの宿にたどりついた鳴海が、料理をよろこび、おいしかった、また絶対に食べに来たい、この宿に泊まりたい、といってくれた。そのときの表情を見て、ああもういちどこの笑顔を見たい、何遍でも見たい、この宿を続けようと決心したのだと。

それはもう、鳴海自身も覚えていないほどに昔の、それも鳴海にはよく口にする一言でしかなかった。ほんとうにおいしかったからそういい、居心地がよかったから、また来たいといった。それだけのことだったろうと思う。

けれど、鳴海の言葉は知らない間に、魔法のような力を得て、古く小さな宿の女将の心を支え、居心地の良い宿を守っていたのだった。

(伝えることが大事なんだ)

そのとき以来、鳴海は忘れないようにしようと思っている。

感謝の思いや、嬉しかったこと、大切に思っているということは、言葉にして伝えておこうと。そうすれば、いつか言葉は魔法になり、自分が大切にしている何かを守り、幸せにするかも知れないから。

多少は才能に恵まれ、運も味方してくれて、けっこう努力家でもあった鳴海だけれど、もちろんただの人間なので、できることには限りがある。けれど、言葉には魔法の力があるかも知れないから。

生きているうちに、たくさんの魔法を世界に放っていこう。

「まだ一応は若いってわかっちゃいるのよ」

鳴海は呟いた。鼻毛が白髪になろうとも、年寄りという年齢でもない。自分の人生の残り時間を数えるのは、まだ早いだろうということも。

けれど、同世代の友人知人が、数日会わないうちに斃れていて、突然の訃報を聞くような、そんな年齢には足を踏み入れている自覚はある。

どれほどのことが、自分にできるだろう？

あとどれくらいの回数の夏を迎えられるだろう？

さざめくようなひぐらしの声を聴きながら、焦りを感じる。——まだ切羽詰まってはいない、どこか甘く切ない焦りだけれど。

風が吹く度に磨りガラスに当たる緑の枝は、あれは桜だ。花の盛りの頃にこの宿にいたことが何度もあるから知っている。今は夏の葉を茂らせた、若々しい姿だけれど。

来年の桜は、見られるかも知れない。けれど、次の年、その次の年の桜も無事に見られるという保証はどこにも無いのだ。

「――桜野町の桜、来年は見られるのかな」

ここと同じ、山間の古い観光地を一面に埋め尽くすという桜の木々。その桜の群れに守られるようにある小さな町と、小さな書店。

この夏にふとしたことから訪れるようになったその町と書店のことを、鳴海は静かに思いだした。今年の桜には間に合わなかったけれど、来年の春には、薄桃色の霞のようだというその桜に巡り合えるのだろうか。

桜の木々に包まれた小さな書店で、本を選ぶこともできるだろうか。

鳴海は、微笑み、頬杖をついた。

エプロンが似合う、背の高い優しげな書店員の青年と、賢そうな少年、白いオウム、愛らしい子猫のいる、どこか童話めいた雰囲気のある店だった。青年は奇しくも彼女と縁のある作家の書いた本を推して売ってくれた恩人なので、それもあって彼女はその書店には好感と愛着しか持っていない。どこで買ってもいい本があれば、時間を作ってタクシーではるばる出かけていくほどには肩入れをしている。仕事関係の友人知人にもいつもその店の宣伝をしている。

「桜風堂書店さん、何とか続いていって欲しいなあ」

守ってあげたい、と思う。閉店する運命にあったろう書店を、若い書店員が受け継いだ、と聞いたことには感動した。彼女は浪花節的なものに昔から弱いのだ。

それに、ここ数年――いやもう十年、二十年近くも続く変化なのか、ばたばたと書店が閉店し、町から消えていっている、その流れが辛くて、悲しかった、ということもある。

若い頃、鳴海が勉強のためにといろんな本を買い込んだ、芸能事務所の寮のそばにあった町の書店も今はもう無い。建物は取り壊されて、アスファルトが敷かれて、コインパーキングになってしまった。

小さな台形の土地には、昔、親切な店長さんとその家族が営む、二階建ての書店があった。一階には雑誌と文庫本、文芸のベストセラーに実用書、軋む階段を上ると、二階には学習参考書と漫画の単行本。今も目をつぶれば、間取りや棚の配置を思いだせる。

高校生の鳴海が、本を読みたい、読もうと決めてその店に通い始めた頃、天井まで高くそびえる本棚がいくつも並び、そこにぎっしりつまっている本の山、いや渦に幻惑され、何を読めばいいのかわからなかった。

本を読むという習慣を持たなかったその頃の鳴海には、自分が読むべき本、楽しいと思える本の探し方すらわからなかったのだ。

途方に暮れて、でもとにかく本を手にしたくて、手当たり次第に選んで買って帰ることが続いたある日に、

「お嬢さん、よければ本を選んであげましょうか？」

レジの奥から、優しく声をかけてくれた、眼鏡をかけた店長さんのその言葉が無ければ、今の鳴海は存在しないかも知れなかった。

店長さんは、鳴海の死んだ父親くらいの年齢だった。中学校しか出ていなかった、酒好きでけんかっ早かった父とは雰囲気も物腰もまるで違っていたけれど、人好きのする笑顔と、店に来る子どもたちを見やるあたたかなまなざしはとても似ていて、鳴海はすぐにこのひとに懐き、店長もまた、鳴海をかわいがってくれたのだった。

店長は鳴海と会話をしながら、彼女が好みそうな本を選んでくれた。予算を聞いてそれに合わせて選んでくれた。漢字が苦手な彼女でも読める本を見繕い、読み疲れしないような厚さの本をそれとなく薦めてくれた。

あの時代、岩波文庫をたくさん読んだ。茶色い表紙の本にかかった、半透明の薄い紙——グラシン紙というのだとあとで知った——のその手触りが今も忘れられない。あの頃買った本は今はもう古びてぼろぼろになってしまったけれど、いつも持ち歩いて、繰り返し読んだ記憶は色褪せない。

アンデルセンの童話を読み、ジャムの詩集を読み、少しずつ古典文学に手を出すようになり、その頃には、岩波新書をきっかけに、各社のいろんな新書にも手を出すようになっていた。そうして世の中のことや人類とその歴史や文化について学ぶようになったのだ。合間に話題の本やベストセラーも、店長に教えられて手にし、楽しむようになった。

並行するように、鳴海は週刊誌の連載の仕事を始め、続けていって、店長やその店の人々も、鳴海の連載を応援してくれていたのだ。

最初の頃は毎日のように通っていた店だった。——けれどいつか、その回数も減っていた。ひとりで本を選べるようになった鳴海は、もう初めての書店や、大きな書店に行っても、自分で本が買えたし、正直、町の小さな書店では、品揃えが物足りなくもなっていたのだ。仕事がさらに忙しくなって、帰宅の時間も真夜中や夜明けになり、町の書店が開いている時間に間に合わなくなったから、ということもある。

そんなある日、久しぶりに店の前を通りかかると、閉まったままのシャッターには、閉店の挨拶が書かれた紙が貼り付けてあった。

四十年続けた店だったけれど、諸般の事情から、勝手ながら店を畳むことにしました、と丁寧な言葉で書かれていた。この町のこの場所で本を商うことが、自分たち一家にとっては、何よりも幸せで、生き甲斐でもありました、と。

記された閉店の日付はもう一ヶ月も前で、鳴海は張り紙の前で立ち尽くした。まだ店が開いている頃に来たかった、せめて閉店の日にお別れに来ることができていれば、とうなだれた。この数ヶ月、自分は何も知らず、楽しく仕事をし、笑ったりもして生きていたのだ。他の書店で本を買ったりもして。何で一度でも、この店に足を運ばなかったのだろうと思った。

鳴海が店を訪れることを、店長や家族がもし待っていたとしたら――そう想像するのがいちばん申し訳なく、切なかった。

あれはインターネットが普及する前の時代のことで、閉店した書店の店長や家族たちが、その後どこに行ったのか、幸せに暮らしているのか、鳴海には捜しようもなく、今もわからないままだった。元気でいて欲しいとずっと願っている。あんなに本と書店が好きな人々だったから、できればどこかの町でまた書店を続けていてくれればいいのに、とも夢見てしまう。

鳴海の仕事を、どこかで見守っていてくれるのだろうか、懐かしく思ってくれることもあるのだろうか、と思いつつ、だとしたら余計に申し訳ないように思ったりもするのだった。

あの町の書店——柏葉鳴海という人間の心と知性を育ててくれた小さな書店は、もう鳴海の思い出の中でしか訪ねて行けない場所になってしまった。

今の時代、そんな風に誰かの思い出の中に移転した書店は、たくさんあるのだろう。鳴海はネットに疎（うと）いので、Twitter（ツイッター）などはしないけれど、そこではよく書店の閉店の悲報が流れるという。新聞で一日にひとつの書店が閉店している、と読んだのは三年前だったろうか。その後、状況がよくなったとも聞かないので、今も日々、書店は町から消えていっているのだろうと思う。

鳴海は優しかった店長の笑顔や声を思い出す。棚にふれ、本の背表紙を優しくなでて整えていたその指先や、面白そうな新刊が入ったから、と目を輝かせて、鳴海に説明してくれていた、そのときの様子を。一日ひとつ消えていった書店にも、きっとあの店長のような人々がいて、自分の仕事を愛しながら、働いていたのだろうと思う。——そして、万策尽きて、愛したその店を畳み、町から去って行ったのだろう、と。

鳴海は目を閉じ、桜風堂書店を思う。見たことのない、桜の花霞の中に佇（たたず）むその店の姿を想像する。まぶたの裏側でその姿は、思い出の中の懐かしい書店の姿と溶け合っていって、今は無いその店が、桜の花の中にあるような、そんな目眩（めまい）のような錯覚（さっかく）が訪れたのだった。

# 第一話　夏の終わりの朝に

液晶に取次の配本予定を映し出したパソコンの前で、一整はつぶやいた。

「――しまった」

入荷するだろうと思い込んでいた、それを疑いもしなかった、『紺碧の疾風』の最新刊が入らない。

桜風堂書店への入荷予定の冊数がまさかの〇冊になっていた。

テーブルに突いたてのひらが汗ばむのを感じる。

時代物の大人気シリーズの、久しぶりの新刊だ。さる殿様の御落胤で、長崎で蘭学を修めた心優しい女医、美鈴と、彼女の守り役にして幼なじみの若侍、斎藤伊織が、互いに秘めた思いを隠しつつ、町の平和を守る物語だ。

主人公たちのまわりを固める、江戸の町の魅力的な人々や美鈴の忠実な愛犬、愛らしい愛猫の人気に、美味しそうな料理の描写も大好評で、今度の新刊で第二十巻。泣けて笑える名作と、好調に版を重ね、キー局でのテレビドラマ化も決まっているという噂（うわさ）もある。

年齢層の高めなこの店のお客様には愛読者も多い。あの方もこの方も、と顔が浮かぶ。みんな、四日後の発売日には、勇んで桜風堂を訪れるだろう。

（油断したなあ）

入らないと知っていれば、事前に発注できないか問い合わせることもできたし、あれやこれや、手を打つこともできた。

大手の版元（はんもと）の本だ。以前働いていた老舗（しにせ）の書店、銀河堂（ぎんがどう）書店では、当たり前のように、文庫の新刊が入ってきていた。駅のそば、百貨店の中にある、やはりお客様の年齢層の高めな書店だったので、特にこの時代物のレーベルは、版元の営業も笑顔で挨拶（あいさつ）に来ていた。

既刊も安定して売っていることもあって、レーベルで力を入れている新刊が出るときは、何もいわなくても拡材（かくざい）（本の宣伝のために店内に飾るパネルやポスターなど）を抱えて店に来てくれていたものだ。フェアの提案も受けたし、こちらからそれを企画して、売り上げを伸ばしたこともある。サイン本だって、何十冊も置かせてもらい、いつだって全部の冊数を売り切った。特に、『紺碧の疾風』はかなりの数を売った。一整自身が好きな本だったこともあり、いつも力を入れていた。ＰＯＰも描いたし、既刊のあらすじを一巻ごとにまとめた、宣伝用のちらしのようなもの——ペーパーを作ったこともある。

版元営業と担当編集者に連れられた著者、高岡源が店に挨拶に来たことだってある。高岡は下積み時代が長かった作家だった。若い頃、大きな新人賞を受賞したものの、その後が続かなかった。小さなデザイン会社に勤めながら、こつこつと書き続け、五十過ぎてから書いた書き下ろしの文庫がヒットし、そこから売れっ子作家になったという遅咲きの経歴の持ち主だった。

穏やかな腰の低い人物で、笑顔とまなざしが明るく、柔和だった。丁寧に書かれた色紙を貰い、「わたしの本をたくさん売ってくださってありがとう」と、深く頭を下げられ、包み込むようなあたたかな手と握手したとき、この著者の本は売ってあげたい、とひそかに思ったものだ。

そのときも、営業の彼は、そばで笑顔で見ていたのを覚えている。

（甘かった……）

いつも笑顔だったその営業氏には、この店に移ったということをメールで連絡していた。その後も簡単な用事があってメールを送った。そういえば、どちらのメールにも返信が無かった。忙しいのだろうと深く考えていなかった。

桜風堂書店に勤めるようになってから配本された、その版元の時代物のレーベルの本の入荷冊数はずいぶん渋かった。けれど、それはどこかで諦めがついていた。

自分がこの店に来たからには、あの大手版元とも以前からのつながりがあるのだから、改善してゆけるだろうと考えていた。その程度に諦めのつくタイトルだったから、ともいえる。

けれど、『紺碧の疾風』となれば、話は違う。配本がつくことを疑ってもいなかった。多少少なくても仕方ないだろうけれど、と。拡材だって届くだろうと。思い入れのあるシリーズ、売ってあげたい著者の本だけに、桜風堂でも変わらずに、売ってゆくつもりだった。なのに。

(銀河堂を離れたからには、あの書店員とはつきあわなくていい、と判断されたんだな)

ゆっくりとそれに気づいた。——あの大手営業氏の笑顔は、一整に向けられていたものではなかったのだ。銀河堂書店に向けられていたものだったのだろう。その店の文庫担当が、一整でなくてもよかったのだろう。

(裏切られたように思うのは、子どもっぽいことなのかも知れないな。甘かったんだ。これはビジネスなんだから)

あの笑顔を信じた。どこかで友達のように、戦友のように思っていたかも知れない。福和(ふくわ)出版の大野(おおの)のように、変わらずに接してくれた版元営業もいたから、それが当たり前のように思っていたのかも知れない。でもそれはたぶん、幸運なことだったのだろう。

頭では理解できる。けれど、心の芯が冷えた。

四日後に発売の新刊をどうすればいいのだ？　どうすれば、『紺碧の疾風』最新刊を店に並べられる？　お客様はきっと、あの本が店に並ぶと信じ、楽しみにしているのに。

自分が切り捨てられるのはいい。けれど、桜風堂という店と、そのお客様たちが見捨てられるのは耐えられなかった。

桜風堂書店は、田舎の小さな店だ。けれど、明治の昔から、この山間に文化の火を灯すために続いてきた書店であり、読み手であるお客様たちを育て、はぐくみながら、店の方も支えられてきた、人々に愛された書店だ。出版不況と本を取り巻く状況の変化の中、近隣にある他の書店がみな斃れ、消えてゆく中で、今の代の店主の工夫と舵取りで、生き延びてきた店なのだ。

その店主は病に倒れ、死は免れたものの、まだ本調子に戻ったとはいえず、一整を信じ、店のすべてを預けて、入退院を繰り返している。いちばん悪い時期は過ぎ去ったとはいえ、店に何かあれば命に差し障りがありそうな予感がして、一整は恐ろしくなる。家族を早く亡くした一整にとって、父親でもあり祖父でもあるような、そんな存在のひとだった。

そのひとから託された大切な店を、ぞんざいに扱われるのは、許せなかった。自分が任された店であるからには、お客様をがっかりさせたくなかった。

「──一整さん、どうしたんですか？」

ひとの感情に鋭敏な透が、棚を拭いていたその手を止めて、振り返った。

エプロンがよく似合う少年は、小学六年生。桜風堂書店の店主の孫だ。この夏休みの間に、出会った頃よりもよく笑うようになった。今朝も、つい今まで、楽しげに学校の先生の話などしてくれていたのだけれど、気遣わしげな、不安そうな表情になる。

『ドウシタノ、ドウシタノ』

窓のそばに置いたかごの中で、白いオウムの船長が、止まり木で足踏みするようにしながら、楽しげにくりかえす。『ドウシタノドウシタノ、ナニガオキタノ？』首を捻る。『ヒジョーシキ、ヒジョージタイ？　ギャーギャー』

船長は前の飼い主から託されて一整と暮らすことになってからわりと長いのに、考えていることに謎の多いオウムだ。一整とともに、縁あってこの町で暮らすようになった。鳥の感情表現はいまひとつわかりにくいけれど、透や店のお客様たちに賢い、かわいい、と褒められるのが嬉しいらしい、ということは見て取れる。ここでの暮らしが気に入っていることも。

そばの椅子の上で丸くなって寝ていた、透の友達、三毛猫（みけねこ）のアリスが、うるさいというように薄く目を開けて、また眠った。こちらは透の親友で、透が家と店にいるときは、いつもそばにくっついている。この店の新入りの一整のことは、まあまあ認めてやってもいい、と思っているようだ。出会ったときは子猫だったけれど、猫の成長は速いので、この数ヶ月の間に、ずいぶん大きくなった。

もう九月も近い、夏の終わりの午前中のことだった。山間の桜野町（さくらのまち）にある、桜風堂書店の店内には、細く開けた引き戸と窓から、さわやかな風が吹き抜ける。炭酸水のようだ、といつもなら一整はその肌触りに幸福を感じるのだけれど、今朝はその余裕もなかった。

小鳥たちのさえずりと木々の葉擦（はず）れの音、ひぐらしの声があちこちから、音のベールで包み込むよう。この町での当たり前の日々の繰り返しは、いつも心地よく、一整は自分がこの古い書店での日々を選んだことを、繰り返し繰り返し、正しかったと思ってきた。

きたのだけれど――。

「なんでもないよ」

一整は笑顔で、子どもとオウムに答えた。

「しなけりゃいけないことがあるのをひとつ、忘れてたってだけさ。ひとつだけね。――でも、もう思いだしたから、大丈夫」

「――よかった」

透が微笑んだ。おとなびた笑顔だった。相手を好きで、信頼しているから、疑わないふりをしていよう――そんな笑顔だと思った。

一整はパソコンのブラウザを終了させて、蓋を閉めると、「配達に行ってくるね」。まとめていた雑誌の束を摑んだ。

「近所だから、すぐ帰るよ」

「行ってらっしゃい」

一整は振り返り、片手を振ると、急ぎ足で店の外に出た。自分の心を落ち着けたかったし、それがすむまでは、透のそばにはいたくなかった。

かけたまま出てきてしまった、店のエプロンを風になびかせて、自転車を漕ぎながら、考える。

（落ち着こう。――配達が終わったら、店に帰って、版元に電話をかけて、何とかならないか訊いてみよう）

まずはそれからだ。――万が一の事故かも知れないし。

（と思いたいけれど、そうじゃないんだろうなあ）

口の中が苦くなる。この店の配本事情が悪いということは、以前から店主に聞いていた。悲しいかな、田舎の店や小さな店に新刊が行き渡らないということは、珍しい話ではない。大人気作家の話題作が、都会の大規模店には、山のように届き、塔のように積み重ねられた様子がニュースになるのに、お客様のために一冊でいいから欲しい、と切望する小さな店には、その一冊すら入ってこないのだ。

桜風堂の店主や他の配本に恵まれない書店たちは、そんな中で、少しでも本をかき集めようと戦い続けてきているのだった。

つまり自分はそういう店をこれから支えていかなければいけないのだ、と、一整は改めて覚悟し、自転車のペダルを漕ぐ足に力を込めた。背筋が寒くなったのは、こわいからでなく、武者震いだと思いたかった。

「とにかく、『紺碧の疾風』最新刊を、発売日までになんとかしなくちゃ」

直納（版元営業が本を書店に直接持ってきてくれること）はまず無理だろう。それはわかっている。都内にある出版社からここまでは距離がありすぎる。遠回りの路線しかない電車よりは、自動車の方が早く着くけれど、営業車で急いできても二時間はかかるだろう。帰る時間を考えれば移動だけで四時間かかるわけで、それだけの時間を桜風堂のために割いて欲しいと頼む我が儘はいろんな意味で、今の一整にはいえない。今はもう、甘えられるほどの信頼も無いし、無理をいって本を用意して貰っても、銀河堂時代のようにはたくさん売れないだろう。

(自分でとりに行けたらいいんだけどなあ)

こんなとき、自動車の運転免許があればよかったと悔しく思う。学生時代に、多少無理をしてでもとっておけばよかった。ひとり暮らしで、ほぼ書店アルバイトの収入だけで生きてきた彼には、そんなお金も時間もなかったけれど、つい夢想する。自動車免許さえあれば、配本がなくても、取次に直接仕入れに行くこともできるのだ。

最悪、早売りされるような有名店に客として買いにいって、それを店に並べるという手も使うことができる。もちろん儲けは出ない、それどころか赤字になってしまうけれど、お客様の喜びは何にも代えがたいし、信頼を失うよりもよほどいい。

送料や手数料はかかるけれど、取次から取り寄せるという方法もある。けれど、それは在庫があればの話で、『紺碧の疾風』のように、新刊が書店同士で取り合いになるような人気の文庫は、取次にも版元にも在庫がなくなってしまう可能性がある。すると今から注文しても、重版がかかるかあるいは、各書店に配本された本が返品されて来るまでは、入荷しないのだ。

(入荷がいつになるかわからない本を待っているわけにはいかない)

お客様を待たせるわけにはいかない。発売日には、本が欲しい。

相談するとしたら、やはり、あの見知っている営業になる。あの版元の時代物文庫のレーベル担当だったのは彼だからだ。気が進まなかった。もともと諍いが好きでなくそれを避けてきた一整は、ひとに感情をぶつけることになれていない。淡々と交渉すればよいのだと頭ではわかっていても、いざ会話を始めれば、恨みがましい口調になってしまいそうで、やりとりを想像するだけで疲れた。

それでも、緑に包まれた、歴史ある避暑地、桜野町の美しい町並みを、涼やかな風に吹かれながら自転車で走っているうちに、いくらか落ち着いてきた。桜風堂店主が今また短期の入院中でいてくれてよかったと思うだけの余裕も出てきた。車輪の音が心地よい。

(まあ、いざというときは、電車に乗ってどこか近くの大型店に本を買いに行くさ)

銀河堂書店がもっと近くならよかったのにな、とちらりと思った。柳田店長に相談できれば——いやだめだ、と、自転車から降りながら、一整は首を横に振った。

雑誌の配達先の喫茶店に向かって歩きながら、自分にいいきかせるようにつぶやいた。

「——ぼくはもう銀河堂の人間じゃないんだから、いつまでも店長を頼っちゃ駄目なんだ」

その大きな体軀で自分を慕う者をすべてかばい、手助けしようとする柳田六朗太は、器用で老練、けれどややお節介なほど善意に溢れた、愛すべき書店人だ。一整が事情で自分の店を離れたあとも、ずっと気にかけていてくれ、何かと助けてくれている。たぶん、ふたつの店がもっと近所にあれば、一日に一度通ってくるくらいのことはしたに違いない。この店が銀河堂のある風早の地から遠いことと、桜風堂の店主への遠慮から、柳田店長はまだがまんしてくれているのだ。

「店長は君を猫かわいがりしてるからね」

副店長にして外国文学担当の塚本保が、短いメールの最後にそう書いてよこしたことがある。そういった塚本自身も、何かと一整のことを心配し、遠くから世話を焼こうとしてくれているようなのだけれど。彼のおかげで、版元のPR誌や、若者向けの雑誌の書評コラムの仕事を斡旋してもらえたりもしている。

最近妙に銀河堂のことに詳しい、ネット仲間の「星のカケス」がいうには、

『僕が思うに、銀河堂書店のみんなは、君のことを「みんなの末っ子」みたいに思っているんだと思うよ。何だか寂しげで、危なっかしい感じがして、世話を焼きたくなるんだよ。』

星のカケスは、どこの誰とも知らない、けれど長い付き合いの友人だった。どうも一整と年が近いらしい、自称書店員だった。本人が記すキャリアからすると、一整より少し若いのかも知れない。

一整がそうであるように、書評ブログを書いて長いブログ主だった。誰よりも本の趣味が合い、賢くて気が利いていて、時として一整が舌を巻くほどに多種多様なことに知識があり、深く本を読みこむ読書能力も持っている。推定される年齢よりも大人びていて、なのに、ときどき驚くほどに不安定で繊細（せんさい）な一面も見せる。

一度もリアルでは会ったことがないので、彼が語ることはどこまでがほんとうなのかはわからない。いってしまえば、一人称が僕でも、女性である可能性もあるのだ。語り口からは、若い男性のように思えるのだけれど、肉声を聞いたこともないのだし、判じがたい。ただ、会えばリアルでもいい友達になれるだろうという予感はあった。いつかどこかで会う日が来るのだろうかと思うと、ちょっと楽しくなるような人物ではあった。

星のカケスは、以前、一整のメールがきっかけで、銀河堂書店に出入りするようになっていたのだけれど、最近は特によく行くようになり、書店員たちみんなと親しくなったのだそうだ。店の噂や、どの棚でどの本が売れているらしい、こんなPOPを見た、なんて興味深い話題を互いのブログのコメント欄や、Twitter（ツイッター）のリプライやメッセージを使って教えてくれるのだった。本人もそう書いていたけれど、よほど銀河堂書店が気に入ったのだろう。もともと明るい話し口調だったけれど、最近はとみに、上機嫌で嬉しそうな感じで、一整（や、彼が引き継いだ桜風堂書店の公式アカウント）に話しかけてくれるようになった。

「――みんな、元気かな」

書店員仲間の、みんなの顔が浮かぶ。一整が銀河堂を去ったとき、心配し別れを惜しんでくれた、あのひとこのひと。そして、一整があの店で推したかった名作『四月の魚』を彼の思いを継ぐように、華やかに展開して、売ってくれた、仲間たち。銀河堂書店が入っている老舗百貨店星野百貨店の応援もあって、『四月の魚』は銀河堂書店で劇的に売れて話題になり、そしてそれをきっかけに全国的な大ベストセラーになった。

一度光が当たる場所に出てみれば、著者がある時期著名な人物だったということもあり、その後も売れ続け、このままロングセラー化しそうな兆しを見せている。

何よりのことだ、と、一整は思う。一過性のベストセラーは華やかだけれど、あっというまに売り場から消えて、誰の記憶にも残らない。それよりもずっと売り場に残り、日本中のあらゆる書店の棚にいつもある本になる方が、本としてはよほど幸せなのだ。時代を超え、著者や版元や、一整たちその本を売った書店員たちが、この世からいなくなっても、本は残る。書いた著者の、売った一整たちの、思いを刻み、運ぶ船のように。優れた本は永遠の命を宿し、時を超えてゆくことができるのだ。これまでの多くの本がそうだったように。

ふと、一整は銀河堂のかつての同僚、児童書担当の卯佐美苑絵(うさみそのえ)が描いた、一枚の絵を思い出す。

『四月の魚』の宣伝のために描かれた絵は、星空と魚の群れと、川の流れと、目を閉じて地上に立つひとりの女神(めがみ)のような女性の絵だった。作品の世界観を一枚の絵にしたような、無限の宇宙と生命の象徴(しょうちょう)のような絵だった。

同時に、この絵を描いた苑絵自身のような絵だな、とも、一整は思ったのだった。静謐(せいひつ)で、穏やかで、優しげだけれど、秘めた熱さを感じるような。水晶や、氷、水の流れの中に閉じ込められた炎のような、そんな絵だと思った。

苑絵本人にはその後、会う機会がなかったし、思ったことを直接伝えるきっかけもなかった。そもそも彼女に会えたとしても、本人に思ったことをストレートに話すことはできなかったろう。

会話することは得意ではない。ましてや、ひとが描いた絵を褒める言葉なんて、自分ごときが何をいう、偉そうに、というためらいがある。一整は一介の書店員、美しいものが好きで多少わかる、という自負はあるけれど、その感覚に何らかの権(けん)

威や裏付けもあるわけではない。

苑絵のイラストをポスターにして、桜風堂に飾っていたものは、その後、店から引いたあと、自分の部屋に飾ってある。すると不思議と、苑絵と対話しているような錯覚が起きることがある。彼女が部屋にいるような。

気がつくと、苑絵のことを考えているようになった。

一緒に働いていた頃は、彼女が内気なこともあって、ほとんど言葉を交わしたこともなかったのに、不思議なものだと思う。

ときどき、ほんとうには彼女はここにいないということが、寂しくなることがあった。


銀河堂書店の店長と副店長は、ひょっこりと店を訪ねてきてくれたことがある。店長はゴルフのついで、副店長は渓流釣りのついで、という話だったけれど、どちらも「ついで」というには、若干距離があった。ふたりはうなずきながら、一整が采配を揮るう桜風堂書店を眺め、透の淹れたお茶やコーヒーを飲み、手作りのお菓子をつまみ、猫とオウムをなでて帰っていった。

合間に、二言三言、店の今後のことについて相談に乗り、さりげなくアドバイスしていってくれたのは、ありがたかった。

たとえば、一整はいずれ桜風堂書店をブックカフェにしていくことを考えているのだけれど、そのことについてのあれやこれやだ。

本来なら、桜風堂の店主と打ち合わせるべきことなのだろうけれど、店主はすべてを一整にゆだねて安心しているし、となると、病身の店主に相談するのも気が引ける。心安らかにいてほしくもある。人生の先輩、年が離れた兄たちのようなこのふたりに相談できるのはありがたいことだった。

一整がまず悩んでいたのは、カフェのスペースをたとえば一階に作るとすれば、そのぶん棚を減らさなくてはいけないということだった。書店だけの売り上げではこの先食べていけなくなるだろうから、カフェのスペースを作ろうとしているのだけれど、そのために書店としての機能を犠牲(ぎせい)にすることに、一整にはためらいがあった。書店なのに売る本の数を減らすのは——。

桜風堂には二階に、今は物置にしているスペースがある。かつて児童書とコミック、学習参考書の棚があり、子どもたちを集めて、お話会も行われていたというフロアだった。子どもの本に詳しかったという、店主夫人が主に見ていたフロアだったのだけれど、そのひとが天に召されてのちは、使わなくなったという。店主ひとりでは二つのフロアを見ることはできないので、店舗(てんぽ)としては二階を使うのはやめ、児童書コーナーは縮小して、一階におろしてしまったのだそうだ。ちょうど界(かい)

隈の子どもの数も減ってきたし、ということだったそうなのだけれど、たとえば一階にカフェスペースを作るなら、二階のフロアをまた使う、という手もあるだろうと一整は思っている。

そんなことを、彼らに聞いて貰ったのだ。大筋では彼らは賛成してくれた。

——けれど。

「——問題は人手が足りないってことなんだよな」

一整は配達の本を抱えて歩きながら、軽くため息をつく。

フロアを二つとも使うとなれば、最低でもふたりの書店員が必要になる。あくまでも、「最低でも」のことだ。一整と店主のふたりがフロアを一つずつ見るとしても、これでは休憩時間がとれないし、休みもとれなくなる。ではせめてもうひとり書店員を増やすとしても、今の桜風堂書店の売り上げでは、正社員を雇うのは難しいだろう。

もし互いに条件が折り合う人物がいるならば、アルバイトやパートで店に来てくれるひとを探すのもいいのかも知れない。

しかし人手不足の今、その待遇で来てくれる誰かがいるものだろうか？　ましてや、山間の桜野町に。街中にある銀河堂書店でさえ、いつも求人には苦労していたのに。

（できれば、コミックとライトノベルに詳しいひとが来てくれるとありがたいんだけど、さすがに贅沢だよなあ。難しいよなあ）

児童書とコミックメインのフロアを作るなら、知識があって棚を担当できる書店員がいるに越したことはない。児童書は元から好きなので、一整も見ることができるだろうけれど、コミックとライトノベルは自信が無い。この二つのジャンルは扱う本の数と情報量が多いこともあって、相当な知識と情熱が要求されるのだ。心底好きでないとできない。

（欲をいうなら、一階に人文の棚も作りたいんだけどなあ）

二階のフロアに若者と子ども向けの本の棚を上げるとすると、カフェスペースを作っても、一階フロアの入り口近くにあと一本くらいなら棚を置けそうだった。それなら、いま桜風堂には無い人文の棚を置けたら素敵だな、と、一整は思っていた。

世界と人類、人間という存在について思索し、他のジャンルの本たちに果てしなく接し、融和してゆく、人文ジャンルの本。古くからの名著が多く、一整も学者だった祖父の家の本棚で、古典文学とともにそういった本を読んで育った。一整の持つ知識の源であり、思想のベースになった本たちでもある。

今もそういったジャンルの本を好きではあるのだけれど、すべての新刊や話題作を追うことまではできていない。昔と違って、洪水のような数の新刊が出続ける時代のこと、自分の専門ジャンルである、文芸文庫の新刊を追いかけるだけで精一杯なのだ。

(それにぼくは、人文の棚を見る自信が無い)

いってみれば、境界線が曖昧なだけに、果てしなく深く、広大なジャンルにわたるので、棚を作る書店員もそれだけの知識が要求される。それには自分は若すぎる。少なくとも、一整自身はそう思っていた。自分自身の中に、熟成し、老成した知性があって初めて、それに釣り合うだけの棚が作れるのではないだろうか。今の自分にはきっと、軽薄な棚しか作れないだろう、と思う。

桜風堂の店主は、キャリアからすると、一整よりもよほどちゃんとした人文の棚が作れそうだけれど、今現在店にその棚が無いことから見てもわかるように、彼の興味はどちらかというと、そこには無いのだ。文芸文庫が店主の得意なジャンル、長年力を入れてきたジャンルであるから、ということもある。この町のお客様に愛されてきたジャンルでもあるのだろう。

書店の棚と平台の面積には限りがあるので、優先順位が下がると判断されれば、その棚はその店には置かれない。店主にとっては、人文の棚は、文芸や文庫の棚を減らしてまで、置きたい棚ではなかったのだろう。

（でも、できれば、人文の棚は欲しい）

一階にブックカフェのスペースを作るなら、硬派な、いかにも書店らしい棚、あるいは歴史ある図書館の棚を思い起こさせるような深みのある棚がひとつは欲しいと思った。エンタメや生活に役立つ本、話題の本やわかりやすい本ばかりを置くのではなく、ここは書店である、ということを、お客様に伝えるために。

（でもなあ、人文の棚を見てくれるひとなんて、いるのかなあ）

それもバイトの給金で働いてくれるような、フルタイムでない条件で、力量と知識を要求される仕事を張り切ってやってくれるひとが。

都会でも探すのが大変そうだと思った。とんだやりがい搾取だ。

ブックカフェや、店の今後のことについて考えながら、一整は商店街のいろんな店に、雑誌を配達していった。自転車に乗り、また降りて配達し、また乗るのを繰り返して。

おはようございます、の挨拶を交わしながら、美容院や歯科医、床屋に食堂、ホテルに教会、と広々とした町内を移動しながら、定期購読の雑誌を届けてゆく。顔なじみになった人々の笑顔も、ひとことふたことの会話も嬉しかった。自分が届ける一冊一冊が必要とされていて、その到着が待たれているということが、誇らしく、幸福だった。

山間の町は、緑に包まれ、遠くにはさざなみをきらめかせた、大きな湖も見える。小鳥の声や蝉時雨、風の音を聴きながら、ゆるやかな丘や輝く小川、古い木の橋を渡りながらの配達は、絵本の世界の中に入り込んだようだった。知らず気持ちが穏やかになる。

ここのところ、ずっとブックカフェをどうするか考え続け、参考になりそうな本を集めて読んだり、準備も始めていた。今までの職種とは違う世界のことだし、店主や透の人生にも関わることなので、背負おうとしている責任の重さがややストレスにはなっていた。脳の多くをその関連のことが占めていたので、それで、『紺碧の疾風』について考える余裕がなくなっていたともいえる。いうなれば、脳のリソース不足だったのだ。——そう考えられるだけ、落ち着いてきた。

最後の数冊は、料理雑誌とアウトドアの本だった。年齢層が高めの、バイク雑誌のバックナンバーも取り寄せを頼まれていたものが入荷したので、それも一緒に配達する。

商店街の終わりの方に、蔦に覆われた、煉瓦造りの古く小さな喫茶店がある。『音楽喫茶　風猫』と手作りの看板が石造りの歩道に面して置いてある。元は古いレストランだったそのあとに、居抜きで喫茶店が入ったのだと、聞いたことがある。都会で編集の仕事をしていたひとが、早期退職をして、ふらりとこの町に住み着いたとか。

その人の名は、藤森章太郎。町に溶け込んで楽しそうに暮らしているようなので、それを聞くまでは、ずっと昔からここにいる人のように、一整は思っていた。さりげなく面倒見もいいひとだから、気がつけば一整もたくさんのことを助けられてきた。

開店前だからなのか、木の扉が開いていて、中から音楽が漏れ聞こえてくる。ビートルズの「エリナー・リグビー」だ。孤独に生き、死んでいった老婦人エリナーと、小さな教会の、これも孤独な神父の歌だった。一整は音楽にはさほど詳しくないけれど、この歌は好きだったし、だからこの店に備え付けられた古いスピーカーがとても良いものだということもわかるのだった。

窓の小さな店の中は薄暗く、アンティークの照明が灯るその下、カウンターの向こうで、店主藤森が、よく手入れされたサイフォンでコーヒーを淹れる準備をしながら、軽く目を閉じて鼻歌をうたっていた。指が動いているのは、あれはギターを弾いているのだろう。レコードとCDがぎっしりと作り付けの棚に並ぶ店内の、壁際に置かれた長椅子には、店主の私物の、古いギターがおいてある。

「おはようございます」

遠慮気味に挨拶すると、

「お、一整くん、おはよう」

藤森は驚いたように目を開け、少しだけ照れくさそうな笑みを浮かべて、礼をいいながら、雑誌を一抱え受け取った。

「――おや、何かあったの？」

ふと、眼鏡の奥のまなざしを気遣わしげに上げる。

「え？」

「いや、いつになく表情が硬いから。店で何かあったのかなと」

一整は手で頬の辺りを撫でた。

藤森は柔和に笑う。「君、すぐ顔に出るから」

一整は何も答えず、肩を落とした。

「よくないですよね」

「いいんじゃないの？　ぼくはそういう人間の方が好きだね。信頼できる。

コーヒー飲んでくかい？」

一整にそう訊ねたときには、店主の手はもう、白磁の器をあたため始めていた。

藤森はそして、湯気が立つコーヒーを器に注いだ。良い香りが店内に流れてゆく。

一整は、滑らかな手触りの美しいコーヒーカップを受け取り、熱く舌を焼くコーヒーを口に含んだ。美味しかった。編集者時代に、都内のコーヒー専門店を軒並み制覇して、淹れ方を独学で習得したというだけあって、隙のない、そして柔らかな味だった。疲れや心配、心の棘がほろほろととれていくような——。

それはおそらくは、この五十代の元編集者の、これまでの生き方や、穏やかで優しい心根の味のような気がする。

（ぼくには、この味は出せないだろうな）

歴史のある出版社で、人文の分野の素晴らしい本を数多く編んできた実績のある藤森は、惜しまれながら職を辞し、都内から桜野町へ引っ越した。なぜ、とひとに問われても（一整自身も訊ねたものだ。彼もタイトルを知っているようなロングセラーやベストセラーを、数多く世に残した名編集者だったからだ）、藤森は、笑みを口元に浮かべたまま、何も答えない。

藤森の妻も、児童書専門の出版社の編集者、著名な編集長で、都内に残ったまま、良い本を編み続けている。たまの休日にはこの店に顔を出すので、一整も挨拶したことがある。彼女は『四月の魚』にまつわるあれやこれやを知っていて、人気に火をつけたきっかけを作った一整がここにいると知ったとき、飛び上がるようにして喜んだものだ。夫婦の間には、大学生の娘がひとり。海外留学中で、自由人、もうひとりでやっていけると思っている、と、夫婦は笑顔で話してくれた。子育てはほぼ終わったと思っている、と。両親に似て活字が好き、将来は出版社に勤めたいと思っているらしい。

「――整くん、あのね」

自分もコーヒーを口に運びながら、藤森は軽い調子でいった。

「もし桜風堂書店のことで――その、何かしら、心配事や、困ったことがあったなら、ぼくでよければ相談に乗ってもいいんだよ。いやまあ気が向いたらの話だけれど。たいしたことはできないかも知れないけれど、桜風堂さんは、まだ本調子じゃないし、聞き役くらいならできると思うよ。ぼくでわからないことなら、友人知人に聞いてみる、という手もなくはないしさ。いっちゃなんだが、業界に知り合いはたくさんいるしね」

あたたかな、優しい声だった。

いま手の中にあるコーヒーと同じように。

藤森は書店と書店員が大好きな人物で、自分の仕事とは無関係に、全国の書店員たちとつきあい、やりとりをし、ともに楽器を奏でたりしていたひとだ。いま苦境にある書店を応援しよう、流れを変えようとするように、書店員たちを集めて会合や勉強会を開いたりもしていた。ライターとして書店への愛情が詰まった本を書き、自ら編集することもしていた。

書店関係のブログも長く続けていて、この喫茶店の名前の、「風猫」は、彼のハンドルネームであり、通り名だった。書店員たちに愛される彼は、イベント会場で、このハンドルで名を呼ばれる。親しみを込めて。「風猫さん」と。

風猫としての藤森もまた業界の有名人なので、一整は最初、彼が近所に住んでいると聞いたときは、驚いたものだ。そのときはまだ面識がなかっただけに、物語の中の登場人物が町内に実在していたような気がしたのだ。

一整だってもちろん、書店を愛するブロガーの風猫に親しみと尊敬を感じていたし、自分たち書店員の味方であり、代弁者でいてくれることに、感謝していたからだった。

（風猫さんが、力になりたいといってくださるなんて――）

桜風堂の店主とも親しい彼は、一整と桜風堂の力になりたいと、本心から思ってくれているのだろう。

「ありがとうございます」

一整はただ頭を下げた。嬉しかった。ありがたかった。優しい言葉が心に染みた。特に、今朝のようなことがあったあとでは。

けれど、『紺碧の疾風』のことは、まだこのひとには話せないと思った。自分なりに何とかできないか、努力したあとにしよう。

(今のあの店の責任者はぼくだから)

さしのべられた手には感謝しつつ、まずは自分で店を守らなくては。

それが、この優しさに対する誠意だと思った。

配達を終えて、軽くなった自転車と一緒に、店に帰った。

逸る胸を抑えて、くだんの営業氏に電話をかけてみたけれど、何度かけても本人にはつながらなかった。今日は社にいないし、何時に帰るかわからないという。

——直感で、居留守を使っているな、とわかった。

受話器を置いた手に、一整は顔を伏せ、少しだけ笑った。

自分からの電話がうるさくて逃げているとしたら論外だけれど、多少は後ろめたくて、電話に出られないとしたら、ひとの心は一応あるのだな、と思った。

そうであってほしい、とも思った。

と、エプロンのポケットに入れていたスマートフォンが震えた。電話の着信だ。

柳田六朗太――銀河堂書店の店長だ。

「――？」

互いの店が開いているような時間に電話をかけてくることはないはずのひとだった。

何かあったのだろうか？

幸い、店にお客様のいないタイミングだったので、そのまま受けた。

『お、月原(つきはら)か。――あのなあ、突然で悪いんだが、あさっての夜に銀河堂に来られるか？』

声が硬い。

「あさって……というと、水曜日ですね。それでしたら大丈夫だと思います。夜までにお店にうかがえばいいのでしょうか？」

すぐそばの壁に貼ってあるカレンダーを目で確かめ、即答(そくとう)した。その日には桜風堂の店主が退院してきているはずだ。夜に風早の街に行くとなると、おそらく帰りは電車が無い。店に帰れるのは一泊した次の日になってしまうけれど、その日は配本の無い日だからそう追われることもないだろうし、透もまだ夏休みだ。祖父を助けてくれるだろう。

心のどこかで、ちらりと、柳田店長に『紺碧の疾風』のことを相談できるかな、とも思った。だとしたら、とてもありがたい。なんていいタイミングなのだろう。

けれどそれよりも、不安と緊張を隠せずにいるような、柳田店長の声の方が心配だった。一整が知る限り、柳田は、喜怒哀楽（きどあいらく）は激しいけれど、少々のことでは動じないタイプの人物だったので。

（何があったんだろう？）

一整が訊ねようとする前に、電話の向こうの柳田店長が乾いた声で、いった。

『実は、銀河堂書店のオーナーが、おまえに会いたいといっている。で、俺も一緒に呼ばれている』

「――オーナーが、わたしに？」

一整は首をかしげた。

柳田はともかく、今の自分がなぜ、そのひとに呼ばれるのだろう？　この春まで、一整は銀河堂にいたから、その時期までは雇用されていた関係にはあったわけだけれど。

オウムの船長が、文字通り、言葉を繰り返す。

『おーなーガ、ワタシニ？』

羽根を広げて、けけけ、と笑った。

「どういうご用件なんでしょう？」

　まさか、銀河堂に帰ってこいと——脳裏にそう言葉が浮かんだとき、柳田が見抜いたように、答えた。

『月原を呼び戻したいってことかな、と思って、そう訊いたんだが、違うそうだ。うちの店の系列店の、超有名な料亭で、季節の美味しいものを食べながら話したい、といっている、と、聞いた。実のところ、今度のことは俺に直接じゃあなく、星野百貨店経由で話があったから、俺もよく状況がわかっていないんだよなあ。百貨店の連中に尋ねても、自分たちからはいえない、金田オーナーに聞いて欲しいとしかいわないし』

　スマートフォンの向こうで、柳田店長がため息交じりに笑った。

『呼ばれたのは一流の料亭だから、食事は楽しみにしててもいいのかも知れないぞ。といっても、金田オーナーと一緒じゃあ、生きた心地はしないかも知れないけどな』

　冗談めかし、ははは、と笑って、それじゃまた、と柳田店長は電話を切った。

　スマートフォンを手にしたまま、一整はしばしその場に立ち尽くした。

　窓の隙間から入ってきた蜻蛉が、きちきちと羽根を鳴らし、店を横切って、また空へと帰っていった。一瞬だけど、その足に何やら獲物を抱えているのが見えた。

綺麗（きれい）だけれど、蜻蛉は肉食の昆虫だ。

銀河堂書店のオーナー、金田丈（じょう）は、風早の街では生きている伝説のような人物だった。九十を過ぎる年齢だけれど、クリアな知性も、がっしりとした体軀も衰えを見せないらしいと噂に聞いた。まるで妖怪のようだ、と。

太平洋戦争の後、空襲（くうしゅう）で灰燼（かいじん）に帰した風早の街の駅前商店街を復活させた立役者のひとり——復興の象徴としての星野百貨店建設の力になった中心人物のひとりで、だから最古のテナントの一つとして、金田が経営する銀河堂書店が入っているのだ。星野百貨店の前身である、星野呉服店の時代から、創業家に縁がある人物だと、聞いた記憶がある。

銀河堂書店は、最盛期にはいくつもの支店を界隈に有していた、地域の一番店。それどころか、今も残る本店は、品揃えと面積、デザインの美しさに、従業員のオペレーションにおいて、日本全国の書店でも一、二を争っていたような、そんな時代もあったのだという。

そういう意味では地域の偉人なのだけれど、金田には翳（かげ）のある噂が多かった。特に年老いて、第一線を退（ひ）いてからは、あまり表舞台に出てくることが無いせいか、余計に恐ろしげな噂が語られることが多い。

曰く、金田はいわゆる「特攻隊崩れ」で、徒手空拳の命知らず。若い頃は焼け跡の闇市で、喧嘩を繰り返していて、その頃にひとりで大勢のアメリカ兵を半殺しにしたことがあるらしい、とか、当時風早の街にも流れ込んできていた、どこかの「組」の誰それと義兄弟の杯を交わしたらしい、とか、一昔前の邦画の登場人物のような噂がささやかれる、そんな類いの人物なのだった。

一整は本人に会ったことは無いけれど、経済誌のバックナンバーで、壮年期の金田の写真を見たことがある。細身の、けれどがっしりとした体軀に、仕立ての良い背広を着て、口元に品の良い笑みを浮かべていたけれど、眼光は鋭く、眉間には古い傷痕があった。

そんな恐ろしげな人物だけれど、金田は若い頃からの読書家であり、本と書店を愛する人物であるともいう。彼は銀河堂以外にも、いろんな店を経営し、そのほとんどで見事な売り上げを達成し、市内中心部に多くの土地を所有している、裕福な実業家だった。

ただ、銀河堂書店については、本店以外の支店を早い時期に閉店させてしまっている。そのことで、銀河堂ゆかりの人々には、若干恨まれ、信用を失っているところはある。なくなったそれぞれの支店を贔屓にしていた、本好きの人々からもだ。

正直、人件費がかかる割に売り上げの上がらない職種である書店を、いつまで利に敏い金田が続けていられるのか——柳田店長はいつも怯えて、気にしている風ではあったのだ。書店業界には明るい話はほとんど無いといっていい。見ようによっては、このまま弱っていくとしか思えない業界に、いつまで金田丈は、関わっていてくれるものか。

柳田がどれほど店を盛り上げようと、従業員の書店員たちが頑張ろうと、オーナーの金田がひとたび店をやめる気になれば、銀河堂書店は閉店するしかなくなってしまう。

金田は柳田店長ともほとんど接触がなく、経営は一任しているらしい。だからこそ、柳田は、オーナーの考えていることがわかりづらい、と不安に思っているらしい気配がうかがえたことがある。特にここ数年は、連絡もなく、銀河堂書店は信頼されているというのか、放置されているといえばいいのか、そんな状況であるらしい。

「謎が多い人物なんだよなあ」

物語の登場人物のような。

そんな人物が、今の自分に、そして、柳田店長に、何の用があるというのだろう？

一整は、蜻蛉の消えた空を店の窓越しに見上げた。

# 幕間1～カーテンの向こう

夜が明ける頃、猫のアリスは、いつものように、透の枕元で目をさました。丸まっていた柔らかな体をほどき、ゆっくりと伸ばし、立ち上がる。大好きな少年透は、長い睫毛を閉じて、まだ眠っている。人間が起きるには、まだ早い時間だ。カーテンを閉めた部屋は、薄暗い。

アリスは、透を起こさないように、そっと額のあたりに自分の額をこすりつけ、ふわりとそばを離れた。

透や、離れで寝ている一整が目覚めるまでの時間に、猫には猫の仕事があるのだ。

足音もなく、階段を駆け下りてゆく。子猫だった頃は高かった階段も、今は軽々と下りられるようになった。

一階の台所の隅に、アリスのための食べ物と飲み物が置いてある場所がある。そこでカリカリしたものを少しつまみ、冷たい水をいくらか舌ですくって、家の外に出た。一整が、アリスのために、額で押したら開くような、猫用の扉を作ってくれたので、そこを押して、夜明けの庭へと足を踏み出したのだ。

涼しい風が吹き抜ける庭は、夏草と、枝いっぱいに葉を茂らせた木々が、さやさやと良い音を立てていた。その中を、急ぎ足で（猫はいつだって急ぎ足だ）歩いて行く。庭をぐるりと回って、桜風堂書店の玄関前に出て、店のまわりを、辺りをうかがいながら、とことこと歩いて行く。

悪いものが来ないように、怪しいことがあったらいち早く気づくように、猫は日に何度も、「縄張り」をパトロールする。雨の日も風の日も。そういう風にできているのだから、仕方がない。

同じように早起きの小鳥たちの羽音やさえずる声がたまに聞こえて、そんなときは、ちょっと顔を上げたりもするけれど、鳥たちはアリスには手が届かないような空を羽ばたいて行くので、ひげを震わせて見上げるだけだ。

早起きといえば、木々にとりついてうるさく鳴き声を上げる蟬たちも、ある時間に、一斉に目覚めて、合唱を始める。

蟬の声は辺りを染めるように響き渡る。うるさいなあ、と耳を伏せながら、アリスは歩き続ける。蟬ならアリスでも捕まえることができるけれど、あまり食べるところが無いので、必死になって捕まえなければいけないような獲物でもなかった。

店のまわりをぐるっと回って、怪しい気配がないことを確かめ終わる。それから安心して、少しだけ近所に足を延ばす。この町に、猫は何匹か暮らしていて、それぞれ家のまわりに縄張りを持っているけれど、縄張りと縄張りの間には、誰のものでもない場所が点々とあるので、そこに顔を出すのだ。そうして、仲が良い猫と挨拶することもある。

塀の上や、街路樹の下を伝って歩くうちに、同じ商店街の住人、文房具屋の猫のハナを見かけた。アリスはハナに駆け寄り、軽く頭をこすりつけて挨拶をした。ハナは優しく、アリスを舐めてくれた。

ふっくらとしたハナは、アリスがこの町に住むようになった頃から、何かとアリスをかわいがってくれている猫だった。ちょうど、自分の子どもを亡くした時期だったらしく、我が子のように思ってくれているらしい。ついでにいうと、ハナの飼い主の文房具屋の女主人もアリスのことをかわいがってくれていた。猫が好きなのだそうだ。

アリスはハナに呼ばれて、文房具屋の裏庭を訪れた。大きな土の瓶に綺麗な水と水草が入れてあり、金魚が泳いでいる。そこで少しお水を貰い、縁側に置いてある猫の皿から、猫用の煮干しをつまんだ。

アリスは、カーテンが閉まったままの部屋の方をうかがった。しんとしている。

まだ寝ているのだろう。人間はお昼寝をしないし、夜も寝るのが遅い。そのかわりに朝はいつまでも目覚めないのかも知れないけれど、睡眠時間がそれで足りるのだろうかと、アリスはたまに心配になる。アリスはいつだって眠くなる。一日の半分だって寝ていたいのに。人間は眠くならないのだろうか。

カーテンの向こうがしんとしていて、ちょっと物足りないのは、この家の女主人をアリスは好きだからだった。

ここのひとは猫好きなだけあって、とても上手にアリスの頭や首を撫でてくれる。縁側にそのひとがいるときは、膝にのせて眠らせてくれたりもするのだ。少し前まで、この家にはしわしわのおばあさんもいて、そのひとも猫が好きで、アリスをかわいがってくれたけれど、おばあさんはいなくなった。「大往生」したそうだ。女主人はそのひとの妹の孫で、ひとりぼっちになってしばらくは悲しそうだったけれど、今ははりきって、お店のことをしている。それと、お店がお休みのときは、家の中で不思議なことをしている。

そのひとは、家の中に、大きくてわっかがぐるぐる回る、不思議な道具を持っている。「糸を紡ぐ機械」だそうだ。女主人が、ふわふわもこもこした羊の毛を、その機械にかけると、「毛糸」になる。毛糸というのは、人間が丸くしてくれると、面白く転がるものだ。そのひとがたまに毛糸玉をおもちゃにくれるので、アリスは家に持って帰ったことがある。それがきっかけで、アリスの家のひとたちは、この家の女主人と仲良しになったようだ。アリスと仲がいいひとたち同士が仲良くしてくれるのは、楽しいことなので、アリスは嬉しい。

ふと、視線を感じて、アリスはふだんは見上げないその家の二階の窓を見た。

細くカーテンが開いていた。――いつもは、ひとの気配がしない部屋だから見上げない窓なのに、今日は誰かがそこにいる、そんな気がした。知っているひとの気配ではなかった。

そこにいる「誰か」は、アリスのことをじっと見下ろしているような気がした。

猫は目があまりよくない。だから、どんなひとがこちらを見下ろしているのかは判じがたい。見上げて風の匂いを嗅いだけれど、そこにいる「誰か」の匂いはわからなかった。

ただ、こちらを見下ろす視線は、とても優しいような気がした。この家の女主人と同じ、猫が好きなひとのまなざしだと思った。

こちらに下りてくればいいのに、と、アリスは思った。猫が好きなら、撫でて欲しいし、お膝の上にのせても欲しい。

アリスは見上げて、一声鳴いた。

でもカーテンの向こうの「誰か」は下りてきてくれなかった。

アリスが振り返りながら店に帰るとき、ずっとこちらを見ている、その視線を感じていた。優しくて、寂しそうな気配がずっと背中についてくるのを、アリスは感じていた。

# 第二話　遠いお伽話

水曜日。問題のオーナーとの話し合いの日が来た。

一整は銀河堂書店で、五時過ぎくらいに、ということで、柳田店長と待ち合わせしていた。

金田オーナーに呼ばれている料亭は、商店街のはずれにある。ここからは歩いてもそう時間がかからない場所だ。けれど、その前にちょっと話でもしようか、ということになった。せっかくだから、久しぶりに銀河堂にも顔を出さないか、ということで。

いわれて初めてのように、春に店を辞めて以来、銀河堂書店を訪ねたことはなかったと気づいた。店が入っている、星野百貨店にも、だ。いそがしさにまぎれ、気がつくとタイミングを逃がしていた。柳田や、福和出版の大野、星のカケスが何かと店や百貨店のショーウインドウの画像を送ってくれていて、それで行ったような気になっていたのかも知れない。

星野百貨店は、風早の駅のそばにあるので、用があってこの街に帰ってきたときに、そのそばを通過したことはあるのだけれど。

悲しい思い出もあるけれど、かつては一日の大部分の時間を過ごし、すべてを捧げるように働いてきた、その空間にこの半年、足を向けてこなかったのだった。


そして今。降りそそぐ夕陽の、金色の日差しを受けて、懐かしい百貨店は、どこか絵画に描かれた姿のように、美しく静かに佇んでいた。ガラスの窓と壁に覆われた建物は、蜂蜜やコニャックめいた、こっくりした色彩の輝きを黄昏時の空気に、薄く放っていた。

正面玄関の前には、噴水とベンチ。創業のときからあるという、からくり時計の時計台。じきに五時になり、懐かしい音で、時報とオルゴールが鳴るだろう。

一整は久しぶりに見上げる百貨店を前に、ただ胸がいっぱいになって、立ち尽くしていた。――ここにまた戻ることがあるなんて、思わなかった。

三月に、あの不幸な事故があったときに、責任をとるために、自らこの場所に背を向けた。二度と帰らないつもりで立ち去った。学生時代から十年通ったこの店に。本館六階にある、銀河堂書店に。そうしないと、この場所を守れないと思った。

星野百貨店。昭和の時代に建ったその建物は八階建て。ガラスの壁でできた城のような百貨店は、静かに空の光を受け、自らも地上に光を放つ。今となってはさほど高層の建築物には見えないけれど、昭和から平成にかけて、戦後のこの地が焼け野が原だった時代から、高度成長時代、好景気、やがて訪れて繰り返す不況と、人々の暮らしとともに在(あ)り続けてきた。

時代の変化とともに、客足は遠のき、今はけっして恵まれている状態にあるとはいえない百貨店。それでもこの店は、銀河堂書店のために、ショーウインドウを飾り、チラシでも『四月の魚(ポワソンダブリル)』を宣伝してくれた。

銀河堂書店にいる間に、一整が売りたかった本、今は見事ベストセラーと化した、大切な物語を。

一整が書店と百貨店を守ろうとしてあえて去ったのだと知った、星野百貨店の社長を初めとする人々の声があって、華(はな)やかなディスプレイが実現したのだと、柳田店長から聞いた。

一整は、目を閉じ、百貨店に頭を下げた。

ありがたかった。

自分にとって星野百貨店は、学生時代のアルバイト先であり、のちに就職先になった書店がテナントとして入っている場所で、愛着も信頼もたくさんあったけれど、まさか百貨店の側が、たかだか一書店員の自分の存在を知り、その願いを叶えてくれようとするなんて、夢にも思わなかった。

（ぼくはもう、この百貨店で働くことはないのだろうけれど）

この恩は忘れないようにしようと思った。

いつか何かで、ささやかにでも、報いることができれば、と。

時計台が、五時の音楽を奏で始めた。子どもたちには家に帰るように、仕事が忙しかった大人には、お疲れ様、と、声をかけつつ、町に誘うような、そんなメロディだ。――夜はこれからですよ、という楽しげな曲。

春までは、毎日この時間に聞いていたオルゴールだった。何事もなかったかのように、楽しげに時計台はうたう。からくりの人形たちは中空で舞い、踊る。

時報と音楽に背中を押されるように、一整は光を放つ星野百貨店を目指した。以前は、裏にある、従業員用の出入り口を利用していたので、今、お客様のように正面から入るというのには、どうにも抵抗がある。

（でも、ぼくは今はお客様――部外者なんだものなあ）

仕方がない。けれどどうも、堂々とは向かいづらい気がして、一整はやや早足で、うつむきながら、古く美しい玄関にたどりついた。

大きなガラスの扉のそばに、絵本の兵隊のような制服を着た、ドアマンが立っている。同世代の、見知った従業員だった。

「お」と、彼は何か言い掛け、口を閉じると、微笑んで、丁寧にお辞儀をして、一整を、店の中へと通した。一整もまた、深く頭を下げて、その場を通り過ぎた。

嬉しかった。緊張してこわばっていた頰が、緩むのを感じた。

流れてくるピアノ曲――ショパンのノクターンに招かれるように、一整は懐かしく明るい店内に足を踏み入れる。

吹き抜けの、高い天井から、金の鎖でつり下げられた、古く見事なシャンデリアから、宝石のような輝きが振りまかれ、広いフロアを明るく照らしていた。光の中に足を踏み入れると、フロアのそこここから、自分を見つめるまなざしや、そっとささやき交わす、その場で働く人々の声が聞こえた。

みんな、嬉しそうで、懐かしそうな目をしてくれていた。

一整は、ここにいた頃、それほどひとと会話する方ではなかった。心を開いたり、微笑みかけたり、冗談を言い合うなんてこともなく。――つまりは、こんなに懐かしそうにされるだけのことを、していたはずもなく。

なのにみんな、まるで仲間と再会を果たしたような、そんな表情をしてくれるのだなあ、と思うと、目が潤んだ。

（ぼくは、涙もろくなった気がする……）

光の中で立ち止まり、眼鏡を少しだけ浮かせて、指先で涙を拭った。

　子どもの頃ならともかく、おとなになってからは、こんなにすぐに泣くような生き方をしてきたつもりはなかった。なかったはずだったのに、思えば、あの事故の頃から違ってきてしまった。見えない線路が切り替えられたように、今の自分は違う旅路、未知の人生を進んでいるような気がした。かつての自分ではない自分がここにいるような。

　インフォメーションカウンターにいる美しいひとが、笑顔を輝かせるのが目の端に見えた。キャリアの長い、インフォメーションのリーダーのような女性だ。あの日、一整が万引きした中学生を追いかけて、この玄関まで下りてきたとき、とっさに少年を呼び止め、足止めしようとしてくれた、彼女だった。

　ああ、まだ自分はそのお礼をいっていないな、と一整は気づいた。

　彼女にだけではない。この百貨店にいる誰にも、自分はきちんとしたお礼をいっていないのだ、と、今更のように思った。

『四月の魚』に関しても、星野百貨店の人々にお礼の言葉を伝えていなかった。今日までの日々があっという間に過ぎ去った、ということもあるし、自分ごときが誰にどう礼をいえばいいのか、という畏れや戸惑いもあった。

でも、ここへ来て、そのことに焦りを感じた。恥ずかしかった。

自分はとんだ恩知らずではないのか――。

そんな一整に、インフォメーションの女性は、朗らかな声をかけた。

「月原さん、お帰りなさい」

とっさに言葉が出なかった。

ただ深く深く、頭を下げた。

「お帰りなさい」

続けて、誰か女性が澄んだ声で続けた。

知らない声だと思った。

顔を上げると、インフォメーションカウンターの近くに、もうひとつカウンターができていて、「Concierge」と書かれた札が置いてあった。そういえば、自分が店を離れたあとに、コンシェルジュカウンターができたと、柳田店長から聞いていたような、と、思いだした。

どこか妖精めいた、小柄でほっそりとしたコンシェルジュは、にっこりと微笑むと、美しい所作で、一整に深く頭を下げた。

「はじめまして。月原一整さんでいらっしゃいますね。星野百貨店、コンシェルジユの芹沢(せりざわ)結子(ゆうこ)です。よろしくお願いいたします」

お帰りなさい、ともういちど繰り返してくれながら、ありがとうございます、とも付け加えた。

一整は小さく、「こちらこそ」と、お礼の言葉を返しながら、

(コンシエルジュにお礼をいわれると、百貨店そのものからお礼をいわれてるような気がするなあ)

と、思った。

初めて会ったはずのひとなのに、どこか、ずっと昔から知っているひとのように思える、そんなコンシエルジュだった。

そう、この百貨店の魂(たましい)がかたちをもってそこに現れたような。


エスカレーターをゆっくり昇って、上の階を目指した。本館六階の、懐かしいフロアが近づくうちに、胸が高鳴ってきて、子どものように駆け上がりたい気分になるのをやっと抑えた。

ここで働いていた頃は、従業員用のエレベーターや、階段を使っていたものだけれど、フロアに漂(ただよ)う匂いや、空間の広さ、高さのようなものまで、からだが覚えているのか、書店のフロアが近づくごとに、ただ、からだの内側から懐かしかった。

（鮭が生まれた川に帰るみたいな）

ふと思いついて、おかしくなった。

最後の数段は、とうとう抑えきれずに駆け上がるように上り切った。そして、一整は銀河堂書店に帰ってきたのだった。

その時間、一整が来るということを、店長に聞かされていたのだろう。かつての仲間たちが、手が空いている者はそばにきて、接客中や忙しい者たちは、その場で視線だけ振り返るようにして、一整を迎えてくれた。

パートの九田さんが、遠くのレジで、のびあがるように大きく手を振って、「おかえりなさーい」と、声を上げた。弾みでよろめいて、接客中のお客様に気遣われ、笑われて、頭をかいていた。

一整もつい笑ってしまい、そして、

（戻ってきたんだなあ）

と嚙みしめていた。

今日のこの時間まで、この場所を離れていたということが嘘のようだった。長い夢をみていたような。今からでも更衣室に行けば、ロッカーに自分のエプロンがさがっていて、それをつけてレジに入れば働けそうな。

文庫の棚の前に行けば、そのまま棚を見ることができるような——。

一整は、文庫の棚の方を振り返ろうとして、そして、わずかに微笑み、目を伏せた。

見るまい、と思った。

見てはいけないのだ。

半年も自分の手を離れていた棚だ。今の担当が誰かはわからないけれど、きっともう、誰かの作り上げた棚に変わっているだろう。その誰かのセンスに基づいた、美しい棚に。

(でも、見ればきっと、意見したくなる)

言葉にしなくても、自分は十年、ここで棚を守ってきたという自負がある。きっと「手直し」したくなってしまうから。

だから、もう見ない方がいいのだ。

一整はもう、この店には帰らないのだから。

自分でなくては守れない店が、桜野町で彼の帰りを待っているのだから。

そのとき、「あっ」と、いう高い声が聞こえた。棚が並ぶその向こう、ずっと奥の児童書と絵本の棚の間に、卯佐美苑絵が立ち尽くしているのが見えた。

慌てたようにこちらに駆けてこようとして、すぐに店内で走ってはいけないと思いだしたのか、走るのをやめ、そのまま自分の足につまずきそうになりながら、急ぎ足でこちらにやってきた。

相変わらずうさぎみたいだなあ、と思った。茶色いふわふわした毛並みの、小さなうさぎのようだ。

ぱたぱたと駆け寄って、一整の顔を見上げて、何かいおうとして、けれどそのまま茶色い大きな目に涙があふれ出してきたところで、前のめりに転びそうになった。

一整はとっさにその腕を支えて、笑った。

「ほんとにもう、いつも転ぶんだね」

苑絵は照れくさそうに笑おうとして、笑顔のまま、涙を流した。絵に描いたような、まるでお伽話(とぎばなし)か絵本に出てきそうな涙だと一整は思った。純粋で、透明で、水晶が頬を滑(すべ)り落ちるのを見たような、そんな涙だと。

そうして、この娘はいつも泣くのだと思った。嬉しいときも、悲しいときも。

少しだけ、距離が近づいていたのは、いつも苑絵の絵がそばにあったからかも知れない。とっさに支えた腕の細さと、手首の透(す)けるような白さに驚いた。

この華奢(きゃしゃ)な手が、あの壮大(そうだい)で骨太(ほねぶと)な絵を描いたのか、と。どれほどの時間をかけて、描いたのだろう。ひとりきりで、向かい合って。

　自分の肘に触れた胸を通して、苑絵の鼓動を感じた。ふわりとしたあたたかな波のような、それはそんな鼓動で、そのときになって急に、すぐそばに苑絵の顔があることに気づいた。吐息が聞こえそうなほどそばに。

　色白な頬が真っ赤に染まるのを見ながら、以前もこんなことがあったな、と思いだしていた。懐かしかった。もうずうっと昔のことのように、思えた。

　実際にはそうしていたのは、わずかな時間なのだと思う。忍者が駆けるように足音もなく駆け寄ってきた三神渚砂が、ひったくるように苑絵の両腕を摑み、自分の背後に回したからだった。

「苑絵、大丈夫?」

　相変わらず、身が軽くて、高く結ったポニーテールも凛としたまなざしも、姫武者みたいだと思った。そう思えることが楽しくて嬉しかった。つい笑ってしまうと、なぜだか渚砂は一整をきっと睨みつけた。

　何もそんな極悪人を睨むような目で見なくても——とっさにそういおうとしたとき、後ろから、勢いよく肩を叩く人がいた。

「お帰り」

　柳田店長だった。背広を着て、きちんとネクタイを締めた姿は久しぶりに見たような気がした。笑顔だったけれど、引き締まった口元に、緊張の色があった。

料亭での待ち合わせの時間が近づいてきた。

一整は柳田に伴(ともな)われて、夜の商店街へと足を踏み出した。

光に包まれた街の賑(にぎ)わいと、山にはない雑多な都会の匂いが、大きなてのひらでなでるように、一整を包み込んだ。もわっと感じる生暖かい風は、桜野町の澄み渡る風とはまるで違っていて、けれど懐かしかった。だけどいつか、世界のどこよりも、あの山に吹く風をこそ懐かしいと思うときが来るのだろうな、と、一整は予感した。

この街の地上は光に包まれ、その美しさを痛いほど一整は愛しているけれど、空にさざめくように星々が光り、風に沢の水音や蛙(かえる)たちの声が混じる桜野町の夜が静かに一整の帰りを待っていることも、感じていた。

「なあ、月原」

半歩先を歩いていた柳田が、ふと足を止めて振り返る。

「オーナーの用事なんだけどさ、銀河堂書店を閉店にすることにした、なんて話だったらどうしようなあ」

「えっ？」

「いや冗談だよ、ははは」

柳田は、慌てたように両手を振る。

けれど、目の端に弱気な色があった。こんな柳田を見ることは珍しかった。

一整は柳田を見上げ、笑いかけた。

「――そういうお話じゃないような気がしますよ。だって、もしそうなら、わたしまで呼んだりしないんじゃないですか？」

「ああ、そう。そうだよな。それは俺も何回も思ったんだ」

柳田は頭をかき、笑った。「じゃあほんとうに、俺たちに何の用があるんだろうなあ」

「そうですね」

それは一整だって、気になっていることだ。

ふたりはまた歩き始めた。一整は、自分なりに考えてみたことを口にした。

「――金田さんは、本がお好きなんですよね？　面白かったので、語り合いたくなったじゃあ、『四月の魚』をお読みになって、面白かったので、語り合いたくなったとか？」

活字が好きな経営者、それも自分の店でたくさん売れた本を、読まないということはないだろう。手にしたに違いない、と思う。

それならば、自分と柳田に会いたいと思ってもおかしくはないし、呼び出した先が高級料亭というのもわかる気がした。

「ああ。なるほど」

柳田の表情が明るくなった。大きな手で、ばんと、一整の背中を叩いた。

「さすが月原。それありそう。めっちゃありそうじゃん」

一整は咳き込みながら、

「ただそれだと、少しだけ発売時期から時間が経ってるなあ、とは思うんですけど――」

初夏に刊行された文庫だ。

すっかり陽気になった柳田が、

「忙しくて積ん読にしてたんじゃないのか？　超多忙なひとだろうしさ。で、最近やっと手にして、感動したんだよ、きっと。あれだけの名作だもの。号泣してさ、この本をよく見出して売ってくれたって、月原と俺を褒めてくれるんじゃないのか？」

うなずきながら、柳田は一整を促して、道を急ぐ。「そうだよ、だから高級料亭なんだよ。美味しい酒と料理でねぎらってくれるんじゃないのか？」

「じゃないかな、と思うんですけど」

一整はつとめて明るい声で言葉を続けた。

「あとは……もしかしたら、春の事件のことを、わたしたちから詳しく聞きたいと思われたのかな、とも思います」

「それはありそうだな。で、経営者として、おまえにお礼を――違うか、きちんと詫(わ)びたいとか」

「そう思っていただいているのかも」

その用件でも、事件からやや時間が経ちすぎているようにも思うけれど、時間が経ってほとぼりが冷めた今だからこそ、一整に会えるようになった、ということも考えられる。

(経営者、とか、お金持ちとか、一度もなってみたことが無いからなあ。どんな風にものを考えるのか、わからないけれども)

悪い話なら、わざわざそんな席を設(もう)けるだろうか、と考えるのは甘いのだろうか?

その料亭は、百日紅(さるすべり)の木に取り巻かれ、ひっそりと街外れに建っていた。店の名が書かれた灯(あか)りに花が照らされ、薄桃色に光っていた。

美しい着物を着た、店のひとに案内されるままに、一整と柳田は、静かな店内に入っていった。勝手がわからない一整は、柳田のあとに付いていった。柳田は仕事の付き合いで、こういった店には何度か来たことがある、と話していたが、この店に来たのは初めてだとかで、背中が緊張しているのが見て取れた。

　廊下は鏡のように磨かれた木で、あちらこちらに置かれた高価そうな花器に、季節の花が生けられていた。廊下の右手には部屋があるらしい襖が続き、左手にはガラス戸の向こうに庭が見える。灯りが灯された庭には、枝先を整えられた木々があり、鯉が泳ぐ池があった。聴き慣れた音がすると思ったら、どうやら鹿威しで、一整は時代劇や小説に登場してくるそれが、動いて音を立てるのを、リアルで初めて目撃し、密かに感動した。

　突き当たりの部屋の襖の前で、店のひとは腰をおろし、すうっと襖を開けて、

「こちらのお部屋でございます」

と、一整と柳田を中へ通した。

　いわれるままに、その部屋にふたりは入り、そして、わずかの間、立ち止まった。

　広い部屋の奥、一枚板の美しいテーブルのそばに、脇息に寄りかかるようにして、和服を着たひとりの老人があぐらをかいている。

「よく来てくれた。ありがとう」

　凛とした声で老人はいい、微笑んだ。

その年齢を感じさせないほどに眼光は鋭いが、深く皺が刻まれた顔の鼻にはチューブが差し込まれ、脇息のそばには人工呼吸器と酸素ボンベが置いてあった。

「大仰な格好ですまない。胸が悪くてね。もう長いこと、病院で暮らしているようなものなんだ。このことは、周囲に伏せて貰っているんで、知っている者はほとんどいないんだがね。君たちも知っての通り、星野百貨店は綱渡りのような状況にある。そんな中で、この俺が病気で死にかけてるなんてわかると、多方面に影響があるのさ。

そういうわけで、身を隠しているような状態でもあるんだが、どうしても一度、君たちに会って話してみたくてね。しかし、まさか病院でもてなしはできないからね、なんとかこうして、出てきたよ」

声量はさすがに小さい。けれど流れるような通る声で老人は語る。

笑顔で胸元をそっと押さえた。「ほんとうはもっと早く、君たちに会いたかったんだが、からだがいうことを聞かなくてね。今日になってしまった。そしてたぶん、今夜が実際に君たちと会う、最後の機会になるだろう」

老人――金田丈はさらりとそういうと、二人に腰をおろすように、手振りで伝えた。

「飲み物と料理は、こちらで勝手に頼んでおいた。自分の店の自慢をするのもなんだけれど、たいていなんでもうまいはずだ。俺はもうあまり口に入らないから、俺の分も、楽しんでくれると嬉しいよ」

機嫌良くそう語る金田の手には、何度も手にしたのだろうか、古びた『四月の魚』があった。表紙は丸くなり、カバーは色褪せて見える。

一整が本を凝視しているのに気づいたのか、金田老人はにやりと笑った。

「君がその、月原一整くんなんだね？　この本の大ヒットのきっかけを作ったという」

「――はい」

よしよし、というように老人は笑う。腕を組み、孫を見るようなまなざしになった。

「これはとても良い本だった。よくこの本を見出して、売ろうと思ってくれた。ありがとう。何よりも俺自身がこの本に救われたよ。いま読めてよかったと思ったよ」

明るい、けれど心に染み渡るような声だった。ほんのかすかに涙を感じる声で、

一整は、このひとはこの本を読んで泣いたのだろうか、とふと思った。ひとりきりの病室で、ひとり頁をめくり、天に帰るヒロインの言葉を繰り返し読んだのだろうか、と。

「ありがとうございます」

一整はただ頭を下げた。

金田は朗らかな声で、言葉を続けた。

「そしてそちらの大きいのが、銀河堂の店長の柳田六朗太くんだね」

「はい」

大きいの、と、口の中で呟きながら、柳田が一整の隣で、丁寧にお辞儀をした。

「銀河堂書店店長、柳田六朗太でございます。長くお店を預からせていただいております」

「君は気づかなかったかも知れないが、君がまだ学生の頃、店で見かけたことがある。あのときも大きいなあと思ったけれど、今も大きいままなんだなあ。いや、あの頃よりも縦横ともに成長してないか?」

かすれた声で、楽しげに金田は笑う。

そして、テーブルに片方の手を置き、頭を下げた。

「柳田くん。長いこと、店を君に任せたままで申し訳なかった。長く不況が続き、書店を取り巻く状況が悪い中、まだ若かった君ひとりの肩に、ひとつの書店を任せてしまうようなことになってしまい、どれほど不安で、大変だったろうと思う。

しかし君はいつも、店を的確に運営し、おそらくはこの俺が経営するよりも、よほどまともにあの店を続けてくることができた。

　感謝しているよ。心から。そしてできればこれからも、銀河堂書店をよろしく頼む」

「え。いや。その。そんな」

　頭を上げてください、と、柳田は、金田のそばに腰を落とした。

「わたしはいつだって、楽しかったです。そりゃ、不安だったこともなくは無いですが……放置していただけたことで、じゃない、こちらの裁量に任せていただけたことで、自由にしたいことができました。あの店はほんとうにいい店で、不肖このわたしに任せていただけたことを、何よりの幸福だったとわたしは思っております。そして、これからも任せていただけるのであれば、こんなに光栄で、幸福なことはありません」

「ありがとう」

　金田は細い手で、柳田の手をとった。

「詫びることは、他にもある」

　金田は、柳田とそして一整に頭を下げた。

「春の、万引きをした少年の事件と、その後に起きた様々な出来事について、俺は今日まで何もできなかった。言い訳をするわけじゃないが、ちょうど具合の悪い時期と重なってね、人事不省の有様だったのさ。あとになって事件を知って、俺がその場にいたら、と歯がみしたものさ。——少なくとも、月原くんを辞めさせるようなことはしなかったろう。すまなかったね」

一整はただ、頭を下げた。

すでに自分は幸福だと思っていたけれど、今の一言で、すべてが報われるような気がした。最後まで心の奥に残っていた、小さな氷塊が温かく溶けるようだった。

金田は自嘲するように、肩をすくめた。

「俺が気がついたときには、『四月の魚』は大ヒット、それに星野百貨店も手を貸したというじゃないか？　俺も関わりたかったが、百貨店が恩返しをできたのなら、まあよかったのかな、とは思ったよ。星野家もなかなかやるじゃないか。ちょっと安心したよ」

飲み物は、一整の聞いたことも見たことも無い銘柄の日本酒が次々と運ばれてきた。酒に詳しい柳田がいちいち歓声を上げていたので、さぞかし素敵なラインナップなのだろうと、一整は想像する。

料理の方は、これは一整にもわかる。小さな器に一品一品美しく盛りつけられた前菜から始まって、刺身も、鶏と冬瓜の冷えたスープも、空豆と焼いた鰤も、紹興

酒のソースであえた牛肉も、すべてがすばらしく美味しかった。特に、

「夏はハモだ。この店はこれがいちばんで、夏になるごとにきっと食べたものさ」

　ガラスの器に盛られた、透明な氷の上にのせられたハモは、薄く薄く包丁が入れられていて、白い肉が梅肉の赤と紫蘇の緑に映えて美しく、何とも滋味があって美味しかった。

　金田の前にも料理の皿が置かれていたけれど、彼は箸をつけることもなく、ただふたりに酒と料理を勧めて、上機嫌な笑みを浮かべていた。

　最後の水菓子と温かい飲み物が出る頃、金田は、居住まいを軽く正して、いった。

「そういうわけで、俺自身は銀河堂書店のために、たいしたことはできなかったし、これから先もできそうにないと思っているんだが、最後にひとつ、提案がある。悪い話じゃないと思うんだが、聞いてくれないか？」

　一整と柳田は、そのひとの声に耳をすますようにした。――これから先に聞くことが、今夜の会合の目的なのかも知れない、そう思って。

「桜風堂書店は、銀河堂書店の系列に入らないか？　つまり、銀河堂書店の桜野町支店として、これから経営を続けていくというのはどうだろうか、ということなん

だが」

一整も、そして柳田も言葉を呑んだ。

金田は驚く二人をゆっくりと見回して、言葉を続けた。

「悪い話じゃないと思う。特に、桜風堂書店にとってはね。失礼ながら、かつて栄えていた歴史ある観光地とはいえ、あの山間の町に小さな書店がひとつでは、不利なことも多いだろう。ベストセラーや新刊の配本もいまひとつで、苦労しているんじゃないのか？」

「——それは」

一整はうつむいた。それはたしかにそうなのだ。けれど——。

（桜風堂書店が消えてしまう、ということにはならないだろうか？　支店になる——チェーン店になるということは、店の独自性も失われることにならないだろうか？　これまで守られてきた、店の魂のようなものが、失われることにならないか？）

「あの、せっかくのお話ですが」

一整は顔を伏せたまま、呟いた。「こういう大切なことは、わたしではお返事しかねます。いったん持ち帰って、店主と相談したく——」

「もちろんだよ。とりあえず、今は俺の言葉を聞いて、もっともだと思ったら、それを桜風堂書店さんに話して欲しいんだ。君が納得したら、でいい。それでいいかららさ」

　金田は言葉を続けた。

「桜風堂書店が銀河堂書店の支店としての扱いになれば、こちらがまとめて仕入れた新刊をそちらに回すこともできる。拡材だって回せるだろう。今はみんな守りに入っててさ、どの版元も営業の数を減らし、本が売れる大都市中心に回るようになっている。小さな町にはなかなか行かなくなっているけれど、たとえば桜風堂には足を延ばさないような版元でも、銀河堂にはまだ来るからね。情報をそちらの店と共有することもできるだろう」

　柳田店長が、金田に尋ねた。

「あの、チェーン店になるにあたって、桜風堂書店の方に何らかの負担や条件のようなものをお考えですか？」

「いや別に」

　金田は、あっさりと答えた。

「店の名前もそのままでいいし、経営だって、俺がこんな状態なんだもの、桜風堂書店さんと月原くんに任せるよ。柳田くんが相談に乗るようにしてくれたまえ。提案を呑んでくれるとしたら、細かいことはまた追って決めよう。俺がこの先いなくなったあとも、面倒なことにならないように、ちゃんとしておくから」

「ありがとうございます」

一整が何も答えないうちに、柳田はそう叫び、涙ぐみ、正座した膝に指を食い込ませるように、深く深く、頭を下げた。

一整は、ふたりを見て、訊ねた。

「――とてもありがたいお話のようには思うのですが、桜風堂書店がチェーン店になるということは、桜風堂の経営状態が悪くなれば、銀河堂書店に迷惑をかける――そういうことですよね？」

経営状態のよくない店舗や業種を取り入れ、系列の会社とすることで、大本の会社までその赤字にひきずられてついには倒れる――わりとよく耳にする話だった。

(下手をしたら、桜風堂が銀河堂書店の厄介なお荷物になってしまう)

金田の持つ資産がどれほどのものかはわからない。小さな田舎の書店の動向くらい、気にならないほどの資産家であり、実業家なのかも知れない。――それにしても、自分の店ともいえる書店が、この親切な人物や、懐かしい銀河堂書店の負担になるのは耐えられなかった。

一整は頭を下げた。

「ぼくは――いえわたしは、もちろん桜風堂書店の経営状態がよくなるように努力してゆくつもりですが、正直、まだ人生にも不慣れな若造です。それに、ひとつの店を任されるのは初めての経験で、いまだ試行錯誤を続けています。ご提案をお受けしても良いものなのかどうか——」

「——遠慮するな」

耳元で、柳田がささやいた——いや、ささやくつもりだったのかも知れないが、その声は、ずいぶんと大きかった。酔って熱くなった手で、背中をどやされた。

「こういうのを渡りに船っていうんだ。こんな願ってもないような提案を受けないでどうするんだ？　せっかく自分が預かった店に降ってわいた幸運じゃないか？」

「で、でも……」

呟き込みすぎて、目尻に涙が溜まった。

「大丈夫だ。俺と、銀河堂のみんながついてる。一緒にやっていこう」

楽しみになってきたな、と、柳田はにんまりと笑った。こんなふうに笑うと、柳田はサンタクロースに似ている。上機嫌に笑う、ちょっとドヤ顔のサンタクロースだ。

一整はわずかに微笑み、そして、金田に深く頭を下げた。

「桜風堂書店は、わたしが任されてはいますけれど、まだ店主のものです。どう判断するかは、店主に任せたいと思います。ご提案は心から——心からありがたく伝えさせていただきます」

降ってわいたような幸運だ。夢のような話だ。けれど少しずつ実感がわいてくるうちに、桜風堂の店主にこれを話したときの、嬉しそうな笑顔が見えてくるような気がしてきた。

そうだ。あのひとはきっと喜んでくれるだろう。それならば、良い手紙を運ぶ伝書鳩のように、桜野町に帰るのが楽しみだと思った。

(ありがたすぎる話だけれど、ぼくが頑張ればいいんだ——。店を守って、売り上げを上げていけばいい。みんなのお荷物にならないように)

それが可能ならば、いつか、銀河堂書店の売り上げに貢献できるほどの店になれれば。

「桜風堂さんに、よろしく伝えてくれたまえ。必要なら、ご判断の参考になりそうな書類も作らせていただくのでね。俺から直接、ご挨拶の手紙など書かせていただくことも考えている」

金田は微笑み、そしていった。

「そうだね。もしひとつだけ、桜風堂書店に頼みたいことがあるとすれば——。どうか、店を閉めないでくれ。そのための資金なら出すから、書店の火を消さないでくれ。その店の客のために。本を読むことで人生が変わる人々はきっといる。助けられる魂はある。だから、書店は町に在り続けなければいけないんだ」
長く語り続けたことがやはりこたえたのか、言葉の最後の方は、ささやくようだった。

けれど、一整を見つめるまなざしは強く、老いて淡くなった瞳の色のその奥には、小さな炎が見えるような気がした。渇望にも似た願いがそこにはあった。

「あのう」

柳田が、小さくいった。酒が回ってきているのか、目の縁が赤かった。

「……ありがたい、月原には、すげえありがたいお話だとは思います。感謝しています。けれど、ひとつだけ訊かせてください。そんなふうに書店を大切に思ってくださっているのでしたら、なぜ、なぜ銀河堂の七つの支店を、閉店してしまわれたのですか？　それぞれの店にもその店を贔屓にするお客様はついてました。どの店も惜しまれて、お客様と店員が泣いて別れて、閉店したわけで……」

いいかけて、柳田ははっとしたように平伏した。「すみません、子どもじみたことを」

「柳田くん、いいんだよ」

優しい声で、金田はいった。

「俺の今の提案こそが、ずいぶん子どもじみた感傷に根ざしたものなのだからね。正直、経営者としては、およそまともなものじゃあないんだ。道楽（どうらく）――そう、言葉は悪いが、これは俺の道楽なんだよ、たぶんね。でも、今まで、真面目（まじめ）に商売してきた人生、最後に一つだけ、楽しいことに金を使ってもいいような気がしてさ。

なあ、柳田くん。そして、月原くん。俺はもう、日本の書店は先が明るくないんじゃないかと思ってる。いや老舗（しにせ）の大型書店や、時代に適応して柔軟（じゅうなん）にかたちを変えてゆける、大規模なチェーン店は残るだろう。それと、小規模なセレクトショップタイプの書店だな。店内にある本のすべてを、センスと才覚のある店長が把握（はあく）していて、イベントも企画して、常に自らが話題の中心になり、ひとを集められるような店だ。

しかし、銀河堂書店や桜風堂書店のような、地域に根付いた昔ながらの町の書店は、苦戦を強（し）いられてゆくだろうと思う。町の一角にあって、雑誌や文庫や文芸書、それにほんの少し文具も置く。大人も子どもも、いろんな年齢の客がふらりと立ち寄って、本を選んで買ってゆく、本との――世界との出会いの場所になる――そんな懐かしいかたちの店は、かんたんには、持ちこたえていけないだろう。

本を読む人口は減っていくばかりだ。俺のような昔ながらの読書家である、じいさんばあさんは寿命が来て仏様になったらもう本は読めないしな。期待したいところの、来たるべき次の世代――子どもや若者は、ネットの本屋で注文したり、電子書籍を買っちまう。まあね、気持ちはわかるよ。読みたいと思ったときに、スマートフォンですぐに買えるものな。そもそも、買いに行こうにも、町の小さな本屋には在庫があるかどうかもわからない。注文しても何日も待たされるし、下手したらいつ入荷するかすらわからなかったりする。

　ネット書店に対抗できるのは、大量の在庫と全国に複数の店舗を持つ、ナショナルチェーン店しか無いような現状で、逆にいうと、その大型の書店が進出してきた町では、ネット書店と大規模店の挟み撃ちにあうようなかたちで、昔ながらの地元資本の書店が客を取られてやっていけなくなっちまう」

　金田は胸元を押さえ、あえぐようにした。

　一整が止めようとすると、笑って首を横に振り、かすれた声で、言葉を続けた。

「――もうひとつ。日本全体、いろんな企業に余裕がなくなってるから、それまでは営業させてもらえていた複合商業施設から、書店が追い出されるなんてことも、ここのところ、よく聞く話だ。ちゃんと売り上げを出している書店でも、追い出されるんだな。もっと集客力のあるカテゴリの店を入れるために。血も涙も無い話だが――その立場になれば、考えることもわかるよ。悲しいね。

そんな町の書店にとって、不利なことばかりの中で、それでも俺は、銀河堂書店の本店を守り続けてきた。もっというと、そのために他の商売を続けてきたともいえる。本店が大切だったから、手を合わせながら、七つの支店を切り離し、閉店させた。もはやこの風早の街で、銀河堂書店は八つもの店を維持していけないんだ。申し訳ないが、当たり前の判断だった。——けれどね、いつだって思っていたんだ。ほんとうに閉店は必要だったんだろうか、とね。必死になって考え、可能な限り、トライアンドエラーを繰り返せば、どこかに未来へ続く道があったんじゃないか、とね。七つの支店が今もこの街に在り、働く者たちは職を失わず、街からは書店の火が消えず、お客様たちも泣かないで済むような——そんな未来もあり得たんじゃないかってね。ずっと後悔していた。

特に、自分の寿命が見えてくるとね、自分が守ってきたものはなんだったんだろう、この先の未来、自分がいなくなったあとの世界に残せるものはあるんだろうか、なんて思えてきてね。また病院にいるとさ、考えることしかすることが無いからさ。

そんなとき、月原くんと桜風堂書店のことを知り、『四月の魚』を読んでね。せっかくうちの店にいながら、これほどの人材を守ってやれなかったのかという後悔と焦りもあってね。

そして、思ったんだよ。この若者に、書店を経営させてみたい、と。この若者が守りたいと思えるものを、この若者が未来に残したいと思えるものを残せるように手を貸してやることができないだろうか、と。

それがこの国に先に生まれ、先に死んで行く者が残せる宝物なんじゃないかとね」

話し終えて、金田は疲れ果てたように、目を閉じた。脇息に寄りかかる様子は、年齢相応の老人のようにしか見えなかった。

（ああ、しまった――）

一整はおのれのいたらなさに唇を嚙む。流れるような語り口に魅了されつい耳を傾けていたけれど、金田は病身、こんなに長く語らせていてはいけなかったのだ。

柳田もまた同じ想いだったのだろう。気遣うように金田を見やり、一整にそっと目配(めくば)せしてきた。そろそろ席を辞そうかと目で語りあったとき、金田が静かに目を開けた。

「――お伽話みたいな話なんだがね。いやもういっそ、そんなものだと思ってくれていい」

かすれた声で、ささやいた。

それから語られた、長い長い物語を、その後、月原一整は、おりにふれ思いだすこととなった。

語り手が世を去り、それからさらに長いときを経てからも。

「昔々、もう何十年も昔の話さ。日本が大きな戦争を始めるよりも前のことだ。ひとりの身重の女が、朝鮮半島から海を渡って日本にやってきた。日本に出稼ぎに行った夫がいつまでも帰らないので、捜しに来たんだね。女は夫を捜したけれど、見つからず、とうとうある街の路上、小さな教会のそばで動けなくなった。その日は日曜日でね。礼拝に出ていたある一家が女を見つけて、気の毒に思って、家に連れ帰った。――街でいちばん大きな呉服店の人々でね。ちょうど台所で働く女手が欲しかったところだった、ということで、女はそのままその家で、住み込みで働くようになったのさ。その家には他にも、そんな風に働いている者がたくさんいたのさ。何しろ、大きな、立派な呉服店だったからね。

女は料理も得意だし、朗らかで賢くて、気が利いたから、その家で重宝がられ、みんなから好かれてね。やがて生まれた子どもも、みんなにあやされて育った。働いている人間だけでなく、呉服店の奥さんにも。その奥さんにもじきに子どもが生まれたんだが、その子たちとはきょうだいのように育ってね。年が離れたいちばん下の男の子は、自分の弟みたいにかわいがった。遊んでやり、字や計算を教えたりもしたものだ。その家には大きな本棚と、たくさんの本があり、女の息子はその家の子どもたちとともに、それらの本を読んで育ったんだ。

呉服店の主は、篤志家だった。女の息子はその賢さを主に見出され、愛でられて、学校に通わせて貰った。学資は自分が出してあげるから、世のため人のため、どんな分野でもいい、専門的な学問を修めなさい、と、言い渡した。自らのためには一切の見返りを求めない言葉だった。

息子はその言葉に従い、勉強に励み、やがて、経済学を修める道に進んだ。言葉にはしないけれど、いずれ、呉服店に勤めて、主の片腕になれればと夢見ていたんだね。――さて、同じ頃、呉服屋の近所に、小さな古本屋があってね。そこの家の主人がまた、その息子をかわいがってくれていたのさ。二階建ての木造の、小さな店の中いっぱいにある作り付けの本棚に、ぎっしりと古本が並んでいてね。息子は呉服店でもらう小遣いで少しずつ古本を買い、飽きるほどに読んだのさ。なんでも読んだんだよ。経済学の本はもちろん、古今東西の詩や小説や、戯曲、随筆なんかもね。店主は足が不自由で、あまり愛想もよくなくて、でも本の話になると夢中になっていつまでも話し相手になってくれるような――そんな人物だった。昔のことだ。半島出身で父親もいない学生のことを、いやな目で見る者もけっこういたよ。

でも、あの呉服店の人々と、古本屋の主は、違っていた。それからね、商店街の子どもたちはたまに喧嘩はしても仲間だったし、おとなたちにもかわいがられていたんだよ。

けれど、ちょうどその時期は日本が戦争に踏み込んでいく時期でもあった。

大学生だった息子は、翌年にはもう戦争が終わるという頃になって――といっても当時はそんなことわかっていなかったんだがね――学業半ばにして戦争にとられた。いわゆる学徒出陣というものさ。そうして基礎訓練を受けた後、いわゆる特攻隊に配属されることになった。そうさ、神風特攻隊だよ。もう生きては帰れないと思った。学問を修めることも、世の役に立つことも、もうできない。けれどね、息子は思ったんだ。この戦争はいずれ終わる。日本の負けで終わるだろう。しかし、自分たち学徒がこのように悲惨な死を遂げることで、敵に甚大な被害を出し、異文化を恐れさせることになるかも知れない。

日本の国に対しても――このような哀れな死を遂げる若者たちがいることで、国が滅びないよう、和平に向けて動こうと思ってもらえるかも知れないと夢想したんだ。そうすることでもしかしたら、敗戦後に日本の扱いが少しは良いものになるかも知れない。それならばね、死に甲斐もあると思ったんだ。

でも、息子は搭乗機の故障によって、出撃できず、次の機会を待つうちに、戦争は終わった。同期の学生たちは大勢死んだんだけどね。それでも彼は呉服屋のある街に帰れることが嬉しかった。故郷に帰るような気持ちで帰って、しかし彼を待っていたのは、焼け野が原だった。戦争末期の空襲で、彼が暮らしていた街は焼けてしまっていたのさ。子どもの頃駆け回った商店街はもうなかった。呉服店も、小さな古本屋もね。そこにいた人々も母親ももろともに。

せっかく生きて帰っても、これから学問を修め直すとしても、彼が守るべきものも、その才覚を捧げるべきものも、地上にはもう存在しなかったんだ。

それからしばらくの間、彼は荒れた。別に喧嘩が強かったわけじゃないと思うんだが、とにかく捨て身だったしね。死にたかったのさ。痛みも恐怖も気にしなければ、人間強いものさ。日本人に乱暴を働く米兵に向かってゆき、勝手をしようとするやくざ者に刃向かい、気が合えば杯を交わし、そんな荒れた日々を過ごすうちに、呉服屋の末っ子と再会した。そう、あの弟のようにかわいがっていた末の子だ。ただひとり生き残ったその子は、彼にいった。

『もういちど、街に光を取り戻したい。力を貸して欲しい』ってね。

どうしてそれを引き受けない理由がある？

もういちど、生きる理由を与えてくれたことに感謝しない理由があるかい？

幼い日、その小さな手をとり、文字と計算を教えた男の子が、立派に成長し夢を語り、力を貸してくれと願ってくれた。彼がそのそばで働くことを夢見た、亡き恩人の息子であり、きょうだいのように仲良く育った亡き娘たちのただひとりの弟である少年の、その力になろうと思わないはずがないだろう？　彼自身だって、取り戻したかったんだから。故郷を。

　そして彼は生まれ変わった。呉服屋の息子と商店街の生き残りの仲間たちとともに、もういちど、焼け跡に、光溢れる街を作るべく、みんなの兄として、采配を振るった。

　焼けてしまい、失われたたくさんの美しい品々を取り戻すこと。より美しい街を、地上に築き上げること――それが、彼と焼け跡の仲間たちの願いであり――そしてまた、彼は心から願ったんだ。本が欲しい、と。

知識の源となり、ひととして生きていくための、すべての素地を作るものである活字。空想の世界に遊び、疲れたときの癒やしとなり、孤独なときは友となってくれる、書物。

　それを集め並べ、人々に手渡すための場所――書店。日本一立派な書店を、この地に築こうと。この街の人々のために。再生するこの街に、新しく生まれる子どもたちのために」

　金田は微笑んだ。深く息をついて、いった。

「そして彼と焼け跡の仲間たちは、商店街があった場所に再び街を作り上げた。その中心には、光に包まれた百貨店を建て、日本でも一、二を争うような面積と棚の数を誇る書店が、本館六階に開店した。それから長く、その書店は日本でも有数の一流の書店として街の誇りだったのさ。――まだ日本人が本をよく読み、書店でたくさん本を買っていた時期のこと。百科事典も哲学の本も古典も、たくさん売れていた時代のことさ。百貨店の名は星野百貨店。書店の名は、銀河堂書店という。まあね、遠い昔のお伽話さ」

いわれるままに、金田を残して店を出た。

もう遅い時間になっていた。

夜風に吹かれながら、柳田と二人、夜の商店街を歩いた。街路樹の柳の枝が揺れ、方々から夏の花と緑の香りが漂う。この時間になると、大通りを行く車の数も少なく、たまにすれ違うとしても、車たちは、光の尾をなびかせながら、どこかゆったりと走っているように見えた。

街にはまだ灯りが灯っていて、その上には星野百貨店が街を守る城のように光を放っていた。この百貨店は閉店時もその光を完全には消すことはない。慰霊(いれい)の灯(ひ)の代わりなのだと、一整は学生時代に聞いた。

柳田店長が、ふと呟いた。

「――金田さんと銀河堂の関わりについては、知識として知ってはいたんだけれど――言葉として本人から聞くと、また違うなあ」

耳の奥にそのひとの声がまだ残っているようだった。目の奥にはそのひとのまなざしが。

ずっと忘れないだろうと一整は思った。

案の定、もう桜野町まで帰れる電車は無い。駅のそばのホテルに泊まるつもりだったけれど、柳田が強く誘うので、家に泊まらせてもらうことにした。柳田の家まではバスでそうかからずに行けるらしい。

バスターミナルに向かって、夜道を歩きながら、一整は呟いた。

「こんなに運に恵まれてもいいものなのかな、と思ったんです。桜風堂書店を受け継ぐことになり、今回、銀河堂のチェーン店になって欲しいというありがたいご提案があって。わたしは何もしていないのに、いいのかなと」

あまりにも棚ぼた過ぎる。濡れ手で粟。ひょうたんから駒だ。もしかしたら、猫に小判でもあるかも知れない。

もしこれが小説で、主人公がこんなふうに次々にラッキーに恵まれて、人に助けられるエピソードの連続になったら――。

（こんな都合のいい展開はないぞって、絶対読者に笑われるよな）

軽くため息をつくと、柳田が笑った。

「幸運に恵まれるのも才能だと思うぞ。もっというと、人たらしも才能のうちだな」

「――人たらし」

「ひとに好かれるのがうまいってことだよ。

マジにいうと、接客業には必要な特性だよな。他の誰でもない、このひとから品物を買いたい、あのひとのいる店でお買い物をしたい、と思わせる才能でもあるんだから」

柳田は立ち止まり、一整を振り返った。

もう笑ってはいない。一言、いった。

「月原、おまえほんとうに、自分が何もしていないって思ってる？」

「――はい」

「閉店しか道がなかっただろう桜風堂書店を助け、その店主に店を継ぐことを約束したのは誰だよ？『四月の魚』を見出して、売りたいと提案したのは、誰だったっけ？」

「わたし――ですけど、でもそれは、困ってる状態の書店を見れば、書店員なら誰だってなんとかしなきゃと思うでしょうし。『四月の魚』は名作ですし。わたしが売りたいといわなくても、きっと誰かが――」

「だが、そのときに、桜野町にいて、手助けしたのはおまえだったし、『四月の魚』のことを月原からきいていなければ――おまえに託されなければ、俺も、銀河堂の他の誰も、あの本の存在に気づかなかった可能性がある。いやきっと消えてしまっていたろうさ。たくさんの他の文庫にまぎれてさ。

月原、おまえは動いていたんだよ。何もしなかったわけじゃない。おまえはその手を、あの本と桜風堂書店にさしのべ、守ったのさ。だから、おまえにも手がさしのべられたんだよ。別に珍しいことじゃない。善人にはそれ相応(そうおう)の報いがあるってだけのことだろう?」

話の流れで、『紺碧(こんぺき)の疾風(かぜ)』最新刊の話になった。銀河堂書店には前日に入荷するので、とりあえず五冊、即行で桜風堂に送ってくれると約束してくれた。

(よかった。発売日に並べられる――)

一整は夜空を見上げた。都会の灯りで薄く曇っている夜空に、そのとき、星の輝きがたしかに見えたと思った。

柳田の家では、猫たちと柳田夫人(銀河堂のコミック担当の書店員だ)に歓迎(かんげい)され、客間に用意して貰った布団に横になると、猫たちがわらわらと集まってきて、一緒に寝そべったり丸くなったりした。

移動の疲れか、あれこれと勧められた日本酒のせいか、すぐに眠くなった。うつらうつらしていると、Twitter（ツイッター）のメッセージに着信があった。

星のカケスだった。

どういうわけか、一整が久しぶりに銀河堂書店を訪れたことをもう知っていて、それについて、あれやこれや書いていた。耳が早いなあ、と思った。誰に聞いたのだろう。

眠かったけれど、心の奥にまだ未消化な部分があって、ついそのことを星のカケスに伝えていた。柳田店長に訴えたようなことだ。

自分がこんなに幸運に恵まれてもいいのかどうか、ということを。

電光石火（でんこうせっか）の速さで、星のカケスから返信が来た。

『遠慮することないよ。それ、銀河堂にとっても、ありがたいことなんだから。宣伝になる。うわさ通りの人物なら、そこまできっとオーナーは考えてる。』

宣伝？

一整は眠い頭で考える。宣伝って、何の？

星のカケスからのメッセージは続く。

『「四月の魚」と店から姿を消した書店員のことは、本好きな人々の間では、悲劇としてわりと有名なんだ。なんでその書店員を守れなかった、辞めさせたんだ、って銀河堂と星野百貨店を責める声さえあるくらいだ。』

そのことは一整も知っている。ありがたいなあと思いつつ、どこか複雑なのは、同じような「正義」の糾弾が、一整自身を追い詰めたことを思いだしてしまうからだった。

ひとは正義に憧れ、善意から、誰かを責めるものなのだ。自分自身にも、そういう心の動きが無いとはいえない。

そう思うとき、ひとという生き物の悲しさと優しさ、愚かさが切なく、愛しくもなるのだった。

世の中にまっとうな正義がなされることに憧れるゆえの、悲しい暴力なのだろうと思うから。

『でね、月原さん。ここで、その悲劇の書店員が、今は山間の小さな書店を守っていること、その書店を助けるために、銀河堂書店が手をさしのべることになった、って「物語」が生まれることになるわけだ。——何が起きると思う？』

何がって——なんだろう？　眠くて頭がまとまらない。

『いままでこの事件に心痛め、憤っていたひとたちの、悲しい心が慰められ、その思いの行き場所ができるんだよ。よかったね、っていうさ。――ねえ、月原さん。悲しい事件をあとから知ったとき、ひとは、自分の無力さに歯がみする。終わってしまった悲しい「物語」に自分が参加できなかったことを悲しむ。何で自分には何もできなかったんだろう、何とかしてあげたかったって。でも、もし、その「物語」に続きがあり、悲劇が何かしら救われたことを知ったら嬉しいよね？　救われるよね？

　そして、自分も現在進行形の「物語」に参加したくなったお客様は――だって今度こそ、自分も間に合うんだもの――二つの書店に買い物に来てくれるかも知れない。買い物に来るには遠い地に住むひとにとっても、店のイメージはよくなる。そして良いイメージはこの先も銀河堂書店、そして星野百貨店についたままになるだろう。店の名が話題になる度（たび）に、思いだしてもらえるかも知れない。イメージは買えないからね。とってもありがたいことなんだよ。

　釈迦（しゃか）に説法（せっぽう）だろうけど、今の時代、ものを買うということは、「物語」を買うことと＝（イコール）だからね。日本中どこにでもある品物である本、どこで買っても同じ価格の本を、あえてこの店で買いたいと思わせる動機、それが今度のことでひとつ生まれるんだよ。

　まあ見ててごらん。今度のことはきっと、書店や小売り関係の新聞やネットニュースで話題になるから。まずは星野百貨店の広報部が動くだろうね。いい宣伝になるよ。銀河堂と星野百貨店だけにじゃない、桜風堂書店と、月原一整という書店員にとってもね。あるいは書店そのものについても、「いい話題」になるかも知れない。久しぶりに近所の書店に足を向けようと思うひとが出るかも知れない。月原さんは胸を張っていていいと思う。実際、春に銀河堂と星野百貨店は月原さんを守れなかったんだ。お詫びを受け取ったくらいに思っていたら？』

布団の中で猫たちとまどろみながら、一整はぼんやりと考えていた。

口元に笑みが浮かぶ。——たしかに、あの金田老人なら、そこまで考えた上でのことなのかも知れない。

（でも、それはそれで）

ほっとするような気もした。甘いだけのひとではないということなのだろう。それならきっと銀河堂書店は大丈夫なのだ。

（「物語」か——）

ひとはいつも、物語を探している。日常から、ほんの少し浮上し、夢見ることができるきっかけを。束の間（つかま）でいい、自分が主人公になって、生きることのできる素敵な時間を。

　無意識のその渇望は、売り場で買い物をすることで救われることもある。

　書店に限らず、今ものを売る現場では、いろんなかたちで、売り場に「物語」を創り出そうとしている。そうすることでお客様を集めるのだ。お客様は物語にこそお金を払うのだから。

「物語……」

　そのことを深く考えてみよう、そう思いながら、一整はまぶたを閉じた。


　次の日は、夜明け前に柳田の家を出て、桜野町まで帰った。店に着いて、エプロンを身につけたときには、もう昼過ぎになっていた。

　退院してきた桜風堂の店主に、改めて金田からの提案について説明した。概略は、今日移動中にメールで説明していたので、話が早かった。

　店主は、「ありがたい話だ」と、何回も繰り返した。「ほんとうに嬉しいねえ」と。

　エプロン姿のそのひとは、体調も良いようで、笑顔で文庫の新刊平台を整えていた。

「一整くん、明日は朝からエンドを空けないといけないですねえ。紺色の布でも敷きましょうか。小物も飾りましょうか。わくわくするなあ」

エンド、というのは平台の手前側の端のことで、ここに置いた本はめだつし売れるのだ。よって、話題の本や特に推したい本を置くことが多い。

一整は微笑んだ。

「お客様、みなさん喜ばれるでしょうね」

『紺碧の疾風』が発売日に間に合ってよかったと思った。

店主がうなずきながら、

「うちの店に、あの本の新刊が発売日に十冊もそろうなんて日が来るとは思いませんでしたよ。すべて一整くんのおかげだって感謝しています。ほんとうにありがとう」

「――十冊？」

銀河堂書店から届くのは五冊のはずだ。そのことは、メールで店主に伝えたけれど。

店主がきょとんとして、あごで、自分の肩の方を指すようにした。

「さっき届きましたよ、五冊。これに明日届く、銀河堂さんからの五冊で、計十冊」

レジカウンターのそばに、小さな箱がある。いかにも開けたてのような、そんなようすで。

大手の版元の名前が印刷してある箱だった。まさか、と思って一整は、身をかがめ、中を確かめた。まとめて紙にくるまれた『紺碧の疾風』の新刊が五冊入っている。

「あの、これは——?」

「あれ、一整くん、知らなかったんですか? 特に手紙も添えてなかったから、急ぎで送ってくれたのかなあ、と思ってたところで」

送り状を見る。銀河堂時代に見知っている、あの営業氏の名前があった。彼が送ってくれたのだろう。それにしても乱暴な話で、これでは売っていいものかどうかもわからない。

連絡を取らなければ、と、店の電話に手を伸ばそうとしたとき——。

「やあ、こんにちは」

店の玄関に立った人影があった。

穏やかな雰囲気の男性だった。まなざしと口元に刻まれた皺が、優しい笑みを作っている。懐かしさを感じるのは、どこかで会ったことがあるひとだからだろうか。

(どなただったかな?)

たしかに知っていると思うけれど、とっさに思いだせなかった。

鳥の羽を飾った帽子を頭に載せ、ポケットの多いベストを着て、背中にはリュック。はきなれた感じの登山靴。登山家なのだろうか、と思った。

額に浮かんでいた汗をハンカチで拭いて、そのひとは、一整とそして店主に頭を下げた。

「作家の高岡源です。すみません、いきなり来てしまって」

店主が、「た」といったまま、絶句した。

「ほ、本物の？　あの、作家の？」

一整の方を振り返る。一整はうなずいた。

たしかに、銀河堂書店で一度だけ会ったことがある、あの著者だと思った。新聞広告や、版元の作る拡材でも見かける写真の、その笑顔と同じ人物だ。

「はい」おっとりと高岡が笑う。

「若い頃から、山登りが趣味でしてね。遅い夏休みに登山をと思って、昨日から妙音岳登山をしていたんですよ。でまあ、あの山を登るなら、とね。月原さんがこちらに移られたと聞いて、一度ご挨拶をと思ってたんですよ」

ははは、と笑う。「いいところですねえ」

「はい」

一整は笑顔でうなずいた。

「遠路はるばる、ありがとうございます」

「これくらい、遠いことないですよ」

高岡は悠然と笑う。「また来ちゃおうかな？　いい温泉があるんですって？」

「はい。町営の温泉が――」

説明しようとしながら、一整は夢を見ているように思った。なんだって、ベストセラー作家が、今、ここにいるんだろう？　温泉の話なんてしているんだろう？

また来ちゃおうかな、なんて――。

「夢見てるみたいで」

同じ言葉を、店主が口にした。

「この店に、生きている作家が――いや、作家の方がご挨拶に見えたことなんて、たぶん、その、初めてで」

「そうですか？　いやあ光栄だなあ。じゃあ、わたしが最初にこの店に訪れた作家になるわけですね」

そのとき、外に出かけていた透が帰ってきて、「いらっしゃいませ」と、高岡に声をかけた。

「えっと、なにかお飲み物をお持ちしましょうか？」

「ありがとう」

高岡は軽く身をかがめて、透に微笑みかける。透の帰宅に気づいたのか、猫のアリスが台所の方から、ひょっこりと顔を出した。

「おや、かわいい猫ちゃんだねえ」

猫にはそういう言葉は通じるのか、アリスは得意気な表情でひげを上げた。

透は高岡に飲み物の好みを訊き、台所へと駆けて行った。店主は慌てたように、

「あの、高岡先生、もし、もしよろしければ、色紙など書いていただけますでしょうか？

でしたらすぐに、文房具屋さんに買いにいってきます。近所にあるんです。ちょうどその、新刊も発売されることですし、もし先生の色紙があれば、買いに来てくださったお客様がどんなに――どんなに喜ぶか、と……」

最後の方はこみ上げてきた涙で言葉にならなかった。

「書かせてください。なんでも書きますよ」

高岡はリュックを下ろしながら、答える。

「筆記用具も持ってきてますし。もし既刊がおありで、ご迷惑でなかったら、サイン本も作らせていただきますが。――あ、もちろんご迷惑でなければ、ですよ」

優しい声で、高岡は付け加える。

書店にある本は、取次を通して、出版社から預かっている本になる。借りて並べて売っているのだ。例外はあるが、売れなければ、返品をすることができる。このシステムがあるからこそ、全国のどんな書店も好きなだけ、たくさんの本を並べることができる。

ところが本は、それがたとえ著者によるサインでも、書き込みがあれば返品できなくなる。つまり、サイン本は一度作ると売らないといけない本になってしまうのだ。だから、小さな書店や、人口の少ない町に在る書店の場合、置きたくても置くのに勇気が要る本になるのだった。

それでも、その本や著者をどうしても推したい意志や、売れるという見込みがある場合は、書店員はサイン本を店に置く。店に来るお客様に貴重な本を手渡したいと思うときも。

「サイン本も、ぜひ――」

店主は頭を下げた。そして、文庫の売り場に走り、高岡源の著書のあるだけの在庫を抱えて戻ってきた。長テーブルに本を重ね、そちらへと高岡を招いた。

「先生、今あるのはこれだけで――大変申し訳ないのですが、先生の本は置いてもどんどん売れてしまうんです。お客様に先生の御本を好きな方が多くて、それで。今度の新刊も、みなさん、心から、楽しみにしていて。

あの、新刊もできれば、サイン本に」

高岡は、ふと目を上げた。

目の端に、版元の名前入りの段ボール箱を認めたようだった。口の端が楽しげに笑う。

「おや、間に合ったようですね、新刊」

一整は、思わず訊き返した。

「――ご存知でいらしたのですか？」

桜風堂書店に、今日、発売前の『紺碧の疾風』が五冊届くことを。

「わたしが送るように頼みましたからね」

さらりと高岡が答えた。

「先生が？」

「こないだね、『紺碧の疾風』の版元にサイン本を作りに行ったんですよ。そのとき、月原さんと桜風堂書店さんの話が出ましてね。ちょっと聞いたら、失礼ながらこちらの店には初回の配本があるかどうかわからない、たぶんないだろう、とかいうじゃないですか。じゃあ念のために送ってくれ、と強く頼んだんですよ。

月原さんのいるお店に、『紺碧の疾風』の新刊がないなんて、ありえないでしょう？」

高岡は服の袖をまくって、テーブルの前の椅子に腰をおろした。

「もしそれで本がダブるようなら、今日買って帰ろうかと思ってました。——でも、大丈夫だったかな？」

一整は何も答えず、ただうなずいた。

涙がこみ上げてきた。

「ご配慮ありがとうございます。なぜ……」

わたしごときのために、そこまでしてくださったのですか。そう訊きたくて、でも言葉にならなかった。

高岡は慣れた手つきで、サイン本を作りながらいった。

「君はね、わたしにとって恩人なんですよ。本を売ってくださってることもそうなんだけど、ちょっと印象深い記憶があってね。

あれは『紺碧の疾風』の七巻が出るときのことです。わたし、初めてスランプになりましてね。急に、原稿の書き方がわからなくなっちゃって。書いても書いても、面白いものが書けないんですよ。それまで特に苦労もなく楽しく書けていたものだから、どうしたらいいのか、わからなくなっちゃったんですね。

何しろ、それまではずっと無名の作家だったのが、このシリーズでいきなり人気作家になっちゃったものですから、書けないときはどうしたらいいのかなんてわからなかった。担当編集者にも相談できませんでしたね。話したら見捨てられそうな気がして。ええ、年はとっていても、新人作家みたいなものでしたからね。

でも約束した〆切りはやってくる。わたしは会社にも勤めてますから、社会人として、仕事上の約束だけは果たさなければいけないと、自分で自分を追い詰めました。ちょうど、夢見ていた人気作家というものになろうとしていた時期でしたから、余計に焦りもしました。ついには、こんなに辛いならもう作家なんかやめちゃおうかとまで思い詰めました。

ある日曜日——家にいて、パソコンの前にいるのが辛くてね、あてもなくふらふら街を歩くうちに、ふと、銀河堂書店に行ってみようと思ったんですよ。書店に行けば、なにか仕事の参考になるような本があるかも知れない。藁にもすがるような気持ちでした。うちからはほんのちょっと遠かったから、それが銀河堂さんに初めて行った日でした。そう、正式にお店に書店まわりにうかがった、それよりもずっと前のことになります。

で、書店に行くとなると、気になって、自分の本が置いてあるところにやはり行ってしまうんですね。『紺碧の疾風』を探すと、まあ、棚と平台に綺麗に既刊が並べられて、読みやすい字で的確に内容が紹介された、ＰＯＰまでつけてくださっているじゃないですか。既刊がみんな得意そうに幸せそうに見えてね。わたしは感動して、しばらく棚の前に立っていたんですよ。書店員さんがこちらに来る気配がしてね。慌てて、棚の陰に隠れたんです。なんか恥ずかしくてね。

お客様は、『紺碧の疾風』に興味を持って探しに来た方で、連れてきたのは文庫担当の若い書店員——そう、月原さん、君でした。君はそのお客様に、既刊が並べてある場所を教え、『紺碧の疾風』がいかに面白いか、淡々と、でも想いを込めて伝えてくれた。

お客様は楽しそうにそれを聞いて、既刊をみんな抱えて、レジに向かって行きました。

若い書店員さんは——月原さん、君は、そのお客様の背中にお辞儀をしたんですよ。深く頭を下げて、ありがとうございます、と。そうしてずうっと、そのお客様の後ろ姿を見守っていました」

覚えていない、と一整は思った。

そんなことがあったろうか。——ただ、いかにも自分がしそうなことだと思った。彼にはありふれた、当たり前のことだったから。

自分が好きで、推している本を買ってくださるお客様に、せめて頭くらいは下げたいし、レジに向かう姿を見守りたい。書店員として、当たり前だと思うのだ。

高岡は言葉を続ける。

「それを見たとき、わたしは思ったんですよ。自分の書く原稿は、本になってそれで終わりじゃないんだって。こうして、本を、読み手に渡すひとがいる。原稿を書いたわたしの想いまで預かるようにして、ありがとうございます、と、本を手にするひとに頭を下げるひとがいる。

ひとりじゃないんだ、と思ったんですよ。

わたしはひとりで原稿を書いているように思っていたけれど、その先には、君たち書店員さんが、手を広げて待っていてくれるんだな、と。完成した本を、読者さんに手渡すために。

で、思いだしたんですよ。『紺碧の疾風』が売れるようになったのも、全国の書店員さんたちが、それぞれの店で、この本は面白い、売りたい、と声を上げてくれたからだったんです。売れない作家、消えた作家と何度もいわれてきた、わたしの本を見出してくれたのは、君たち、書店員さんだったんですよ。

不思議なものですね。帰宅してから、するすると原稿が書けるようになりました。それも楽しくね。自分が書きたかったこと、あたたかな気持ちや、ひとの優しさや、思わず笑ってしまうような、愛らしい冗談や、胸が空く剣戟や、ほのかな恋情や、熱い友情や正義や謎解きや。そんなものが溢れるように浮かんできて、止まらなくて。原稿を書くって楽しいなあ、と久しぶりに思いました。早くこの作品を書いて、書き上げて、本にして、新刊を待っている読者さんに読んで欲しいって。銀河堂のあの書店員さんが、お客様に胸を張って勧めてくれるような本を早く世に出さなくては、ってね」

　さらさらと、高岡はサイン本を作り上げて行く。ふと目を上げて、一整を見た。

「誰も知らないことですけどね。今日まで誰にも話したことがなかったから。そういうわけで、『紺碧の疾風』は危うく六冊で終わっちゃうところだったんです。月原さん、君は、あのシリーズの恩人です。大恩人です。あらためまして、あのときは、ありがとうございます」

　それでなのか、と、一整は微笑み、目の端の涙を拭いながら、思い返していた。書店まわりにきたときの、あの高岡の感謝を込めた握手(あくしゅ)は、あの手に力がこもっていたのは、そういう理由があったのか、と。

　明るい声で、高岡は続けた。

「月原さん、あのね。もし何かわたしの本のことで困ったことや、力になれるようなことがあったら、いつでも遠慮無く相談して欲しいんですよ。わたしはきっと君の力になりますから。特に『紺碧の疾風』に関してはね。

　わたしは滅多に怒る方じゃないんですが、ちょっと営業の若いのがひどくてね。

自分が長年営業職だってこともあって、怒っちゃいましたよ。もっとお店を大事にするべきだ、って。その手で本を並べて売ってくれるのは、書店員さんなんだからね、って。そりゃ商売は大事だけれど、店の大きさや、店がある場所で待遇を変えてどうするんですか、って。いくら大手の版元だからって、『偉く』なっちゃだめだって。小なりともデザイン会社勤務なもんで、無関係な業種でもなく、よけいに腹がたったのかも」

一整はつい笑ってしまった。――なるほど、版元から送られてきた『紺碧の疾風』に添え書きも挨拶もついていなかったのは、そういうわけだったのだろう。あの版元の営業氏は、きっとふてくされて発送したのだ。ベストセラー作家の頼みは無視できず、けれど、内心では叱責に腹が立って。

「――だけど」

一整は訊ねていた。「こんな風にしていただけるのは、とても嬉しいことなのですが、版元に無理なことを頼んで、結果、先生がご迷惑を被るというようなことはないのでしょうか？　たとえば、仕事がしづらくなるとか」

『紺碧の疾風』は大ベストセラーだから、そこまで著者の扱いが悪くなることもないだろうと思うけれど、疎まれて、居心地が悪くなるようなことはないのだろうか？

「月原さん、出版社はひとつじゃないんですよ」

さらりと高岡は答えた。

「あの版元とのつきあいが不幸にして終わったとしても、わたしが良い仕事をしていれば、新しい仕事はきっとどこかでできるでしょう。それを信じて、こつこつと新しい作品を書けばいいんです。わたしは売れない時期が長かったですからね。ひとつの縁がつきたとしても、また最初からやり直すだけですよ。全然、たいしたことじゃない。懐かしいくらいのものです。

いいものが書けて、本になったなら——ねえ、月原さん、きっとまた君たち書店員さんが見出して、売ってくれるんでしょう?」

にっこりと笑った。

「はい」

一整は力強くうなずいた。「でもその前に、『紺碧の疾風』を売ります。最新刊も、ベストセラーにしましょうね」

箱から届きたての新刊をとりだして、高岡の前に並べた。この五冊とこれから届く五冊。すべてを売り切ってみせる、と思った。

# 幕間2~ケンタウロスとお茶を

細く開けたカーテンから、日が差し込んできているのをぼんやりと感じる。

窓越しに、蝉の声。

（ああ、夏なんだなあ）

ベッドの中でタオルケットにくるまったまま、沢本来未は考える。

小鳥のさえずりも聞こえる。窓を開ければきっと、涼しい風が吹いているのだろう。山間のこの町では、年に何回か、夏の盛りの昼間くらいしかエアコンを使わないのだと姉の毬乃がいっていた。

「とても素敵で、暮らしやすい町なのよ。来未ちゃんもきっと好きになるわ」

だからいらっしゃい、と呼ばれて、最後の気力を振り絞るようにして、たどりついた。東京からは半日くらいで着くはずなのに、地平の彼方まで旅するような距離を感じた。

実際、大学生にしては小さく細く、中学生にも間違われるような来未にとっては、大きなボストンバッグを抱えてのひとり旅は、難行苦行(なんぎょうくぎょう)だった。そもそもインドア派なので、旅行なんてしたいと思ったことすらなかったし。長いこと外に出ていなかったから、夏の日差しに負けてしまいそうだったし。

乗り継いだ電車の窓に映(うつ)った、自分の姿が情けなかった。——座敷童(ざしきわらし)みたいだ、と、よくいわれるおかっぱの髪は汗で貼りつき、顔は最近の不摂生(ふせっせい)でむくんで腫(は)れて、一重瞼(ひとえまぶた)の目の下にはくまがあった。座敷童というより、昔漫画で読んだ、髪が伸びる呪(のろ)いの生き人形みたいだな、と思うと笑えた。生気(せいき)がなくて、不吉な感じ。祟(たた)りそう。

(あの旅が終わったのは、何日前だったかな……もうわからないや)

記憶がぼんやりしていて、思いだせない。

そもそも今日って何日で、何曜日だっけ？

山の中の小さな駅まで電車に乗ってたどりついて、それから歩きで山を登ったんだったかな。徒歩三十分のはずの道が、迷いに迷って、転んだりして、桜野町(さくらのまち)に着いたのは夜だったような。

不安で怖くてこのまま遭難するんじゃないかと思って、スマートフォンの壁紙に祈ったりした。来未が「神」と呼んでいる、見知らぬひとの描いた女神のような女性のイラストだ。初夏にTwitter(ツイッター)で流れているのを見つけて以来、保存して宝物にしていた。あまりに美しい絵なので見るたびに拝んでいるのだった。あとで考えたら拝むより先に電話で誰かに助けを求めればよかったのだけれど。祈ったそのタイミングで町を見つけた。

　虫の声がすだく丘の上から見下ろした町は、銀色の砂を散らしたような夜空の下にあって、商店街らしき通りには、いくつもの灯り(あか)がまるでオイルパステルで描いた絵のように、優しく柔(やわ)らかく灯(とも)っていて。

(ファンタジー世界の町や村みたいだなって思ったんだ)

　それか、ゲームの中の、優しい村人がいるような村。「いらっしゃいませ、ここは〇〇村です」と出迎えてくれて、武器屋があって道具屋があって、教会と、ゆっくり眠れる宿屋があるような。

(ドットかCGで描かれたような、そんなの)

　ほっとするような音楽が流れる場所。

　街灯の無い、真っ暗な田舎(いなか)の町を、星明かりと商店街の明かりを頼りに、泣きべそをかきながら、来未は姉のいる小野田(おのだ)文房具店を目指したのだった。滑(すべ)って転んですりむいた、ひじとひざの痛みに何度も立ち止まり、すすり泣きながら。どこからともなく、小さな妖怪がさえずるような声が、夜の闇のあちこちから、妙に立体的に響いてきて、不気味(ぶきみ)だった。その声とともに、小川か沢の水音が響くのも、安らぐよりもちょっと怖くて。光を灯す姉の店にたどりついてから、その話を、姉にしたら、「蛙の声よ」と笑われた。

「雨の日の前はみんなでうたうの。かわいい声だったでしょう？」

姉は子どもの頃から、生きとし生けるものすべてを愛するひとだった。その辺も、来未とは違う。来未も生き物は好きだけれど、少しだけ怖い。遠くから見ているのは好きだけれど。——それは動物だけじゃない。人間についてもそうかも知れないけれど。

その文房具店は、祖母の姉であるひと——大伯母が経営していたお店で、子どものない大伯母のあとを、姉の毬乃が継いでいた。

毬乃は、来未と違って、日本中のどこに行こうと溶け込めるタイプの女性で、あっというまに、ほぼ未知だった町に溶け込んで、楽しげに暮らしていた。

姉は本来は染織家だ。美大を出たあと、いろんな師について学び、今は独立して、本人曰く「そこそこ有名」なアーティストになっている。

毛糸も紡ぐし、織物も得意で、機織り機や糸つむぎ機、染織の道具を置ける場所を探していた。大伯母の家は田舎の常で広く、姉に似て綺麗なものと人間が好きな大伯母の方から姉に声をかけた。そうたたずに大伯母は大往生したのだが、大伯母にとっても姉にとっても、ふたりがともに暮らすのは、良いことだったのだと来未は思う。

この桜野町は、牧場で羊や山羊も飼われているので、毛糸の材料がたくさん手に入るのだそうだ。毬乃は文房具店の仕事をしながら、合間にマイペースで毛糸を紡ぎ、布を織る。糸や布を染めて、土産物屋やネットで販売する。町では友達がたくさんできたらしい。

(ほんとに、お姉ちゃんはすごいから)

姉の十分の一でいいから、コミュニケーション能力を、持って生まれてきたかったと思う。小さい頃から、来未は姉の後ろに隠れてきた。朗らかで勘が良い姉が、来未の代わりに、挨拶も会話もみんな引き受けてくれていた。来未は姉が大好きで、憧れていて、でも自分があぁなれるとは、一度だって思ったことがなかった。来未のコミュニケーション能力の数値は、一桁どころか、きっとマイナスだ。生まれたときのキャラメイクを、神様がし損ねたのだ、きっと。一回死んで転生でもしない限り、毬乃のようには振る舞えない。

(それでも、ひとりで暮らしてたのにな)

都会で大学生をしていたのに。外国に転勤になった両親のいないマンションで、留守番をしながら、けっこう楽しくやってきたつもりだったのに。——憧れの職業、漫画家にもなれそうなチャンスがやってきて、あたしだってやれるんだ、って、胸を張ってたのに。

（漫画も描けなくなっちゃったし、学校にも行けなくなっちゃったし）

やっぱり、来未には無理だったのだ。

うちの中で、家族に守られて暮らして、毬乃の後ろに隠れているのが、お似合いだったのだ。いくつになっても。二十歳を過ぎても。来未は駄目な子だから。怖がりだし、かわいくもないし。きっと才能だってなかったんだ。漫画だけは上手だと思ってたけど、勘違いだったんだ。思い上がりだったんだ。

もう何度も繰り返し思っていたことをまた思い、来未はタオルケットに潜り込んだ。

目を閉じていると、現実は忘れられる。

それでもやがて、暑さで目がさめてしまう。

汗ばんだ両腕をタオルケットの上に出して、天井を見上げた。古い田舎の家の天井は低く、昭和のデザインの電灯がさがっている。

したいこともできることもなかったから、姉に呼ばれるままにこの町まで旅してきた。小さい頃みたいに、お姉ちゃん、と泣いてすがりたかったのかも知れない。

頭をなでてよしよし、といって欲しかったのかも。

「来未ちゃんは悪くないのよ」っていって欲しかったのかも。「頑張ったわね」って。

はるばる旅してきて、小野田文房具店にたどりついて。そこまでは何とか頑張れたけれど、本気ですべてを振り絞ってしまったのか、部屋から出られなくなってしまった。たまにベッドから起き上がるのも、ふらふらする。

もうこのまま一生、かたつむりのように、ベッドの住人になりそうな気さえする。

窓を閉じ、エアコンを使っていない部屋の中は、湿気って動かないどんよりとした空気が重たくつまっているようで、たとえるなら、生ぬるい寒天ゼリーの中で呼吸を繰り返しているようだった。いくら涼しい桜野町でも、じきに黴が生えるだろう。黴の胞子は、部屋にはびこり、来未の顔やからだにも、緑や白や黒の菌糸が、アラベスクのように生えるのだ、きっと。

昨夜から何も食べていない。おなかがすいているはずなのに、何も欲しくなかった。喉も渇かない。このまま死んでしまうのもいいか、と思った。むしろ死にたかった。

扉を開けて階段を下りれば、台所に、美味しいものが用意してあるのはわかっていた。料理上手な毬乃が、来未の好物ばかり用意して、並べておいてくれているはずだ。少しでも、一口でも妹が食べてくれることを願って。

ツナと玉葱をマヨネーズとほんの少しのヨーグルトであえたものを具にしたサンドイッチに、都会のパンケーキ専門店にも無いようなふわふわにふくらんだ、パンケーキ。果物もきっと置いてあるはずだ。冷やしすぎないように、時間を計って冷蔵庫に入れてある桃や、きちんと食べやすい厚さに切ってある西瓜。冷凍庫には手作りのアイスクリームも入っているかも知れない。

わかっていても、ベッドから出たくなかった。食べないと、毬乃が悲しむとわかっていても。毬乃は来未を責めない。ただとても優しい、心配そうな目で、来未を見つめるのだ。


目を閉じていると、蹄の音がした。

軽やかな足音は、ベッドのまわりを回り、枕元で止まった。

野の花や草の匂いがする、優しく長い髪が、ふわりと来未に降りかかる。

耳元で、優しい声がささやく。

『ねえ、食べないの？　せっかくお姉さんが美味しいものを用意してくれてるのに？』

目を開けなくてもわかっている。

そこには、薄茶色の長い巻き毛の、緑の瞳の「ケンタウロスのお嬢さん」がいて、あどけない表情で、来未を覗き込んでいるのだ。

薄茶の髪には、野の花を編んだ花冠。彼女は森に棲んでいる。風に吹かれ、長い髪と尾をなびかせて、緑の森を駆けてうたうのだ。そんな彼女は人間の淹れる紅茶が好きで、甘いものも好きで。そういったものが恋しくなると、人間の少女を訪ねてくるのだ。彼女の親友を。

扉をノックして、『ねえ、お茶にしない？』。

手にはお土産の、森に咲く花や、朝摘みの果物。木苺や桑の実や、それから……。


来未はベッドの上に身を起こした。

夢だった。

カーテンを閉ざしたままの部屋には、来未の他には誰もいない。

「馬鹿みたい」

現実の世界に、ケンタウロスなんていない。そんなことはわかっている。ただちょっと疲れていて、寝ぼけただけだ。

そもそもあの娘も、娘の棲む森も、ほんとうにはどこの世界にもいないし、無いのだ。来未が描いた漫画、『ケンタウロスとお茶を』に出てくるキャラクターなのだから。

「――馬鹿みたい」

もういちど呟き、顔を覆って泣いた。

あの子は、来未が描いた、デビュー作になるかも知れなかった漫画の、大切なキャラクターだった。もとは同人誌――個人誌に大切に描いてまとめていた、お話のキャラクターだった。紅茶が好きなケンタウロスと、彼女の親友の、絵を描くのが好きな女子高生が、ふたりでお茶を飲み、お菓子を食べ、たまに異世界の森を散歩したり、人間の街の夜景を楽しんだりする。それだけの漫画で、それだけでいいと、来未は思っていた。友人たちにも人気があった。

子どもの頃から漫画家志望だったけれど、それはもう少し漫画を描いて、腕を上げて、夢に挑戦する勇気がでてからでいいと思っていた。少なくとも、『ケンタウロスとお茶を』でデビューするつもりはなかった。あの作品はあくまでも、趣味で大切に描いてきたお話だったから。

けれどある日、イベント会場を訪れた、青年漫画誌の編集者が、来未の本を見つけ、自分の雑誌で描かないか、と声をかけてきたのだった。きょとんとした来未よりも、同じ会場にいた友人たちの方が盛り上がった。すごい、良かったね、といって喜んでくれた。

　来未は正直、頭があまり良くない。姉の毬乃の半分くらいしか賢くないような気がする。だから、ひとつのことを考えるのにも、とても時間がかかる。ものを決めるときも、一生懸命考えても、さんざん迷う。毬乃にいわせると、

「頭が悪いんじゃなくて、言葉で考えるタイプじゃないからだと思うわ。来未ちゃんは、絵とイマジネーションの世界のひとなのよ」

　ということらしいのだけれど。だからそのときも、その編集さんのいう言葉の意味をくみ取るのに時間がかかった。

　だけど、こんなにみんなが喜んでくれるのだから、この話は受けた方がいいんだ、と思った。よくわからないけど、きっとその方がいいと思うことにした。

　だってみんな、嬉しそうだったから。

　それになにより、目の前でにこにこ笑っているこのお兄さんは、来未の描く漫画が面白い、絵が上手だといってくれているのだ。それがとっても嬉しいと思った。ありがたいと。

　イベントが終わってすぐに、その編集さんは、熱い手紙と一緒に、そのひとの担当している漫画が掲載されている雑誌を送ってきてくれた。名前は聞いたことがあるけれど、初めて見る雑誌だった。女の子の肌の色が目立つ雑誌で、載っている漫

画も荒っぽかったり生々しい感じで、来未には怖い感じだった。

　ふだん優しい柔らかい感じの漫画しか読まないので、戸惑うばかりだった。けれど、編集さんは、この雑誌で、『ケンタウロスとお茶を』を連載したいと手紙に書いていた。

　でも今の雰囲気のままでは、ちょっと魅力が足りなくて掲載するには難しいから、描き直して、新しいものにして欲しい。その作品を編集会議に出したいから、と。

　十六頁の読み切りのラフを、と頼まれた。人気が出れば、そのまま連載できるように、とにかくキャラクターを「かわいく」描いて欲しいと。

（かわいく――かわいくって、どういうことをいうのかな？）

　そこでまずつまずいた。スケッチブックに何枚も、ケンタウロスと主人公の絵を描いたけれど、かわいく描けている気がしなかった。いつも絵は、自然に生まれるままに描く。目の奥にもうできあがった絵があって、それを紙の上に写し出すような気持ちで。

　だけど、いつものように描くのでは、駄目なのかも知れない、と思った。今よりもっとかわいく、ってことなのだろうから。

（もしかして、「萌え」ってことなのかな）

自分に描けるだろうかと思った。でも、やってみるしかない。自分の絵じゃないみたいだけど、できないこともないかと思った。

それからたくさんの、メールと手紙が来るようになった。電話もたくさんかかってきた。電話はいつかかってくるかわからない。編集の仕事は忙しいそうで、真夜中にかかってくることもあるし、逆に徹夜の仕事が終わったあとだといって、早朝にかかってきたりもする。

来未は大学の講義が無い日は家でお菓子を焼いたり、紅茶を飲みながら漫画や絵本を読むのが好きだった。音楽を聴きながら絵を描いたり、お話を考えるのも好きだったけれど、いつ電話が鳴るかわからないので、胸がどきどきして、それができなくなってきた。夜も眠れないし、なんとかうとうとしても、早朝に起こされたりもする。

『恋愛の要素を入れよう』

ある日、明るい声で、担当編集者はいった。『これ、女子高生である必然性ないじゃん？　男子高校生にしてさ。ちょっとやらしいシーンも寸止めで入れる感じで』

「……そういうの、描いたことが無いので」

目眩（めまい）がしそうだった。

『簡単だよ。高校生が、うっかりつまずいて、ケンタウロス娘の胸を摑（つか）んじゃったりとかそんなのでもいいから。

あ、胸は大きく描いてね』

乳首もちらっと見える感じで、と付け加えた。冗談のつもりなのか、笑いながら。

背筋が寒くなった。

でも描かなくちゃいけないんだと思った。だって、ここで頑張れば、デビューができるんだから。早く漫画家になりたいんだから。


子どもの頃、小学校の近所におばあちゃんが経営している、小さな本屋さんがあった。今もあるその店はたばこ屋さんと駄菓子（だがし）屋さんも兼ねていて、三毛猫（みけねこ）がいて。お店の名前は、すずめ書店さん。古い看板にかわいいすずめの絵が描いてあった。

おばあちゃんは、来未をとてもかわいがってくれた。立ち読みをしても怒らなかった。お小遣いで雑誌や単行本を買いに行くと、すごく喜んでくれた。

来未は一年生のときからひときわ小さかったし、学校があまり好きではなかったので、浮かない顔をしていることが多かっただろうから、気になったのだろうと思う。

他の子には内緒（ないしょ）よ、といって、紙せっけんや駄菓子を、そっとくれたりした。

「来未ちゃんは、漫画が大好きなのねえ」

よくそういって、頭をなでてくれた。

「漫画の世界の中に吸い込まれそうな目をして、真剣に読んでいるもの」

いつから好きだったかわからないくらい、漫画は好きだった。両親が漫画が好きで、家にもたくさんあったから、最初はそこから読み始めた。

たぶん話すのが遅かったから、そのせいか友達がなかなかできなかったから、さみしくて読み始めたのだと思う。ぼんやりと記憶している。

思うように話せなくても、思っていることを言葉にできなくても、漫画を読んでいれば、さみしくなかった。漫画はいつだって、両手を広げて、来未を迎え入れてくれた。

姉の毬乃のことは大好きだったけれど、来未は毬乃のように、字がたくさん書かれた本を読むことはできなかったし、はきはきとお話しすることもできなかった。友達の輪の中にいることも。両親は、姉妹を同じくらいかわいがってくれたけれど、来未は、心の奥で、ほんとうは両親は毬乃のことが自分の百倍かわいいんじゃないかとこっそり思っていた。——だって、少なくとも来未は、毬乃のことをそう思っていたから。

(月とすっぽんって、こういうことをいうのかな、って)

そんな言葉も、漫画で覚えた。

来未のおばあちゃんは、どちらの方ももう亡くなってしまっていたので、来未は本屋のおばあちゃんに、ほんとうのおばあちゃんに甘えるように甘えた。おばあちゃんもそれが嬉しいみたいだった。いま思うと、ひとり暮らしだったおばあちゃんは、さみしかったのだと思う。

来未はそれから大きくなるまでずっと、おばあちゃんの本屋さんに通っていた。高校生になる頃には、アルバイトもさせてもらった。おこづかいをもらうかわりに、配達を手伝ったり、レジに入ったりした。ふだんはひとと話すのが苦手なのに、なぜかレジは楽しかった。いらっしゃいませをいうことも、小さい声なら笑顔でできた。自分がおばあちゃんのお店が好きで、お客さんもきっと同じで、そんなひとたちに本を――できれば大好きな漫画を売ることが楽しかった。

来未は、おばあちゃんに頼まれて、ＰＯＰを描くこともあった。上手上手とおばあちゃんは喜んでくれた。

「こんなきれいでかわいいＰＯＰ、いただいちゃってもいいのかしら。大きな本屋さんのＰＯＰみたい。この小さな店には贅沢ね。ほんとうに、ありがとう」

来未はきっと漫画家になれると、おばあちゃんは断言してくれた。

「こんなに上手なんですもの。それに、来未ちゃんはとっても優しいいい子だから、きっと神様が見ていてくださるわ。来未ちゃんの夢が叶わないなんてこと、絶対に無い」

いつか来未が漫画家になって、雑誌に掲載されたり、単行本が出たりするようになったら、雑誌や本をたくさん並べるのだ、と、おばあちゃんは、笑顔でいった。

「その日が今から楽しみよ」

約束するわね、とおばあちゃんはいった。

「じゃあ、あたしも約束します」

来未はついいっていた。「あたしきっと、漫画家になります。なりますね」

大学は遠い街の美大に通うことになり、以前のようには、本屋さんに寄れなくなった。

講義も忙しいし、課題の絵も描かなくてはいけない。同人サークルにおそるおそる入ってみたのもその頃からだ。そこでは初めての友達や仲間ができた。いつも楽しくも時間がなくて、そのあいまに、遠くにある本屋さんに通うのは少しだけ、難しかった。

時間をおいて、久しぶりにお店に行ってみると、おばあちゃんの老いがはっきりとわかった。肌の色もまなざしも立ち姿も——みんな少しずつ、年老いていた。

怖かったのは、小さい頃に亡くなった母方のおばあちゃんを思いだしたからだった。おぼろにしか覚えていないけれど、死に別れる間際に、こんなふうにやせ衰えていった、そのことがしきりと思いだされたのだ。

（少しでも早く、デビューできたら）

（おばあちゃんが元気で、お店を続けているうちに、あたしの本が出せたら）

だから、頑張らないといけない、と思った。


十六枚のラフを何とか描き上げて送った。

ずいぶん時間がかかってから、返事のメールが来た。

『正直、がっかりしました。』

胸に何か鋭いものが刺さったような気がした。

『もっと面白いものが出てくるかなと思ってたんですけどね。でも初めてですものね。とりあえずこれをたたき台にして、手を入れていって貰いましょうか。』

長い長いメールには、その編集者が考えた改善案がたくさん書いてあったけれど、目が滑って読めなかった。このラフでさえ、頑張って描いたのに、これからまた直さないといけないのか、と思った。

『そもそも、この漫画、どうしてケンタウロスが出てくるんでしたっけ？　ケンタウロスが家に来て、お茶飲んだりお菓子食べたりして会話するだけの漫画って、読んでいて面白いですか？』

そういわれても、と思った。

だって、元は来未自身の空想の世界から生まれてきたお話だったのだ。

（異世界の、平和で綺麗な森に棲む、かわいいケンタウロスの女の子がいて——

（それで、一緒に美味しいお茶を飲んだり、焼きたてのクッキーを食べたりした部屋の扉をノックして、遊びに来てくれたらいいな、って）

（たまには異世界の森に行って、お散歩したり、逆に一緒に都会の街を歩いたりしたら、楽しいだろうなって）

両親が仕事の関係で外国に行っていて、姉は家を出て自立していて。ひとりでのマンション暮らしは気楽で楽しかったけれど、ときどき寂しかった。そんなとき、空想の友達のことを考えるのは楽しかったのだ。彼女が部屋にいるつもりで、ひとりで会話を楽しむことだってあった。

お嬢さんはいつも、来未のそばにいて、絵を描くのを見ていてくれた。学校に遅刻しそうだけれど、まだ眠いときは、ちょっと叱って、起こしてくれたりもした。お礼をいい、ごめんねとあやまりながら、来未は起きて学校に行くのだ。

ケンタウロスのお嬢さんは、大切な友達だった。

電話がかかってきた。

『メール読みましたか？』

張り切った声だった。このひとはいつも元気だなあ、と思った。

『いいこと思いついたんですよ。最近、けっこうグロテスクな表現も流行ですよね。食べられちゃうようなの。このケンタウロス、主人公の学生をかばって、生きながら喰われちゃうとかどうですか？　何か適当にモンスターでも出して。ほら、森からついてくるとか。ドラゴンとか、ええと、巨大な食虫植物とか。うねうねした感じの』

目眩がした。

「――それって、お嬢さん、死んじゃうんじゃないですか」

『そうですよ』

あっけらかんと、編集者は答える。

「かわいそうじゃないですか」

なんてひどいことをいうのだと思った。

『ええ、かわいそうな感じに描いてください』

「――人気が出たら、あの、連載にしてもいいって……。死んだらもう、お嬢さんは描けないじゃないか、と思った。

明るい声で編集者は答えた。

『そのときは何とかして生き返らせればいいんですよ』

雨の日だった。

いつの間にか電話は切れていた。

薄暗い部屋の中に、ケンタウロスのお嬢さんが立っているのが見えた。蹄を鳴らして、来未に近づいてきて、にっこりと微笑(ほほえ)んだ。いいのよ、といっているように見えた。

「ごめん――ごめんね」

来未はうずくまり、泣き崩れた。

ラフの〆切りに設定された日まで、時間がなかった。それから描き上げた日までの間のことはよく覚えていない。何か食べたりした記憶もない。喉が渇いたら台所に行って、水だけ飲んでいた。

十六頁しか無いのに、主人公の男子高校生と異世界のケンタウロスの少女を登場させ、それぞれのキャラクターについて読者に説明しなくてはいけない。魅力的に描かないといけない。

そして、森からモンスターを。

そのシーンは何とか描いた。描き上げて、ＰＤＦファイルにして、担当編集者に送った。

ラフにＯＫが出て、実際に描くことになった。

自分の漫画の中で、お嬢さんを死なせたとき、ほんとうに殺してしまったような気がした。

そこまでして描いた漫画だったのに、雑誌には掲載されなかった。

担当編集者からメールが来た。

『絵はうまかったと思うんだけど、十六頁で描くには、無理のある設定でしたね。』

そんなことはわかっていた。

わかっていて、描かせたんじゃなかったんだろうか、と思った。

次の作品についての打ち合わせの電話がかかってきたけれど、もう描けません、と、それだけやっと答えた。

『わかりました。それじゃ』

明るい声が返ってきた。

電話が切れる前に、独り言のような声が聞こえた。『やっぱりアマチュアはだめだな』

たしかに自分はアマチュアだったと思う。

覚悟も甘かったかも知れない。

でも、頑張ったんだ、と来未は思った。

(頑張ったことをわかってほしいって、それも甘えかも知れないけど)

(でも)

悔しくて、泣けてきた。

泣ける自分が悔しくて、さらに泣けた。

編集者に言い返したいのに、その言葉が浮かんでこない自分がさらに情けなかった。

カーテンを開けずに暗いままの部屋の中で、うずくまって泣いていたら、「お嬢さん」の気配を感じた。

お嬢さんは蹄を鳴らしてそっと近寄ってきて、そっと来未の肩を抱いてくれた。

ごめんね、と、来未は謝った。

「ちゃんと雑誌に載せてあげることができなくて」

ごめんね、と、本屋のおばあちゃんに謝った。デビューできなくてごめんなさい。

心の中のおばあちゃんは、変わらない笑顔で、いいのよ、といってくれた。

『来未ちゃんは、頑張ったって知ってるから』

きっと、本物のおばあちゃんもそういってくれるだろう。

「おばあちゃん、おばあちゃんが生きているうちに、あたしはデビューできるのかな」

間に合うのかな。

階段をスリッパでぱたぱたと上がる足音がした。

毬乃の足音だと思った。

「色紙、色紙、上等な色紙っと」

姉の声は、独り言でも大きい。からだが大きい上に、よく通る声なのだ。

隣の物置部屋を探しているらしい。

「あった」

弾んだような声が上がる。

そして姉は、上機嫌な顔で、来未の寝ている部屋の扉をぱあっと開けた。

「大丈夫？　起きてる」

「――うん」

急なことだったので、寝ているふりもできず、来未は顔を上げた。わざとらしく、目をこする仕草なんかしながら。

姉はとっても楽しそうだった。目鼻立ちのはっきりした美人なので、そんなときは、モデルのように素敵に見える。

「ねえねえ聞いて。桜風堂書店さんに、作家の、あの、高岡源が今きてるんですって。それで店主さんが、色紙を買いにみえたの。うちの分も書いて貰っちゃおうかな。そういうの、だめかな」

高岡源——その名前には、少しだけ、記憶があった。小説のことは得意じゃないけれど、本屋さんでアルバイトしていたときに、お店のお客さんたちに何回か売ったことがある。たしか、すごく人気がある時代小説の作家さんだったと思う。本屋のおばあちゃんも、大ファンだったような。

とりあえず見に行こうかな、と、毬乃は目を輝かせる。

「握手とか、していただけるかな。記念写真も。図々しいかしら」

姉は昔から、小説が好きで、特に時代小説が好きだから、ほんとうに嬉しいのだろう。

よかったね、と来未が呟くと、毬乃は、

「来未ちゃんも、元気が出てきたら、桜風堂さんにいってみるといいわよ」

部屋を出て行きながら、そういった。

「都会から、若い書店員さんが来てね。お店の感じが少し違ってきてるのよ。前も良かったんだけど、今は何かこう――元気になったっていうのかな。お店が弾んでるみたい」

姉はスキップをしながら出かけていった。

「弾んでるのは、お姉ちゃんじゃん」

笑ってしまう。

でもちょっと興味が出てきた。

元気になった本屋さん、ってどういう本屋さんなんだろう。弾んでるみたいなお店、って。

「本屋さん、最近行ってなかったな」

本屋さんの――本の匂いが懐かしい、と思った。

そういえば、夜道で迷っていたとき、小さく赤く、「本」と書かれた灯りがあったのを思いだした。商店街の灯りの、その真ん中あたりに、くっきりと見えていたっけ。

まるで赤い星の光みたいに。

# 第三話　人魚姫

「ああ、わたしって駄目な子すぎる……」

卯佐美苑絵は、自分の部屋のソファで、クッションをぎゅっと抱きしめた。大きなクッションは本棚と額に入った絵の模様で、本と本棚、それに絵が並べられたこの部屋には素敵に似合っていると苑絵は気に入っていた。

本棚のそばに植物と花があふれている部屋には、その夜も、緑がつやつやと葉を茂らせ、花々が淡い香りを漂わせていた。

「――なんであそこで泣いちゃうわけ？　小洒落た台詞とかいえなくてもいいから、せめて、『月原さん、おひさしぶりですね』とか、『お元気そうですね、よかった』とか、それくらいいってもいいんじゃない？」

――いや何よりも、『『四月の魚』大好評で良かったですね』と、いうべきだったのでは？　「わたしも嬉しいです。いいお話ですよね」とか。

「もうやだ、いい年して何なの？　わたしの馬鹿」

なんで一言も言えずに、泣いてしまうのだろう？ おまけにころびそうになって助けて貰うなんて、進歩がなさすぎる。一整が店にいた頃とまるでおんなじだ。少しは成長していたかった——。恥ずかしさと情けなさに、クッションに顔を押しつけるしかない。いっそ、このまま消えてしまいたいくらいだ。

今日、月原一整が、苑絵の勤め先、銀河堂書店を訪れる予定になっていた。なんでも、店長と一緒に、オーナーと会食するらしい。数日前にそれを聞かされてから、どんな用件なのだろう、もしかして銀河堂に帰ってきてくれたりはしないよね、と、店の中はざわめいた。

苑絵もちょっとだけそれを期待したことは否めない。

夕方に店に来る、と、店長から聞いていたので、苑絵はどきどきしながら、夕方を待った。仕事もろくに手につかないほどだった。

六月の、あの『四月の魚』の発売の頃に、福和出版の大野がスマートフォンで撮影した写真を見せてくれていた。でも、生身の一整とは三月以来会っていない。嬉しいのと同じくらいに、元気なのかな、と、それが気になった。

六月の、あの大野のスマートフォンの写真の中の一整は、どこか懐かしい感じの、古く小さなお店（桜風堂、というのだそうだ）の中で、多少やつれてはいても、楽しそうに見えた。大野にそうしろといわれたのか、『四月の魚』を手にした笑顔の写真もあった。

（わたしの描いた絵、喜んでくれてたって聞いたけど――）

銀河堂で、『四月の魚』を売るときに、場を華やかにするために、苑絵は大きな絵を描いた。『四月の魚』の素敵な表紙の絵を引き立てるため、そして、店にお客様を呼ぶための、渾身の大きな絵だった。苑絵の想いを込めて、魔法が働くように願いながら、絵筆を揮るった。結果的にその絵は、銀河堂書店が入っている星野百貨店のショーウインドウのディスプレイにまでアレンジして飾られるという名誉も得ることになった。

（わたし自身は、そこまですごい絵かどうかわからないんだけど……嬉しかったな）

そして、大野と柳田店長がいうには、月原一整もまた、苑絵の絵を気に入っていたというのだ。元の画像からＰＯＰやポスターを作り、桜風堂の店内に飾っていたとか。

（信じられないけど……夢みたいで）

小さい頃からいつもそうだ。苑絵は、絵を描くことは何より好きだけれど、自分の描いたもののレベルはまるでわからない。美しくあれ、目の奥に見えるとおりの絵が立ち上がれ、と願いながら描くけれど、他のひとの目から見ての評価がわからない。

だから、自分は変な絵を描いているのかも知れないと思ってきた。

（あんまりひとに見せずに来たものなあ。学校でも絵は描かなかったし。図画工作の宿題は提出しなかったし）

ずっと昔――大昔の、幼稚園のときに、苑絵が本気で絵を描くと、先生たちが当惑の表情を浮かべていたのを覚えている。

「もっと普通の絵が描けないの？」とか、

「もっと子どもらしい絵が描けないの？」

ため息交じりにそういわれた。気味が悪い、というような目で見られて、怖かった。

お友達からは、「変な絵」と笑われた。

自分では何がよくないのかわからなかった。だから、長いこと、絵を人前では描かなくなっていた。家で描いていて、綺麗に描けたと思っても、誰にも見せなかった。

四年生のときからの友達の渚砂や、両親には見てもらうこともあったけど。みんなは苑絵の絵を好きだっていってくれたし、上手だって褒めてくれたけど。もし、それが身びいきからの言葉だとしても、嬉しかった。

「――でも、銀河堂のみんなや、星野百貨店のひとたちが上手だって褒めてくれたんだから」

そして、苑絵の絵を、月原一整が褒めてくれたというのなら。――苑絵は両手で頬を挟み込んだ。かっと熱くなっていた。

「わたしの絵は、もしかしたら、変じゃなくて、わたしは、自分が思うように絵を描いていってもいいのかも知れない……」

夢を見てもいいのかも知れない、と思った。

「わたし絵本を描くひとになってもいいのかな。絵本作家になりたいと思ってもいいのかな」

胸の奥に、星の光のような小さな灯火（ともしび）が宿ったような気がした。

小さい頃から、絵本が好きだった。苑絵は小さい頃、友達がいなかったから、絵本だけが友達だった時期がある。いちばん好きだった絵本は、もうなくしてしまったけれど、子どもに本を贈ることを喜び、それを惜（お）しまなかった、両親や母の友達である柏葉鳴海（かしわばなるみ）のおかげで、いつも、たくさんの絵本がそばにあった。そのままずうっと、おとなになっても子どもの本が好きで、だから児童書担当の書店員になったのかも知れない。いや、そうだと断言できると思う。

いつしか、心の奥に、ずっとひそかな憧れが生まれていた。——絵本を描くひとになりたいなあ、と。なれたらいいのに、と。

物語を考えて、それを美しい絵で表現する。

世界に一冊の、苑絵だけの絵本を。

（できれば、いろんな子どもたちに、それから、さみしいおとなたちにも読んで欲しいと思えるような、そんな絵本を描きたかったの）

苑絵が大好きだった、世界中のたくさんの絵本のように。名作として受け継がれてきた絵本たちのような、そんな作品を描いて、世に問うことができたら。

銀河堂書店のような書店に、自分の描いた絵本を並べてもらえるような日が来たら。

どんなに素敵だろうと夢見ながら、でも、自分にはそんな才能は無いとあきらめてきていたのだけれど——。

（でも、夢見ても、いいのかなあ）

苑絵はクッションを抱いたまま立ち上がり、植物の間に見える、窓の外の夜景を見た。

明るい部屋の中から、レースのカーテン越しの夜空に、星はひとつも見えないけれど、でも、そこに満天の星が灯っているということを、苑絵は知っている。

「――わたしの描く絵本は、わたしみたいな子どもたちに、読んでもらえたらいいな」

家族には充分愛されて幸せだけど、でも、他の子たちとは少し違ったところがあって、それでからかわれたり、虐められたり、みんなの中に入れなかったり。苑絵はそんな子どもだった。いつだって、自分はここにいてもいいのかな、と思っていた。

でも、綺麗なものが好きで、人間や動物や植物のことも大好きで、地球のことも宇宙のことも、世界のことも大好きで。この星に生きていることが、何よりも大好きで。

（絵を描くことも大好きで）

だから、ひとりきりのときも、寂しいときも、生きていこうと思えた子ども――それが、苑絵だったのだ。

「世界への恋文」――『四月の魚』の著者、団重彦が語ったというように（その言葉は一整が聞いたそうだ。柳田店長から伝え聞いた）、絵は、苑絵にとっての、「世界への恋文」なのかも知れなかった。言葉にして思いを語ろうとすると、涙に溶けてしまう、苑絵の、心からあふれだす思いが色彩と構図になったもの。

自分の恋文を、世界に残したいと思った。

本の形にして。

きっと今も日本中に——世界中にいる、幼い日の自分のように寂しい子どもたちに手渡せるような、そんな絵本が描けたら、と思った。

『四月の魚』のイメージイラストを描いたときのように、苑絵の持つ技術と祈りの力と、魔法をすべて込めた、そんな魂の絵の具で描くような絵本を描くことができたら。

ここからは見えない星に、苑絵は祈った。

自分のために。そして、手渡された絵本を喜び、繰り返して読んで、宝物にするだろう、未来の子どもたちのために。

「この夢が、叶いますように——」

自分のために何かを祈るのは、初めてのような気がした。

ずっと昔、苑絵は一冊の絵本を愛していた。何よりも宝物だった。もはやタイトルも作者の名前もよく覚えていない、一冊の絵本。

月の裏側の地下に、魔物たちの王国があって、そこにある氷と水晶でできた城に住む、孤独な心優しい王子さまのお話。魔法使いの王子さまの物語。

王子さまの友達になれたらと夢見た幼い日々は、今も苑絵の心の中にある。苑絵の強さと優しさはきっと、あの絵本の思い出を核に、結晶しているのだ。月の世界の氷の城から、子猫を抱いて、地球を見下ろしていた王子さま。友達が欲しいと願っていた、王子さまの友達になりたくて、幼い日の苑絵は、強く優しい娘になろうと心に誓った。

(あの絵本は、なくしてしまったけれど)

どこに行ったとも知れず、それこそ魔法のように消えてしまったけれど。でも、あの日の絵本は、苑絵の心の中には、ずっと消えずにあるのだ。強く優しい娘になりたいという誓いとともに。泣き虫の苑絵だけれどその誓いがあるから、大事な時はきっと逃げない。それが苑絵の勇気の源だった。

そんなふうに、子どもの心の中で永遠になれるような絵本を描けたらと思った。

軽いノックの音がした。

それとほぼ同時に、笑顔の母茉莉也が、扉を開けて、顔をのぞかせた。

「上等な梅酒をいただいたの。飲まない?」

手にしたトレイには、切り子のグラスの中に琥珀色の液体と、綺麗な形の氷が見える。ふわりと良い香りが漂ってきた。

「あ――ありがとうママ、いただくわ」

ちょっとだけ驚いたけれど、それより嬉しかった。

夏の夜の梅酒は美味しい。甘酒を冷やしたものや、紅茶のリキュールも素敵だけど。

冷えたグラスを受け取ると、茉莉也が苑絵の顔を覗き込みながら、ソファに腰掛けた。

「で、ねえ、苑絵ちゃん。ちょっときこえちゃったんだけど、夢って何の夢？」

もしかしなくても、恋愛関係？　と言葉を続けて、楽しそうににんまりと笑ってくる。

流行りの色の口紅が美しい。今日も美人で、頭の先から足下に至るまで、装いにも隙が無い。さすが、元アイドルで、今もたまに、第一線の経営者として、ハイレベルな婦人雑誌の取材を受けるひととは違う。

結婚が早かった母は、その辺りのことに理解のある母親像に憧れているのか、昔から何かというと、娘の恋愛ネタに首を突っ込みたがる傾向がある。よくいうとロマンチスト、悪くいうとお節介で野次馬っぽくて、母親というよりも、年の離れた姉か、親友のようなスタンスのひとだった。

そんな茉莉也を苑絵は嫌いではなかった。いつだって仲がいいし、これでバリバリのキャリアウーマンなところも素敵だと尊敬している。茉莉也は、世界展開をしている子ども服のブランドの社長だ。ちなみに苑絵の父親は茉莉也の共同経営者で、常に海外を飛び回っているために、滅多に日本にはいないけれど、妻子を心から愛する、素敵なひとだった。

「ママったら」

苑絵は苦笑した。

「そういう夢じゃないのよ。――将来の夢、かな」

「将来の？　好きなひとと結婚して、ママの会社を継いでくれるとか？　あのほら、山間の町の本屋さんを継ぐことになったっていう先輩の書店員さんとか？」

「違うわよ。やだもう」

梅酒のせいもあって、頰がまた赤くなる。

「月原さんは、ええと、そういうのじゃなくて、夢って、もっとこう――まあ、いいや」

苑絵は誤魔化して笑った。新しく宿った夢は、胸の奥に大切な卵を抱いているようで、今はまだ誰にも話したくなかった。

「そうそう。その話をしに来たのよ」

茉莉也はひとりうなずいた。

「えっ、あのう、月原さんの話？」

「のような、そうじゃないような」

　茉莉也も梅酒を口にして、うたうように節をつけて、言葉を続けた。

　グラスに添えた、つややかなマニキュアの指が美しい。

「その桜野町の話。ママ、若い頃、テレビ番組の取材でいったことがあるのを思いだしたのよ。アイドルだった頃ね。時の流れの中で忘れられた町――小さいけど魅力的な町を観光して、美味しいものをいただいて、お祭りに参加する、みたいな」

　懐かしそうに、茉莉也は語る。

「今も覚えてる。素敵な町だったわよう。そうねえ、東京からはちょっと遠かったけど――風早からも遠いけどね、その分、別世界みたいだった。古い教会とか時計台のある小学校とか、クラシックホテルとかもあってね。桜風堂さんの前も、今思うと通り過ぎたと思うんだけど、商店街全体が、絵はがきか絵本みたいな、綺麗な世界だったの。ひともみんな優しくて、こんな町、この世にあるのか、って思っちゃった。ここでずっと暮らせたら幸せだろうなあって思ったの、覚えてるなあ。この町に生まれたかった、って」

　ちょうどお仕事に疲れてた時期だったのよね、と、茉莉也は微笑んだ。

「朝霧の中で見た、山間の町の、木々で作られた額に包まれたみたいな様子は今も覚えてる。町営の温泉のあたたかさも、牧場の新鮮で甘いミルクと手造りのヨーグルトやアイスクリームの美味しさも、心に染みてね。癒やされて元気になって都会に帰ったものよ。生き返ったみたいだったわ」

だからねと、茉莉也は付け加えた。「その町に苑絵ちゃんの大好きな先輩がいるのなら、同じように癒やされて、生き返ったんだと思うわ」

よかったわね、と茉莉也は笑う。

苑絵はうなずいた。そうか、そういう町に一整はいるのか。だから、六月の写真の中の一整は笑っていて、今日お店で会った一整は、元気そうになっていたのか、と納得できた。

茉莉也は梅酒を楽しみながら、懐かしそうに微笑んだ。

「またきっとこの町に戻ろう、そのために稼ごう、って考えて、仲良くなった町のひとたちに手を振って都会に帰って——気がつくと、忙しさに流されて、おとなになっちゃったんだけどね。でも、ずうっと心のアルバムに、桜野町の思い出は、しまってあったのよね。

もう一回、あのミルクが飲みたいなあ。温泉にも浸かりたい。お肌、すべすべになったのよ。ホテルのお料理も美味しかったなあ」

いいなあ、と苑絵は思った。彼女はまだ、その町に足を運んだことがなかった。桜風堂書店――その書店で一整が働くことになったと聞いた日から、一整の店を訪ねて行きたかった。その気持ちはやまやまだけれど、電車で行くと何度も乗り換えた上で五時間以上かかって、さらにその先、徒歩で三十分もかけて山道を行かなくてはならないらしい、と聞いてしまうと――出かけるのにいささか勇気がいる感じだった。何しろ苑絵の行動範囲は狭いのだ。

車で行くと二時間くらいで行けるところらしいけれど、苑絵は運転免許を持っていない。バイクも車も乗りこなす、友人の渚砂に頼めばつれていってもらえるかも知れないけれど――往復で四時間のドライブになるのかと思うと、親友だからこそ、頼みづらかった。

そもそも、そこまでして苑絵が桜風堂を訪ねていっても、一整に、「卯佐美さんは、どうしてわざわざ、こんな遠くまで、自分を訪ねてきたんだろう？」みたいないぶかしげな顔をされたらと思うと、いまひとつ――いや絶望的に、勇気が出なかった。

それにしても、先ほどの茉莉也の言葉に、ふと、気になる一言があった。

「町のお祭り？　桜野町にはお祭りがあるの？」

「そう。歴史のあるお祭りでね。有名じゃあないし、規模（きぼ）はそんなに大きくはないんだけど——ほら、人口も少ないしね——品がよくて綺麗なお祭りだったわ。旧暦のクリスマスの頃のお祭りなの」

「旧暦の、クリスマス？」

「太陰暦のクリスマス、っていうのかしらね。旧暦の十二月だと、大体新暦の一月とか二月くらいになるのよ。ママがお祭りに行ったときはどちらだったかしら。雪が降ってて、寒かったけど、綺麗なお祭りだったなあ。

　桜野町はね、潜伏キリシタンが住んでいた町だったんですって。日本でキリスト教が禁じられていた時代に、遠くから逃れてきたひとたちやその子孫が旅の途中でたどりつき、そのままひっそりと隠れすんでいた里だったらしいの。その頃は観音様やお寺を拝むような振りをしながら、イエス様やマリア様に祈りを捧げたりしていたらしいのね。クリスマスのミサも、お寺や神社の縁日を祝うような振りをして祝ってたらしいのね。——詳しいでしょう？」

　ふふ、と茉莉也は得意気に笑う。「今はもう、うろ覚えの記憶なんだけど、当時はちゃんとお勉強してから取材に行ったのよ。

で、今は教会があるから、そちらで現代風にクリスマスはお祝いするんだけど、先祖がそうしていたように、旧暦のクリスマスも昔風にお祝いするんですって。ママが取材に行ったときは、このお祭りをいずれ町おこしに使えないだろうか、なんて話が出ていた頃だったわ。

　その日の夜が『縁日』の昔のお姫様を祭るお祭り――『星祭り』の夜なのよ」

「お姫様？」

　星祭り――素敵な名前のお祭りだなあ、と苑絵は思った。

「鞠姫(まりひめ)様というお姫様と、お星様と、湖の不思議な伝説。あの町には不思議な伝え語り、っていうのか、民話があるのよ。あら苑絵ちゃんに話してあげたことなかったかしらん？

ええとね。むかーし、昔……」

　茉莉也は声を作り、ゆったりと昔話を語り始めた。

　苑絵が小さい頃にも、こんな風にいろんな話をしてくれたなあ、と、くすくす笑いながら、思い出す。絵本の読み聞かせも上手な母だった。苑絵が絵本を好きになった理由には、この母の存在も大きいのだ。児童書と絵本の担当の苑絵は、月に何度か子どもたちの前で読み聞かせをする。少しだけ怖くてどきどきするけれど楽しいその時間、耳に聞こえるのはどこか母の読み方に似た自分の声なのだ。

「昔々、日本にまだ、お侍(さむらい)さんやお姫様がいて、きつねやたぬきが人間を化(ば)かす力を持っていた頃のお話です」茉莉也は笑みを浮かべ、うたうように語る。

「山の中にある、小さな里に、ひとりのお姫様が、長旅の末、疲れ果ててたどりつきました。雪降る夜のことでした。長い長い道を、ひとりきりで旅して、追っ手から逃がれながら、やっとたどりついたのです。その名を鞠姫様といいました。

鞠姫様は、キリシタン大名の娘で、故郷（ふるさと）の国は滅ぼされ、ひとり逃げ延びていたのでした。その頃の日本では、キリスト教は禁止されていたので、見つかれば捕まってしまいます。そうして、心の中の神様を捨てなければ殺されてしまいます。けれど、この山を越えられれば、お姫様を国外に連れて逃げてくれる味方が待っていて、助かるのでした。

里の人々は、同じ神様を信じながら、ひっそりと自らの信仰を隠して生き延びてきた人々でした。鞠姫様を気の毒に思いましたが、どうやら追っ手がかかっているらしいお姫様を自分たちが匿（かくま）い、救えば、里全体が危険にさらされてしまうかも知れません。今もこの里を目指して、追っ手が向かってきているのかも知れないのです。その人々に、里の信仰がばれてしまいでもしたら——。

鞠姫様はとても優しいお姫様でした。そうして、心の強いお姫様でした。

『みなさんにご迷惑をかけるわけにはまいりません。けれどせめて一晩だけ、わたしをここで休ませてください。明日の夜には、ひとりでまた旅立ちます。ひとりで山を越えてまいりますので』

里を取り巻く山は、高く険しい山でした。そうして山の麓には、樅の木の森に囲まれた、大きな深い湖がありました。湖のまわりには沢があり、崖があり、小さな滝がいくつもありました。山を越えるには、その危険な湖のまわりを大回りして行かなくてはいけません。山の麓にたどりついたとて、そこから山をはるばると越えて行かなくてはいけません。木地師や猟師も住むこの里の男たちでも、冬のこの時期は二の足を踏むような危険な道のりになりそうでした。けれど、鞠姫様は静かな声でいいました。

『もし、わたしが生きるさだめにあるのなら、きっと、神様がその手をさしのべて助けてくださるでしょう』

里の人々は、その思いに打たれ、一晩の間、勇気ある姫君を心を込めてもてなしました。

いけすで飼っている川魚のうち、とっておきのよく太った魚たちを串に刺して、貴重な塩をたんまり振って、いろりで焼きました。美味しい雉の肉の干したのを炙って食べさせ、女たちは味噌をつけた麦のおむすびを、熱々のをぎゅっと握って、鞠姫様に食べさせました。

子どもたちは、鞠姫様に野の草のお茶を注いであげ、その疲れた足に野の草を嚙んで湿布を作って貼ってあげました。年寄りは、真冬の山越えの道をどう行くと良いか、姫君に教えてやり、気の毒なことだと涙をこぼしました。どう考えても、この優しげな姫君が、ひとりきりで、冬の湖と山を越えて行けるとは思えなかったからです。

　さて姫君は、その夜の間、里の人々に優しくして貰いながら、子どもたちをかわいがりました。雪の降る寒い夜でしたので、子どもたちを着物の内側に入れてやり、我が子のように抱いてやりました。自分の育った今は無い国の、子守歌を歌い、伝え語りを話してやり、そして、神様のお話をしました。

『神様は、わたしたちからそのお姿が見えないときもきっと、わたしたちを見ていてくださいます。そうしてわたしたちの心が清らかで、その行いが正しければ、きっと、御使いを遣わし、助けてくださいます』

　鞠姫様は、その夜ゆっくりと休み、次の日の夕刻まで里で身を隠すと、ひとり旅立ってゆきました。里の子どもたちは別れを惜しんで泣き、里のおとなたちは、気の毒なお姫様に、できるかぎりの贈り物をしました。

　小さく丸く固めて干した、美味しい味噌や、どんぐりの粉と甘い蜜で作った香ばしい焼き菓子を。うさぎの毛皮で作った襟巻きに、お日様の色をした干し柿に、里の櫨の実で作った、蠟燭も持たせました。そのひとつひとつが心のこもった貴重なものでした。

　その日は、遠い昔に遠い異国で、イエス様がお生まれになった日でした。

　鞠姫様は、ひとつひとつの贈り物に心から感謝して、里の人々にお礼をいいました。

『もし、わたしが生き延びることができたなら、いつかきっとこの里に帰ってきます。そのときは、わたしの持っている、いちばん良いものを贈り物としてたずさえて参ります』

　そうして鞠姫様は、湖とその向こうにそびえる山を目指して、ひとり旅立ちました。幸い、その夜は雪はなく、よく晴れていたそうです。

　その夜は、とても星が綺麗な夜だったそうです。手を伸ばすと、つかめそうなほどに。

　星空の下、闇が満ちる荒原を鞠姫様は、里の人々に見守られながら、歩いて行ったそうです。——すると、どうでしょう。

　空から輝く星たちが、はらはらと雪が降るように落ちてきたのです。星たちは、湖と湖のまわりの樅の木の森に、まるで大きな蛍が止まったように、降りそそぎ、きらめきました。

　鞠姫様の足下は明るい光で照らされて、そうしてお姫様は、無事に湖のまわりを回り、はるばると山を越えて行ったのだそうです。

その光は、心清らかな鞠姫様のために、空の天使たちが舞い降りてきて灯した灯りだと、里の人々は語り伝えているということです。

それから少しして、鞠姫様を捜す追っ手の者たちが、里にたどりつきました。どこで聞いたものか、鞠姫様が湖と山を越えていったと知っていて、あとを追っていったのですが、大きく深い湖と、崖と滝、樅の木の森に阻まれて、むなしく引き返したと、そんなお話もあるそうです」

茉莉也は、ゆっくりと語り終えた。

苑絵は、小さく拍手して、そうして母親に尋ねた。

「不思議なお話。それで、鞠姫様は山を越えたあと、助かったのかしら？」

星の光に守られて、高い山を越えたとして、無事に外国に逃げて行けたのだろうか？

日本昔話みたいな世界に、そんなこと考えるのは野暮なのかなあと思いつつ、苑絵はやはり、気になってしまう。

目の奥には、一面に星を鏤めた冬の夜の荒野と、輝く湖と、高い山が見えていた。星の光に守られて、夜道を旅して行く、美しいお姫様の姿と。

「そうねえ。どうなのかしらねえ」

茉莉也は微笑む。「神様と天使が空から見守っていてくださるなら、きっと無事に山を越えて、海も渡って、安全な外国へ逃げていったのじゃないかしら。ママはそう思うな。

里のひとたちも、鞠姫様の無事を信じていて、今もずっとその帰りをお待ちしているんだって、そのとき町のお年寄りに聞いたのを覚えてるわ」

「今も待ってるの？」

何百年前の約束になるんだろう、とつい苑絵は考えてしまう。鞠姫様はいくつになるというのだろう？

「まあ、昔話ですもの」

茉莉也は笑った。

「でも、その夜の奇跡を忘れないために、それからずうっとその里——今の桜野町では、旧暦のクリスマスの前日の夜には、湖のほとりに灯（ひ）を灯すんですって。里の名産品のひとつに蠟燭があるのね。色とりどりの蠟燭を灯して、灯籠（とうろう）に入れて、湖に流すの。

灯りは湖のまわりの樅の木の森にも灯されて、そこに雪が降ってね、それはもう、星が灯ったような、森全体がクリスマスツリーになったみたいな、素敵なイベントだったわよ」

「──森全体が、クリスマスツリー」

苑絵はうっとりとした。──クリスマスツリーの森。

情景を想像するだけでも、美しかった。

「──いいなあ、行ってみたいなあ」

「行けばいいのに。ええ、行くべきよ」

グラスの梅酒を飲み干した茉莉也が、断言した。「特に夢や願い事があるひとは行くべきよ。苑絵ちゃんも、夢があるんでしょう?

じゃあ、行かなくっちゃ」

「──? どうして?」

茉莉也は、人差し指を立てた。

「そのお祭りでね、そう、それがつまり、のちのちに、『星祭り』っていうお祭りになっていったらしいんだけど、いつの頃からか、お祭りの夜に、湖に灯籠を流せば願いが叶うっていわれるようになったのよ」

「ほんと?」

「ほんとうよ」母は笑顔で即答した。

「『大好きなひとと出会えますように』って願って灯籠を流したら、そのあとすぐに、あなたのパパと出会ったんですもん。あんなに素敵なひとと出会えたなんて、奇跡的なことだったたって、今でも思ってる」

「はいはい」

苑絵が笑うと、茉莉也も笑って、「じゃあね」と空になったグラスをトレイにのせて、部屋を出て行った。

「おやすみなさい」

苑絵は母の後ろ姿に手を振って、そして、ほろ酔い気分で、またクッションを抱いた。

窓の外を見つめる。

(「星祭り」か――)

綺麗なお祭りなんだろうな、と思った。

山間の小さく古い観光地。湖を包む、樅の木の森と、遠くに見える山。そこに降りしきる一月の―旧暦のクリスマスの雪。樅の木の森に灯る光。湖の上に灯る、たくさんの灯籠。願い事を封じ込めるように灯りを灯し、湖の上に放たれる、灯籠の群れ――。

(綺麗なんだろうなあ……)

行ってみたいなあ、と思った。

お気に入りの白いハーフコートを着て、らくだ色のショートブーツをはいて。空から雪が降る中を、白い息を吐きながら、光が灯る森と湖を目指すのだ。

そして、願いを込めて、灯籠を流すとき、その傍らには――。

「月原さんと一緒に、そのお祭りに行ければいいなあ」

にこ、と微笑むそのひとの表情を想像して、苑絵は何だかちょっと自分が馬鹿みたいというか、照れくさくなって、梅酒で火照る頬をクッションに埋めた。想像の中の苑絵は、雪降る世界の中でも、転ぶこともなく、言葉が出ないこともなく、顔を上げて、月原一整のとなりで笑っていた。

その夜、苑絵の同僚にして親友の三神渚砂は、ＦＭ局の自分のラジオ番組の収録の日だった。収録のあと、ここ最近よくあるように、作家の蓬野純也と一緒に、カフェバーで遅い夕食をとりつつ、モヒートを飲んでいた。この二人の相性がいいというので、ＦＭの番組ディレクターの方から、対談のゲストに蓬野を指定されることが増えてきていたのだった。

むしゃくしゃしていた。

大きなグラスにミントを山盛り詰め込んだモヒートを飲んでいたのだけれど、無意識のうちにマドラーでミントの葉を虐待していた。ぎしぎしと千切れそうなほどに押し込んでいたのだ。

「あの」

蓬野がいつも通りの穏やかな笑みを浮かべつつ、気遣うように、声をかけてきた。

「――今日、三神さん、何かありました？」

「別に」

素っ気なく渚砂が答えると、蓬野はさらに、

「収録のときも、三神さんには珍しく、何だか気もそぞろみたいでしたし――ずっとうつむいていて、何だかちょっと、悲しそうで」

「そんなことないよ。全然ない」

渚砂は半分食ってかかるように否定した。

「気のせいなんじゃないの」

蓬野純也――見た目と知性と才能に恵まれた売れっ子作家は――そうだ、運と財力にも恵まれているかも知れない、と渚砂は脳内で修正する。純也の実家は文学系の学者の家系。本人も私大でフランス文学の講師をしている。仏文に限らず、文学全般に明るく、評論の才能もある器用な作家で、人付き合いもうまく、性格もいいときていて――。

（なんか腹立つひとだよなあ）

渚砂は、脳内で、けっ、と呟く。

自分の性格が悪いのはわかっているけれど、今日みたいに、心の内に切り傷と刺し傷をいくつも抱えているような気分になっている日は、こういった眩しい善人が視界に入ってくると、それだけで苛ついた。

今日、月原一整が久しぶりに銀河堂書店を訪ねてきた。

店長から数日前にその予定を知らされていたので、ずっと心の中がうきうきしていた。

(まあ、わたしが喜んでも仕方がないっていうか、友達の彼氏みたいなもんなんだけどね――)

一整は、本人がそれと意識しているかどうかわからないけれど、卯佐美苑絵のことを大切に思っている。苑絵の方も、その視界には、一整しか入っていない。

渚砂には――というか、まわりの誰もが、ふたりの間に流れる独特な空気に気づいているところがある、と渚砂は思っている。

そして、こと恋愛関係においては、自分の勘の良さは誰にも負けないと渚砂は自負しているのだ。――だから、自分もまた、一整に恋していることをちゃんと知っている。

知っていて、自分の心がこれ以上そちらを向かないように、気をつけていた。

（わたしは、苑絵を裏切ったりしないから）

（わたしは、自分を信頼している誰かから、大切なものをさらっていったりしないんだから）

（絶対に）

　小学生の頃からの親友である苑絵が、一整に恋していて、それに自分が気づいてしまった以上、恋心を口にするつもりはなかった。だって万が一、それがきっかけで、一整の気持ちがこちらを向いてしまったりしたらどうするのだ。渚砂が苑絵の思い人を奪うことになってしまう。苑絵が泣くことになってしまう。

　それだけはしたくない、と思った。

　そんな泥棒猫のようなことはできない。

（泥棒猫の被害に遭う辛さなら、知ってるからね）

　渚砂の口元はそんなときいつも、苦い笑みを浮かべる。

　渚砂の父親だったひとは、家の外に好きなひとができて、渚砂の母親と別れたのだ。

（大好きで、尊敬してたんだけどね。本を読むことを教えてくれたの、あのひとだったし）

あの父と、家にたくさんあった父の編んだ本、読んできた本が渚砂を育てたのだ。

父――夏野耕陽は、大手の出版社に勤める、文芸書の編集者、著名な編集長だった。若い頃から、文壇の一流の作家たちと組んで、数限りないベストセラーや文学賞の受賞作を生み出した。ひところ流行ったような、派手で豪快なタイプの作家たちと仲が良くて、繁華街で夜通し飲み歩いたり、そのまま一緒にふらりと海外に飛んで、カジノで遊んだり、どこか知らない国の海岸を散歩したり、泳いだりして遊び回った。

家にはいないひとだった。ふらりと帰ってきて、また出ていった。ある日、帰ってきた父のジャケットを脱がせながら、「あなたったら、放し飼いの猫みたいね」と、母が笑っていたのを覚えている。

父はおどけて、酔いが残った笑顔でにゃあと鳴いて見せ、そこにいた渚砂にも、にゃあにゃあと話し掛けてきた。渚砂は酒臭い父親に手招きされ、抱っこされながら、自分も猫のように、にゃあにゃあと鳴いて見せたのだ。

(よそのお父さんとは違ってたよね)

お話の中に出てくるお父さんたちとは違うなあ、といつも思っていたのだ。

母はいつも父の仕事を褒めていたし、物心ついたときには何より本が好きだった渚砂も、本を作るひとである父親を心底尊敬していた。

もうちょっと家にいてくれてもいいのにな、と思いながらも、大好きだった。

上等な革靴を海水で駄目にして帰ってきて、玄関で疲れて眠ってしまうような父親を――生乾き（なまがわ）きの靴の中に、知らない国の砂をためて帰ってくる父親を、かっこいいと思っていたのだ。

そんなこんなで、その頃住んでいた東京都内の家で、渚砂は、父の姿を見ることはほとんど無かった。かわりに、いろんな媒体に登場する父の姿を見、言葉をよく読んだ。

雑誌や新聞、テレビの中にいる父は、渚砂の知らないひとたちと贅沢（ぜいたく）な食事をし、知らない場所にいて、楽しそうに笑っていた。

東京の家には、たくさんの本があった。読み切れないほどの本が、本棚に並んでいた。編集者としての父を育ててきた本、そして、若い日から、父が編み上げ、残してきた本たちだった。作家の書いた物語や紀行文、対談やエッセイの行間に、父の言葉や、父の声が紛（まぎ）れ込んでいそうで、渚砂はよく父の作った本を読んだ。小学生にはいささか難しい本ばかりでも、くりかえし手にしていると、ここにはいないそのひとの考えていることがわかるような気がした。そのひとの声が、この世界のことや、それから文学のことを渚砂に教えてくれているような気がした。
言葉と言葉の間に、父の思いが溢(あふ)れているような気がした。本と本の間に、父から誰かへの手紙が隠されているような気がした。本棚の前に立つと、まるで合唱のように、美しい言葉が聞こえてくるような、そんな気がした。

本にはたくさんの「大好き」が溢れていた。それは世界に向けての「大好き」であり、いろんなひとたちへ向けての「大好き」でもあった。泣きながら呟く「大好き」も、踊りながらうたっているような、明るい「大好き」もあった。つまりはそれが父、夏野耕陽が愛した本。彼が作る本。彼が編集し、世に残してきた本なのだった。

一冊一冊の本を、書いているひとたちは違う。でも、父の作る本には同じ匂いがあり、渚砂は、父の作る本はみんな好きだった。

めったに帰宅しない父は、家にいるときには大概(たいがい)酷(ひど)く疲れていて、泥のように眠ったまま、何日もろくに会話を交わそうともしなかった。でも、やがて起きてきた父に渚砂が話しかけ、本の話をすると喜んでくれた。

自分の作った本を読んで、どういうことを考えたかと、父は渚砂に訊(き)いた。まっすぐに、渚砂の目を見て、訊(たず)ねてきた。どんなところが良いと思って、どこが至らないと思ったか。

遠慮もお世辞もいらなかった。いまひとつだと思えば、率直にそういうことが求められた。気を遣って、面白くない本を面白かったといえば、「素直になれ。大切なことをごまかしたり、妙なお上手をいうことを覚えるな」と叱られた。拙くとも、自分なりの言葉で感想を伝えれば、父は褒めてくれた。当時はまだ言語化できない、難しい思いを口にしたくて迷っていると、おまえは今こんなことがいいたいのか、と、その言葉を教えてくれた。

読めなかった漢字も、知らない国の歴史も、子どもには難しい思想の数々も、鳥の親が雛たちに口移しで餌を与えるように、父はひとつひとつ教えてくれた。

仕事の後の、疲れ果てた、無精ひげの生えた、そんな様相で、にこにこと笑いながら。丹念に。楽しそうに。

そして父は、元気になると、またふらりと家を出て行くのだった。

新しい本を作るために。

「あなたのお父さんは本を作るひとだから」

母は柔和な笑みを浮かべて、そういった。

母は、父の幼なじみ。美しく、優しかった。若い日に、父に連れられて都会に出てきたものの、どうしても東京に馴染めず、友達もできなかった。本を読まないひとだったので、夫を愛し、尊敬しながらも、その仕事の内容を理解することができなかった。ただ家に居て、父の帰りを待ち、渚砂を育てることだけに生きているひとだった。

その頃の渚砂は幸せだった。自分のことを幸せな子どもだと思っていた。

けれど、父は家族を捨てた。

ある日出会った、エッセイを書く若い娘の才能に惚れ込み、いつしかそれが才能だけではなく、娘そのものを愛するようになっていたのだった。

娘はやがて身ごもった。

そのことを、渚砂と母は、ふいに家に帰ってきた父から聞いた。

申し訳ない、と、頭を下げる父から。

相手の娘は病弱で繊細で、けれど、命を懸けてでも子どもを産むといったのだという。かわいそうじゃないか、と父は泣きながらいった。

そういわれた母は、父と向かい合って正座しながら、一言だけいった。

「あの、わたしとこの子はかわいそうじゃないんですか？」

父は深く頭を下げ、身を縮めた。からだを震わせるようにして、すまない、といった。

「すまない。ほんとうに、心の底からすまないと思うから、だから別れてくれ。この家を売って金を作るから、それで堪忍してくれ」

母は静かに訊ねた。

「あの——あなたは、わたしと渚砂に、この家を出て行けと、そうおっしゃりたいんですね。ここはもう、わたしたちの家ではないと」

父は何も答えなかった。

渚砂は何もいわずに、立ったまま、両親を見つめていた。

凍（こお）り付いたような、でも熱く燃えるような心で、ただ思っていたのは、本のことだった。家中にある、父の編んだたくさんの本。数え切れないほどの読み切れないほどの、本。

何回も読み返した本もあれば、まだ難しかったり大人（おとな）向けだったりして、頁を開いていない本もあった。そんな本たちのことも、いつか読んでやるんだと思っていた。

家を出るということは、この家を売るということは、あの本たちはどうなるのだろうと思った。本も売られてしまうのだろうか。それとも捨てられてしまうのだろうか。

それを訊きたくて、でも結局は、最後まで渚砂はそれを誰にも尋ねられなかった。

渚砂と母は、母の実家である、風早の街の祖父母の家に帰ることになった。

それから長い年月が経って、渚砂は本に関わる仕事をしている。渚砂が書店員になったということも、どこで働いているかということも、父は知っているようだ。一度だけ、店に来たことがある。特に会話もしなかったけれど。そのせいか、それっきりになっていた。

夕方、レジカウンターに入っているときに、ふと視線を感じて目を上げたら、やや遠く、店の入り口あたりに、父が立ってこちらを見ているのに気づいたのだ。リアルで会うのは、十数年ぶりにもなる、親子の再会だった。でも渚砂は、父の顔を忘れていなかった。忘れようもなかった。

そして父は——父の方も、渚砂のことが一目でそれとわかったようだった。こちらはもう子どもではなく、成長して、昔とは様相が違っていた、そのはずなのに。

目が合ったそのとき、父の体が震えた。

たぶん、渚砂に気づかれるつもりはなかったのだろう。しまった、というような狼狽えた表情をした。そして父は、わずかの間逡巡するような表情をしたけれど、一瞬だけ、大きく手を振るようにすると、レジに背中を向けて、その場から、姿を消してしまった。

渚砂はといえば、その後を追う気もなかったけれど、たとえそうしたいと思ったとしても、レジの中で接客中、それも長く列ができていたので、その場から動くことなど、どのみちできなかったのだった。

ふたりの再会は、そういうわけで、一瞬で終わったようなものだった。その後、父は銀河堂書店にたぶん来ていない。少なくとも、そのひとがもし再び会いに来ていたとしても、渚砂はそれに気づいていなかった。

父は、あの日、何がしたかったのだろう、と渚砂はその後ときどき思い返した。何かいいたいことがあったのだろうか。それともただ、我が子が元気かどうか、確認しに来たのだろうか。

あの一瞬、父は、手にしていた何かの本を、渚砂の方に向けて、大きく振るようにした。どこか得意気(とくいげ)に、こちらに見せるように。

あとになって、思ったことがある。父は自分の編んだ自慢の新刊を、渚砂に見せに来たのかな、と。あるいはそれを出汁(だし)にして、渚砂に会いに来たのかも知れないな、と。

成長して、書店員となった自分の娘に。

新刊を読んでくれたか、どう思ったか、その感想を聞きたかったのかも知れない、と思った。

あの東京の大きな家で、あの頃、あの幸せだった時代に、そうしていたように。

それきり、ほんとうにそれっきり、渚砂が父と顔を合わせる機会はなかった。もしかしたら、仕事関係のつてを辿って行けば、会うことはできたのかも知れないけれど、そうしなかった。

渚砂の父が夏野耕陽だということは、店の誰にも、出入りする各社の営業担当者にも話していなかった。今では名字も違うのだし、顔も似ていない。渚砂からいわなければ、ふたりの関係に気づくひともいないだろう。

父の方でも特に誰にも話していないのだろうと思う。話題にしているのなら、狭いこの業界、以前ほどではないにせよ、まだニュース性のある父と、カリスマ書店員などと呼ばれる自分、三神渚砂が親子であることが、どこかで話題になっていてもよさそうなものだが、そんな話、幸か不幸か、いまだにどこでも耳にしたことが無い。誰かに訊かれたことも無い。

(子どもの頃は、ほんとうに、父さんのこと尊敬してたよ)

(あんたは、名編集者だったよね)

(なのに、その辺の女にたぶらかされてさ)

あの日、結局、母は「仕方がないわね」と笑っていった。
平伏する父のそばの床に座って、そのひとの肩を優しく撫でて、いったのだ。
「いいわよ。許してあげる。あなたのこと、大好きだったから」
母は、「大好きだった」と過去形でいった。笑顔で目を潤ませて、そういった。
そうして、渚砂を連れて、実家に帰ったのだった。
父だったひとはずっと土下座していて、渚砂と視線を合わせようとしなかった。

父は、その若い娘としばらくは一緒に暮らしたが、病弱で繊細で死にそうだったはずの彼女は、父の編集した本でデビューしヒットを飛ばしたあと、それほどたたずに父の下を去った。生まれた子どもを連れてのことだ。今は誰だったか芸能人と結婚して、たまにエッセイや短編集を出版したりして、親子三人、海外で楽しげに暮らしているようだ。

彼女の新刊が出て、勤め先の書店に入荷する度に、渚砂は複雑な気持ちになる。
――渚砂の父の方は、彼女と別れて以来、というか捨てられて以来、ぱっとした本を作れていないようだった。夏野耕陽が手がけた本は、もう昔のように売れもしないし、魅力も無くなってしまった。編集者にもスランプってあるのだろうか、と、思ったくらいだ。

あの頃、父が作っていた本の強さと神々(こうごう)しさは、どこへ行ってしまったのだろう?

(まあ、ざまあみろとは思うけどね)

神様は見ているものだと思った。——妻子の愛と信頼を裏切った男には、スランプくらいエンドレスで来てもいいものだ。

たぶん時代も変わったのだろうと思う。版元(はんもと)の営業から聞いた話だけれど、今はもう編集者と一晩飲み明かすような豪快な著者はいないそうだ。終電に間に合うように打ち合わせを終わらせ、それじゃあ、と家に帰って行くとか。当然編集者もそのまま家に帰る。

(家族にとってはありがたい時代なのかもね)

そう思いはするけれど、心のどこかで、少しだけ、寂しいような気もするのだった。

あの頃、父と組んでヒット作を連発し、映画化されるような原作を書いていた著者たちは、今はもう滅多に新刊が出ることも、それが話題になることも無い。

そういうわけで、渚砂は、自分は絶対に泥棒猫にだけはなるまいと心に誓っていた。

父親に裏切られた、小学校四年生のときから。

ああはなるまい、と。自分や母親のように、裏切られたり捨てられたりして泣くひとを出すことだけは、絶対にしないんだ、と。

だから、自分はこの思いを月原一整に伝えることは無いだろう、と思った。

一生誰にも、明かすことは無いだろう。

渚砂にとって、卯佐美苑絵は、世界の誰よりも守りたい、大切な親友であり――。

月原一整は……。

たぶん、とても大切な存在だから、だからこそ、この思いを伝えることは無い、と、渚砂は確信していた。それが三神渚砂という人間なのだから。

(わたしは、誰かの大切なものを奪うことはしない)

そうすることで、誰かを泣かせるようなことだけは、絶対にしない。

(あの日に、誓ったもの)

大好きだった父親と、素敵な家と、家中の本棚に詰まっていた数え切れないほどの本と、お別れした、あの日に。母とふたり、家を出たときに、涙をこらえながら誓ったのだ。

歯を食いしばり、二度と背後を振り返らずに。振り返れば、もしかしたら、父が家の前に立ち、こちらを見つめているかも知れないと思いながら、首と背中に力を入れて、振り返らなかった。ちらりとだって振り返ってやるものか、と思った。捨ててやる、自分の方から、あいつを捨てていくんだ、と思った。

小学四年生なりのプライドが、母の手を握りしめ、ただ前に歩くための力になった。

だから、渚砂は気持ちを切り替えて、一整と苑絵、両者の同僚にして友達であるという、この関係を楽しみたいと思っていた。

偶然のことなのだけれど、渚砂は一整のネット上での長年の友達だった。

ＳＮＳとブログでは、渚砂は「星のカケス」と名乗り、一整は「胡蝶亭（こちょうてい）」と名乗っている。互いに本名は隠して活動していたのだけれど、ふたりとも評価の高い書評ブログを長く続けていたことと、同年代の書店員であったこと、本の趣味が驚くほど合っていたことなどから、いつかとても仲良くなった。

リアルで会ったことはなかったし、互いに相手がどこの誰か知らなかったけれど、ネット上では気の合う友人同士として、数年越しで付き合っていたのだ。

けれどある日、一整からのメールで、渚砂は胡蝶亭の正体が、自分の元同僚である月原一整だと気づいてしまった。自分が彼に恋心を抱いていることにも。

そのことに先に、ひとりだけ気づいたから、この恋は諦めようと思った。一整に自分の正体をつげることなく、星のカケスとして目の前に現れることもないままに、友人として付き合い続けよう、と。

(そうして見守ろうと思ったんだ)

空を行く鳥が、地上の人々を見守るように。

子どもの頃からの親友と、密かに好きだったひとの幸せを見守っていようと。

(でも、頭ではそう思っていて、覚悟ができていても、うまくいかないものだったねえ)

久しぶりに一整を目にした途端、苑絵を半分抱きかかえるようにして、見つめ合っているのを見た途端、つい割って入ってしまった。

しまった、ふたりの幸せを祈るなら、あのままほっとけばよかった、と次の瞬間気づいたけれど、後悔さきにたたずで。あとで思えば、冗談でもいって流せれば良かったものを、とっさに思いつかず、一整を意味もなく睨んでしまった――。

(何してるんだろう、わたしの馬鹿)

一整と店長が店を出たあと、泣いている苑絵にハンカチを貸してやり、そして渚砂は、ため息をついて、自己嫌悪で肩を落としたのだった。

自分が苑絵の力になれず、それどころか、恋路の邪魔をしてどうするというのだろう?

ずっと昔、子どもの頃のことを、渚砂は思い出す。この友を守ろうと誓った日のことを。

騎士のように、剣士のように、苑絵を守りたかった。ずっとそばにいてそうしようと——子どもの頃に誓っていたのだ。


強くありたいと思って生きてきた。

父親に捨てられたあの日から、渚砂は泣かなくなった。世界には泣いたってどうにもならないほど、さみしくて辛いことがあるのだと知ったから。

母の実家の風早の街に引っ越したばかりのあの頃、祖父母の前で静かに涙を流す母の姿を何度も見た。もらい泣きをする祖母の涙を見た。深夜、明かりを消した道場でひっそりと涙ぐむ祖父の姿を見てしまったこともある。

だから、自分は泣けないと思った。

母に抱きしめられ、祖父母に気遣われても、何も気づかない感じていない振りをして、明るく笑っていた。ほしいものは無いか、と祖父に問われて、強くなりたい、と答えた。

剣道を教えてください、と。

おとなになった今、当時の自分を振り返ってみると、もっとまわりに甘えても良かったのにな、と思う。渚砂は四年生だったのだから。泣いたって怒ったって、すがったって良かったのだ。おとなたちはきっといつだって手をさしのべ、抱きしめてくれただろう。

けれど渚砂は、その手を柔らかくはねのけて、強くなることを望んだのだった。

自分の足で立つことを。

誰かを守れるひとになりたかった。誰かを泣かせずにすむように。

だって、渚砂には、お父さんはもういないのだから。

四年生のときに転校して入った小学校。そのとき、教室で目が合った女の子がいた。綺麗な服を着た、上品な、優しそうな女の子。前の方の席にいた、華奢（きゃしゃ）で小柄な子。

お話に出てくる女の子みたいだと思った。

その子は、机の上に読みかけの物語の本を置いていた。渚砂の父親が昔作った本だった。

そのひとが編んだ数少ない児童書の中の一冊だった。たいして売れなかったと聞いた。

でも渚砂は、その物語が好きだった。

渚砂はその子に話しかけた。

「その本、面白かった？」

「とっても」

恥ずかしそうに、でも笑顔でその子は答えてくれた。それが初めての会話だった。

その日から、ふたりは友達になった。

苑絵の家と渚砂の祖父母の家が近所だったこともあって、いつも一緒だった。苑絵の母は渚砂を我が子と分け隔てなくかわいがってくれた。滅多に家にいない苑絵の父は、渚砂と初めて対面したとき、内気な我が子の初めての親友だと嬉しそうに語り、心から楽しそうに感謝の言葉を述べてくれた。

渚砂の祖父母も母も、愛らしい苑絵が遊びに来ると歓迎し、もてなした。それからの懐かしい少女時代、ふたりは互いの家を行き来して、季節の巡りを楽しんだ。ひな祭りも夏のプールも、ラジオ体操も、秋祭りもクリスマスも、どんな記憶も、苑絵と一緒だった。

そして、五年生の夏。ふたりは近所にあった廃屋の庭に、毎日のようにしのびこんで、花園を作ろうとした。ひとの住まない洋館の庭をこっそりと耕し、種を蒔き苗を植え、水をまいて、妖精がすむような美しい庭を造ろうとした。

そこはふたりだけの秘密の花園だった。

いろんな花を咲かせた。お日様を追いかけて首を巡らせるひまわり、おもちゃの花のようなダリヤにマリーゴールド。のうぜんかずらに時計草。愛らしい日々草。

少しずつ咲きそろっていって、そろそろいちばん見事に咲きそうだ、と思っていた頃、秘密の庭は、壊されてしまった。

元は他人の屋敷、その庭にふたりが勝手に入って遊んでいたのだから、仕方がないのだけれど、本来の持ち主が、新しく家を建てるために、古い洋館を取り壊し、そのついでのように庭をならしてしまったのだ。花たちは抜かれ、折られ倒されて、ごみのように土の上に投げ出されていた。

「こんなことになるなんて」

庭が壊されたことを知ったとき、渚砂は久しぶりに目に涙を滲ませた。

「もう二度と見られないのなら、最後に一目お庭を見たかった。いちばん綺麗なところを。みんなに、さようならをいいたかった」

もう一度花たちに会いたい、苑絵に、そう訴えた。写真さえ撮っていなかったのだ。昨日まであんなに綺麗だったのに、と思うと、花たちが無念なのか自分が無念なのかわからなくなるくらいに、心が痛くて、苦しかった。

苑絵はそのときはなぜか泣いていなかった。渚砂を慰め励まして、一言訊いた。

「もう一度、あの花たちを見ることができたら、渚砂ちゃんは嬉しい？」

魔法でも何でもいい、そんなことができたらどんなにいいだろう。

泣きながら渚砂がうなずくと、苑絵は何事か考えているようだった。

次の日の朝のことだった。渚砂はそのときも、目を腫らして泣いていた。

すると、苑絵が大きなスケッチブックを抱えて、渚砂の家を訪ねてきたのだった。

青ざめて緊張した顔をして、くちびるをかんで、黙って、その頁を開いた。

そこに、花園があった。

一昨日までたしかに咲いていた花々が、もうこの世界には存在しない庭で、見事に咲き誇っていた。それも記憶にあるよりも、少しだけ花びらを開いた、より美しい姿で。庭が壊されていなければ、きっとこんな風に咲きそろっていただろう、そんな華やかな姿で、スケッチブックの中に咲いていたのだ。

「思い出して、描いたの」

少しだけ震える声で、苑絵がいった。

「だから、もう、泣かないで。絵の中の花は、絶対に枯れないから。ずっとここに、渚砂ちゃんのそばに、いてくれるから」

写真のような絵だった。完璧な、絵だった。

そしてその絵は、とても美しかった。

苑絵は訥々と話してくれた。自分は見たものを忘れないということ。覚えていたいと思ったものは当たり前として、覚えていたくないものも忘れられないことがある。

そして自分は、覚えているものを絵に写し取ることもできるのだ、と。

小さい頃は、この力はみんなが持っているのだと思っていた。だって苑絵には当たり前にできるから。みんなはできるのにできないふりをするか、隠しているのだと。

でも、幼稚園や小学校で絵を描いたとき、みんなにおかしな絵だと笑われ、先生に驚かれ、子どもらしくない絵だといわれて、ようやく自分だけが見たものを忘れないのだと、記憶したものを絵に描くことができるのだと気づいた。

その頃には、みんなから、妖怪だ魔女だといわれ、怖がられたり、いじめられたりしていたのだ、と話してくれた。

「だから、もうずっと学校で絵を描いていなかったの。誰かに絵を見せることもなかったの。

でも、渚砂ちゃんに、もう一度、あの花たちの姿を見せてあげたくて。もう一度、って。だから、絵を描いたの」

苑絵はうつむき、震える手で自分のスカートを摑むようにしていた。

「わたし、渚砂ちゃんにも嫌われちゃうのかな。またひとりぼっちになっちゃうのかな」

絵を描かない方が、よかったのかなあ、ため息をつくような声が、そう聞こえた。

「ありがとう」渚砂は笑って自分の涙を拭いた。

少しだけ身を屈めて、苑絵の顔を見つめた。

そっと、手を取った。絵の具で汚れたままの、苑絵の細くて白い指を。

「ねえ、ずっと友達でいてね」

ぎゅっと握った。「約束だよ」

苑絵の手がおずおずと握り返してきた。

「渚砂ちゃんは、わたしのこと、怖いとかいわない？　気持ちが悪いとか。妖怪だとか。

魔女みたいだとか」

「いわない。苑絵はもし魔女だとしたら、いい魔女なんだ。だって、こんなに素敵な、魔法みたいなことができるなんて」

「魔女でも、怖くない？」

「優しい魔女だもの」

苑絵がべそべそと泣き出したので、渚砂は、その肩をそっと叩いた。それから、苑絵の絵がどれほど素晴らしいか、自分が絵の中の花と再会することができて、どんなに嬉しいか、言葉を尽くして、説明した。自分のハンカチで、苑絵の涙をぬぐった。


スケッチブックの花の絵は、今も渚砂の家の部屋にある。額に入れて飾ってある。悲しいことや、滅入るようなことがあったとき、そこに咲き続ける花を見上げると、心が穏やかになる。おとなになった今でも。

そしてあのとき握りしめた、苑絵の小さな、絵の具に汚れた指先の、その感触を思い出すのだ。涙に濡れていた茶色い瞳を。やっと泣きやんで笑ってくれた、その笑みを。

（魔女じゃない）

（妖怪でもない）

渚砂にとって苑絵は、大切な親友、渚砂がその手で守るべき、お姫様だった。

なのに——今日の渚砂は、全然、苑絵を守れていなかった。

自分が情けない。殴(なぐ)ってやりたいくらいだ。

(それだけでも、厄日(やくび)だったんだけど)

今日はもう一つ、最悪なことがあった。


久しぶりに、父を見た。

見かけた、というべきなのか。

夕方の休憩(きゅうけい)時間に、用事があって店を離れ、帰ってきたときに、見慣れた背中がレジの方を遠くからうかがっているのに気づいた。

(父さん——?)

そうだろうと思ったけれど、次の瞬間、いや別人かな、と、自信が無くなったほど、その背中は痩せてやつれていて、スーツがだぶついていた。髪に白いものが増えていた。

時間があればジムに通い、徹夜明けでもランニングに出かけるほどに、たくましかった父の後ろ姿の、その腕も足も筋肉が落ちて見えた。ずいぶん年老いても見えた。

つい最近——いいやもう数年前になるのか、書評雑誌に、父がちらりと登場しているのを見た。そのときの写真は元気そうに見えたのだけれど。そのときは写真よりむしろ——天下の夏野耕陽の新刊についての記事にしては、ずいぶん扱いが小さいなあ、と胸の奥にちくりとした痛みを感じたのを覚えている。

年老いたそのひとは、渚砂を探しているのだろうと思った。それも声もかけず、そっと姿を見たいと思っているのだろうと。もしかしたら、今の姿を見られたくないのかも、と思ったので、渚砂は父に気づかれないように、後ずさるようにしてその場を離れた。

急ぎ足でバックヤードに向かいながら、下唇を嚙んだ。そうしないと泣いてしまいそうだったから。

「……そういう最悪な気分で、ラジオの収録なんてできるわけないでしょ」

モヒートの勢いもあって、つい口の中で呟いてしまう。

カフェバーの向かいの席に座っている蓬野純也は、耳が敏いのか、おや、と心配そうにこちらを見た。細いグラスでドイツの黒いビールを飲んでいた手を止めて、

「ぼくで良ければ、聞き役になりますよ」

絵に描いたように善人の笑顔で渚砂に話し掛けてくる。

その笑顔がまた、月原一整に似ているので、さらに腹が立つ。もともと渚砂は怒り上戸の気があって、それを自覚してもいたので、外では飲み過ぎないようにしているのだけれど、その夜は歯止めがきかなかった。

無意識に頼んだモヒートが、父の好物だったと思いだしたのも良くなかった。

「蓬野先生みたいに恵まれたひとにはわからないタイプの悩みですよ」

「ええとぼく、恵まれてるでしょうか？」

「モヒートぶっかけたくなりました、今」

あはは、と、蓬野が笑う。

「今夜はいい服着てるんで、やめていただけると嬉しいです。三神さんと会う日だから、おめかししてきてるんですから」

「そういう台詞、いいなれてますよね？」

「まあわりと」

なんだかからかわれているようで、さらに腹が立って、氷をかみ砕いた。

（腹が立つけど――）

なんて優しい、邪気の無い顔で笑うひとなんだろうと思った。月原一整に似た声と、似た表情でこちらを見ないで欲しい、とも思う。BGMのレトロなジャズのせいもあって、嬉しいんだか悲しいんだかわからなくなるから。

蓬野先生は優しいひとなんですよ、そういっていたのは、どこかの版元の編集者だった。何かのパーティのとき、彼の話題になったのだ。その編集者は大学時代に蓬野純也と同じ学部、同じサークル（中世の古楽器の研究会とか聞いたろうか？）の後輩だったそうで、相性も良く、かわいがられたのだといっていた。

「といっても、自分に限らず、みんなに親切で、面倒見のいいひとでしたけどね」

優しい笑みを浮かべながら、彼はいった。

「人間が好きなんだろうなって、いつも思ってました。蓬野さん、ひとが傷つくところや、悲しそうなところを見るのが苦手みたいで。自分で何とかできるなら、手をさしのべたいひとみたいで。いっちゃなんですが、大きくて優しい牧羊犬みたいなひとだな、なんて、ぼく思ってました。それかほら、昔のアルプスの救助犬みたいな」

「セントバーナード？」

渚砂は古い童話で読んだ、大きな犬の姿を脳裏に浮かべた。その犬は雪山で行方不明になった旅人を助けるために、果敢に吹雪の中に飛び込んで行くのだ。

雪山で倒れ、埋もれた旅人を見つけると、大きな声で吠え、前足で雪を掘り、冷えた頬をあたたかな舌で舐めてやる。旅人が目覚めると、首輪につけた小さな樽の中に入っているラム酒を渡し、飲ませようとするのだ。アルコールでからだをあたためさせるために。

「なんかね、みんなを助けるために見守っているというか。いつでも気付けの酒を手渡せるように準備しながら。昔から、そういうひとですよ」

だからこそ、今の成功があるのかも知れない、とその編集者はいった。蓬野純也はひとから好かれる。自分が他者を見守り、気を配るだけ、善意が還ってくるのだ、と。

「ああいうひとが大成するんじゃないですかねえ？　仕事は好きだし人間も好きだけれど、欲や野望がなく、ただ質の良いものを書き続け、まわりの後押しで人気を集める」

奇特なひともいるものだ、と思った。

渚砂は、けっして人間を嫌いなわけではないけれど、どちらかというと、狭い範囲の人間関係を大切にしたい方だ。だから、広範囲に優しいまなざしを向けられる聖人のような生き方のことはよくわからない。わからないぶん、惹かれる、ともいえる。——卯佐美苑絵や、月原一整はそういうタイプだった。

（救助犬かあ……）

この編集者、仲の良かった先輩に、そういうたとえってありなのかな、とは思ったのだけれど。

でもたしかに、蓬野の笑顔は、大きな犬に似ていて、そのパーティのあとにあったラジオの収録のときに、つい笑ってしまったものだった。


屋外にあるカフェバーには、夜の風が吹き抜ける。緑と花と、海の匂いを含んで吹く風は、モヒートととても合う。名残の暑さと湿気の中に、近づいてきた夏の終わりの心地よさと、一抹の寂しさを感じさせるからかも知れない。

「アルコールのせいかな」

「何がですか？」

優しい声で、どこか気遣うように、蓬野純也が訊ねた。

「もの悲しい」

冷たくて甘くて、炭酸が入った飲み物は、夏の終わりの今の時期にはあまり良くないな、と渚砂は思った。

子どもの頃の夏休みに飲んだ、サイダーやジンジャーエールや、そんなものを思い出す。

そして、二度と戻らない夏が恋しくて、泣きたくなる。夏が来ても、今の渚砂はもう、あの頃のようには笑えなくなってしまった。

モヒートなんていつも飲んでる、と思っていた。アルコールには苦手意識がなかった。ついでにいうと、その夜はやさぐれていた。だから、どれくらい飲んだか記憶にない。

何時頃だったか。酔いに紛れて、一整にスマートフォンからメッセージを送ったような記憶がある。内容はよく覚えていない。ただ、一整が、自分はこんなに幸運でいいのだろうか、みたいな馬鹿なことをいってきたので、運も実力のうちじゃないのか、みたいな返信をしたのを覚えている。

(ほんとうに馬鹿みたいだ)

ひとに好かれるのも、愛されるのも、必要とされるのも才能だ、と渚砂は思う。渚砂が焦がれても持ち得ない憧れを、一整も、そして苑絵も苦もなく持っているのだ。そうして、自分にその幸運がふさわしいのか、なんて馬鹿なことをいう。

(ほんとうに——みんな、馬鹿みたい)

「——三神さん」

蓬野が、そっと肩を揺すった。

いつのまにかうとうとしていたらしい。

「閉店だそうです。そろそろ帰りましょう」

気がつくと、ＢＧＭのジャズはいつのまにかしんとしていて、まわりの席には誰もいなくなっていた。灯りも落としてある。

渚砂は焦り気味に立ち上がろうとして、

「あっ」

膝の上に抱えていたファイルを地面に落とした。中に入っていた紙の束が、はらはらと、夜目にも白くあたりに散らばる。

今夜の収録のとき、資料に使ったものだった。課題にした本について、以前自分が——星のカケスがサイトに書いたレビューをプリントアウトして持ってきたものだ。

その本はずいぶん前に読んでいたので、ラジオで蓬野と語り合うには、記憶が定かではなかったのと、いってはなんだけれど、星のカケスが巧みにまとめたあらすじと解釈は、紙の本でもネットでも比肩する物がなく、

「いいやこれで」

自分の書いたものを資料として、放送局に持ち込んでいたのだった。それを手元に置いてたまに見ながら、蓬野との収録に臨んだ。

月原一整が銀河堂に久しぶりにやってくる、そのことについ心が浮き立って、ま

ともに準備するだけの集中力と時間がとれなかったから、ということもある。間に合わせの収録になってしまった。その後ろめたさもあって、今夜の収録はさんざんだったのだ。

しゃがんで紙を集めようとしても、酔いが回っていてうまくいかなかった。蓬野が腰を落とし、紙を手早くかき集め、渚砂の荷物も持って、立ち上がった。

「――歩けますか？」

自然な感じで手を差し出してきた。

渚砂は一瞬ためらったけれど、背に腹は替えられない。素直にその手に体重を預けて、何とか立ち上がった。

（ああ、この手が胡蝶亭さんの手ならいいのにな）

つい思いながら、鼻からため息をついた。

自分でもちょっと罰当（ばちあ）たりだな、とは思うけれど、思ってしまったことはしょうがない。

親切なその手に引かれ、歩き出す。川沿いの遊歩道をしばらく行けばタクシー乗り場がある。そこから家に帰ろうと思い、そう蓬野にも話した。ここから家までは、ゆっくり歩いても四十分くらいだろうか？　いつもの渚砂なら余裕で帰る距離だったけれど、今夜は辛かった。

明日は幸い遅番だけれど、早く家に帰って寝たい、と思った。

「タクシー乗り場まで送りますよ」

蓬野が心配そうにいった。

渚砂はほとんどその肩にすがりながら、お礼をいった。彼が一緒で助かったと思っていた。ほんとうに救助犬のようだ。なんていいひとなんだろう。

（ドジったなあ……）

珍しく、飲み過ぎたらしい。

いつもなら、あっというまにさめる酔いが、いつまでも残っている。眠気までさしてきたし、胸にこみ上げるものがある。――学生時代のコンパで、安い酒をちゃんぽんで飲んだとき以来の、悪酔い（わるよ）の予感がした。

「モヒート、美味しかったのにな……」

呟くと、いよいよ吐き気がする。

心地よかった夜風が止（や）んで、生暖かく湿った空気があたりを包み込んだ。

ぽつぽつと雨が降ってきた。地面から土と埃（ほこり）の匂いがたち、間もなく雨はだらだらと降り始めた。豪雨というわけではないけれど、まとわりつくような雨はからだを重く叩いた。

「――最悪」

つい、呟いてしまう。

「よかったら」

蓬野が折りたたみ傘を手早く開き、中に入れてくれた。自分は濡れるようにしながら、渚砂にさしかけてくれる。

その様子が、いかにも女の子にさしかけるような差し出し方だったので、渚砂は戸惑った。

いつもそれは渚砂の役所だったので。

「今日って、雨の予報出てたかな」

そんな記憶は無い。あったとしても、降水確率十パーセントかそこらだったような気がする。だから傘なんて持ってこなかった。

「ああ、傘はいつも鞄に入れてるんですよ」

蓬野はなんてことはないというように答え、渚砂に歩調を合わせて歩き始めた。

途中で通り過ぎた公園の、街灯の下に佇む男のひとがいた。雨に濡れた段ボールと、どこかで拾ったらしいスポーツバッグを抱えていた。途方に暮れたようにうなだれたそのひとの白髪交じりの頭が見えたとき、

「パパ」

そんなはずはないのに、幻を見たのは、やはり酔っていたからに違いない。

そばを通り過ぎるとき、振り返ってみつめたけれど、それはやはり父ではなかった。

タクシー乗り場は突然の雨に行列になっていた。どれだけ待たなければいけないか、わからないくらいに。

一緒に待ってくれている蓬野に悪いな、と思ったけれど、その頃には眠気と吐き気が酷くなっていて、座り込んでしまいそうだった。

（しまったなあ）

自分の顔から血の気が引いていくのがわかったとき、蓬野が訊いた。

「——近所なので、うちに来ます？　ちょっと休んで、それからタクシーを呼びましょう」

「ええと、でも……」

悪いなあ、と思った。

ふと、蓬野が笑った。声を潜める。

「大丈夫。襲いませんから」

突然の台詞に、渚砂は噴き出した。

けれど、その途端、思いがけないほど急に、強い吐き気がこみ上げてきて、立っていられなくなった。

蓬野に支えられて、どれくらい歩いただろう。雨の中、こみ上げる吐き気を抑えながらの道行きは、とても長かったような気もするし、思ったよりすぐに目的地に着いたような記憶もある。

駅前のタワーマンションは、その頃には降りしきっていた雨を受けて、西洋の城のように光り輝いて見えた。

エレベーターで上がり、部屋に通された——と思ったとき、大きなあたたかい金色の塊(かたまり)が、しっぽを振りながら突進してきた。

ゴールデンレトリバーだった。よほど人懐(なつ)っこいのか、渚砂の両肩に前足を置いて、べろべろと顔をなめ回した。ずっしりと重い。思わず尻餅(しりもち)をつくと、

「ああ、すみません。この子、お客様が大好きなんです。——こらやめなさい」

羽交(はが)い締めするように、後ろから、蓬野が犬を止めてくれた。

「大丈夫、犬、好きだから」

突然のことだったので、少しの間、吐き気も忘れた。フレンドリーで上品な犬は、その飼い主にどこか似ていて、犬は飼い主に似るってほんとうなんだなあと思うと、つい、笑えてしまった。この優しいひとのことをそんな風に笑うって、ちょ

っとどうなんだろう、と自分に突っ込みを入れながら。

部屋には、大きな窓があって、灯りをつける前のカーテンを引いていない窓の外には、雨に濡れる街の夜景が見えた。

とても綺麗だったけれど、高層から見下ろすその夜景は、どこか寂しげで、蓬野はいつもひとりでこの夜景を見ているのかな、と思うと、なぜか渚砂が切なくなった。

パーティで出会った、あの編集者がいっていた。

蓬野純也には今はつきあっているひとはいないようだ、と。

「続かないみたいなんですよね」

「どうして？」

「うーん。釣り合う相手がいないんじゃないですかねえ。なんていうか、完璧すぎて」

ちょっと現実離れしてますよね、と、編集者は笑った。「いっそ、王子さまっぽいですよね。ハンサムで、心がきれいで、優しくて。こんな人間いるものかと思う」

ガラス窓越しに、西風早の街の夜景の光を受けて、金色の犬を抱きながら、渚砂を心配そうに見つめるその表情に、渚砂はふと、子どもの頃好きだった絵本を思いだした。

苑絵が大切にしていた絵本だ。月の裏側の地下にある氷の世界に、魔物たちの王国があって、そこにある城に、孤独で人間が好きな、魔法使いの王子さまが住んでいる——。

(あの王子さまに、ちょっと似てるかも)

そうだ。あの絵本の少年が成長すればこんなまなざしのひとになるような気がする。

渚砂を見つめるその目の優しさと、奥底にある寂しさは、あの絵本の、美しい少年——王子さまに似ていると思った。

苑絵は、月原一整があの絵本の王子さまに似ていると思った、と、以前話してくれた。恥ずかしそうに、うつむいて。

そのとき、渚砂はそんな苑絵がかわいいなあと思いながら、同時に、似てるかなあ、とも思ったのだ。渚砂には、絵本の王子さまは、そこまで一整に似ているとは思えなかったのだった。

むしろ、蓬野純也にこそ、似ているような。

ずっと昔の、子どもの頃に読んだ記憶の中の絵本だから、はっきりとは覚えていないけれど。なにしろ、渚砂には苑絵のような、見たものを完璧に覚えている、そんな才能は無い。

だけど、似ていると思った。そんな風に思うのは自分のキャラじゃないと思いっつ。

あの絵本が懐かしくなった。

そうして、心がうずいた。誰も知らない——世界の誰にも話していない、子どもの頃の罪の記憶が蘇った。

(蓬野さんは、わたしがあの子の本棚から盗んだ絵本の王子さまに似てるんだ——)

蓬野純也をどこか懐かしく感じていたのも、すぐに友達になれたのも、あの絵本の影響だったのかも知れない、と思った。

吐き気と眠気のせいで混沌とする頭に、ゆるゆると過去の記憶が蘇る。

(そうだ、わたしは、魔法使いの王子さまの友達になりたかったんだ——)

絵本を苑絵から盗む気はなかったのだ。

ほんの少し借りるだけのつもりだった。

苑絵は王子さまの絵本を宝物のように大切にしていたから、渚砂はいつもその絵本を苑絵の部屋でだけ読ませて貰っていた。植物と花に飾られた、広く美しい、お姫様の部屋のようだった、あの部屋で。どんなに読んでも読み尽くせないほどの、たくさんの美しい絵本と子どもの本があったあの部屋で。

いつも渚砂は、あの絵本を遠慮しながら読んでいた。大切な親友の、一番大切にしている本だったから。でも、苑絵と同じくらい、渚砂だってあの絵本が好きだったのだ。

五年生のあの日。そう、ちょうど今のような、夏の終わりの頃のことだった。

今思うと、少しだけ、魔が差したのかも知れない。久しぶりにパパが帰ってきて、嬉しそうだった苑絵がうらやましかったのかも。綺麗で都会的なママと、花束を抱えて外国から帰ってきた素敵なパパとふたりに愛される苑絵が、お話の中の主人公たちのようで、うらやましく、さみしくて――どこか、ねたましかったのかもしれなかった。

渚砂はこっそりと、王子さまの絵本を抱えて苑絵の家を出た。別に意地悪をしようと思ったわけじゃない。ちょっと借りようと思っただけだ。たまにはひとりで心ゆくまで読んだっていいじゃないか、と思ったのだ。

だって自分には苑絵の部屋のような、お姫様の部屋は無い。たくさんの本棚と本もない。

子どもを守って愛してくれる、強くて素敵な両親もいない。渚砂の父は家族を捨てて去って行ったし、母は愛しいけれど、渚砂が守ってあげなくてはいけない、か弱いひとだ。

そして、自分は苑絵のようにかわいくはない。絵もうまくない。不思議な力も無い。性格だって、ひとりよがりで自分のことしか考えてやしないのだ。

渚砂は、お姫様じゃない。物語の主人公にはなれない。誰からも大切にしてもらえない。

だからせめて、大好きな絵本を読んでもいいじゃないか、と思った。

公園のベンチでひとり絵本を読んだ。

植物園のそばの公園は、どこか絵本に出てくる薔薇園のようで、そこで絵本を読んでいると、お話の世界の中に入り込んだような気がした。

心ゆくまで読んで、読み返して、やがて気が済んだ。苑絵が絵本が無いことに気づく前に、部屋に返そうと思った。

けれど――急に雨が降り出した。

急いで走ったけれど、雨に濡れないように抱えたけれど、絵本は無残に濡れてしまった。

苑絵の家が近づいた頃、渚砂はもう走るのをやめた。濡れて頁が開けなくなった絵本を、うずくまってそっと、川に落とした。

雨で濁(にご)った水は、絵本を沈め、渚砂の罪ごと引き受けてくれるように、呑み込んでくれた。

その後、苑絵が絵本を探したことを、渚砂は知っている。ずっと探し続けたことも。

けれど、渚砂は絵本がなくなったそのわけを、苑絵に話すことはなかった。自分の罪を認めることが怖いからというよりも、何より、苑絵を傷つけることが怖かったのだ。

自分が苑絵にとって、大切な友達だということはわかっていた。ほとんど世界で唯一の親友である渚砂が、自分の大切な宝物を盗み、川に沈めたなんて知ったら――。

真実を話し、謝れば、渚砂の心は軽くなるだろう。苑絵に責められ、いっそ泣かれたら、よほど自分はほっとできるだろう。

でも、自分が楽になるために謝りたいのなら、やめようと思った。

だから、渚砂は、子ども心に、この罪は一生背負っていこうと思った。自分はどうせ、苑絵のような綺麗な心の人間じゃない。苑絵のように愛される子どもではない。

それならば、醜い罪のひとつくらい、今更、増えたっていいだろうと思った。

そのかわり、守ろうと思った。

苑絵のことを。

ずっとそばにいて、物語の中のお姫様を守る、騎士か英雄のように。

それが償いだと思った。この秘密だけは、一生抱えて生きていこうと、思った。


蓬野にバスタオルを借りた。

渚砂は、雨と吐瀉物に濡れ、汚れた顔やからだを拭いて、差し出された、さました白湯を少しずつ飲みながら、一緒に夜景を見た。

そうしているうちに、ふと、蓬野が訊ねた。

「あの、もしかして、三神さんが、『星のカケス』さん、なんですか？」

その手には、あの資料の紙の束があった。

「ぼく、彼のブログが好きで、読者だったんです。で、以前から三神さんの本の読み方と、彼のそれとが似てるって思ってて。ラジオで何回かご一緒したり、メールのやりとりをするうちに、やはり似てるなあ、と」

「——似てましたか？」

驚きながら、渚砂はなぜか笑顔になっていた。なぜだろう、とても気が楽になった自分に気づいていた。

「ええ」

蓬野純也は優れた作家であり、評論家でもある。そんな人物であれば、見抜かれても仕方がないのかも知れない。それでも違うとしらばっくれることはできたけれど。

そうしようと思えば、きっと優しく聡明な蓬野は、それ以上、踏み込んでこないだろうと推測もできたけれど。

天から降る銀色の雨に包まれた街を見ながら、渚砂は、うなずいていた。

「そう、あれはわたしなの」

ぽつぽつと語るうちに、自分が一整を好きだということも、正体を明かさないいま、彼と苑絵の関係を見守りたいと思っていることも話してしまったのは、どうしてだったろう。

あまり他人には心を開かない渚砂には珍しいことだった。

酔いのせいだったかも知れないし、静かに降る夜更けの雨の、かすかに伝わる雨音のせいだったかも知れない。

あるいは——子どもの頃好きだった絵本の、その中から抜け出してきたような、蓬野純也がそこにいたからかも。

蓬野は優しく微笑み、そしていった。

「『人魚姫』みたいなひとですね」

「へっ？　誰が？」

「三神さんがですよ。ほんとうは誰よりもお姫様なのに、言葉にしないで黙っている」

「――あのそれ、いってて歯が浮かない？」

にっこりと蓬野は笑った。

「女の子は誰でもお姫様ですよ」

「ちょっと勘弁(かんべん)してよ。恥ずかしくて死にそうになるから」

渚砂は笑いながら、いつの間にか自分のそばに来ていた大きな犬を抱きしめた。

恥ずかしいけれど、このひと、いい年して、何馬鹿なことといってるの、とか思ったけれど、少しだけ嬉しかった。

（『人魚姫』か――）

そういえば、と思い出す。自分のことを、アンデルセンのその童話になぞらえて考えたことがあったかも知れない。

恋はきっと、ひとをメルヘンな気持ちにさせるのだろう。渚砂だってきっと例外でなく。

ふと、真面目な表情で、蓬野がいった。

「三神さん、それはやはり、一整にいった方がいいですよ。自分こそが『星のカケス』だということと、そして、好きだということを」

「やだ。いわない」

渚砂は強く首を横に振った。

「そんな人の恋路を邪魔するようなことは、死んでもしたくないもん。ダサいしさ」

「あのね、三神さん」

子どもをなだめるような口調で、蓬野は言葉を続けた。

「一整の意志はどうなるんです？」

「意志？」

「厳しい言葉になってしまうかも知れませんが、彼は物語のキャラクターではありません。心を持った、ひとりの人間です。

真実を知った上で、彼に、あなたと卯佐美さんのどちらを選ぶのか――あるいはどちらも選ばないのか、決めて貰わないと。

決めるのは、あなたじゃない、一整です」

いわれて初めて気がついた。

そうか。そうだったかも知れない。

渚砂はうつむき、頭をかいた。

「――ちょっと考えてみる。考えさせて」

そう答えながら、少しだけ腹が立った。酔いが醒め、吐き気が治まってきてみると、ふつふつと、負けん気が強い性格が蘇ってきたのだ。

「――じゃあ、蓬野先生は月原さんと仲直りしたらどうです？」

「えっ」

蓬野は不意を打たれたように、言葉を失った。「あの、それはまた、どういう文脈で、そういう話になるんです？」

「なんとなく」

「不条理ですね」

蓬野は笑った。少しだけ寂しそうに。

「仲直りといっても、別に彼と喧嘩してるわけじゃないですし。――たぶん、ぼくは彼に嫌われていると思うので、遠慮して、距離をとっているだけですよ」

「嫌われてるんでしょうか？」

　渚砂は、犬の首を抱いたまま、詰め寄るように、そばにより、蓬野の顔を見上げた。

「わたしが思うに、月原さんの方でも、蓬野先生と子どもの頃のように親しくしたいと思っているような気がするの。――だって、さみしいじゃない？　従兄弟同士なのに。

　昔はとても仲が良かったんでしょう？

　ほんとうの兄弟みたいに」

　蓬野は、少しだけうなずいた。

「今もぼくは、彼のことを弟のように思っていますよ。

　彼は尊敬する、良き書店員であり、自慢の弟です」

「それを、その思いを、言葉にして伝えようよ。わたしたちは人魚じゃない。人間なんだから。言葉で思いを、伝えようよ」

　思っているだけでは、通じないのだ。

　存在しない思いと同じことになる。

　人魚姫の思いが、王子さまに通じなかったように。

　窓の外は少しずつ明るくなってきた。

いつか夜が明けてきていたらしい。

薄いベールが上がっていくように、雨雲は晴れてゆき、やがて、雲の合間から朝陽が射してきた。

天からの光が金銀に射すその様子は、どこか、人魚姫の魂が昇天していったという、祝福に満ちた空のように見えた。

# 幕間3～Let it be

音楽喫茶風猫の店主、藤森章太郎は、たそがれどきの店内で、ひとりギターを奏でていた。

もともとさほど混む店でもない。特に夕方のこの時間には、観光シーズンでも客足が途絶えるのはいつものことで。お気に入りのエプロンを着けたまま、ソファに腰をおろし、学生時代から弾いているギターを膝に載せた。

琥珀色の光が窓から差し込み、煉瓦造りの小さな店を包み込む蔦の葉のシルエットを、床に落とす。蔦の葉はゆるやかな風に揺れ、山では野鳥たちが、ねぐらに帰る前の歌を眠たげにうたっている。蟬たちの声は、バックコーラスのよう。どこか地を這うように切なくうらめしげに聞こえるのは、夏の終わりと自らの死を予感しているものか――。

（季節は移り変わって行く）

（ずっと同じままではいられない）

物思いにふけりつつ、好きな曲のコードを探してつま弾いてゆく。

（ぼくだって、いずれはこの地上から去って行くのさ）

それは必ずしも悲しいことではないと、藤森は知っている。古今東西のたくさんの人類と、そして名も無い生命たちが辿ってきた道だ。例外はなく、自分もまた、その道を辿るだけのこと。魂が最後に向かうその旅路は、きっと故郷に帰るような、穏やかで懐かしいものになるだろう。

（まあ、最初からそう穏やかに考えられたものでもなかったけどね）

特に藤森は早くに両親を亡くし、苦労もしていたので、ひとが生きることの意味について深く考えることも多かった。

だから、たくさんの本を読み、過去の人々の思索にふれ、咀嚼し、みずからのものとしてきた。藤森の若い頃には、知識を得るには、本を読むしかなかったので、山ほどの活字を、手当たり次第の言葉を、書店や図書館、古書店で探し、自らのものとしてきた。

答えは未だ見つからず、今も模索し、探求し続けているけれど、その探求の道が、知識と思索に触れ続ける職業を——編集者として生きる道を彼に選択させた。たくさんの良い本を彼は作った。それは、著者の思考と手を通して、世界を探り、ひとが生きる意味を見出そうとする試みだったように思う。

恐らく自分は、その生涯の限りを、思索することで終わるだろう。生命も世界も、一度きりの生涯で読み解くには、広大すぎ、果てしが無いけれど、いつか彼の残した本を手がかりに、これから続く人々が、彼と同じ課題に取り組み、思考してくれるだろう。

そして、そういう人々が地上に存在し続ける限り、きっと彼の魂は失われないのだ。彼が過去の人々の思考と思索を、受け継ぎ、彼の中で熟成してきたように。

（そう、良い仕事をしてきたと思っているんだ）

彼はギターを奏で続ける。

自分の仕事に悔いは無い。残してきた本も、みなレベルの高い、未来に伝える価値がある本ばかりだと自負している。

けれど、彼はもう編集者としては、引退してしまった。

（仕事が嫌いになった訳じゃあないんだけどね）

少しだけ、休みたいと思った。

今の、怒濤のように新刊が出版され続ける日常から、少しの間でいい、距離を置いて、頭を冷やしたかった。

（どこでどう歯車がかみ合わなくなったんだろうなあ）

日に数百冊、ひとつきに数千冊の新刊が刊行され——一年間で数万冊の本が刊行される、ということだ——書店には本が溢れかえる。多くの本が棚にならんでも売れないままに返品され、断裁の憂き目に遭う。本によっては、段ボールから出されることもないままに、書店から返される。良書となって未来に残るはずだった本も、話題になるどころか、読者と出会えないままに、消えて行く。

悲劇なのは、本だけではない。本を並べる書店もまた、日々消えていっている。もはや今の日本には、以前のように多くの書店を存在させるだけの余裕は無いのだ。それだけの読み手ももはや存在しない。

藤森が心を込めて編んだ本も、その多くがもう流通していない。書店の棚や平台から返されて、時の彼方へと消えていった。誤植を直したくて、重版の機会を切望していたのに、初版を売り切らないままに消えていった本もある。命を削るように原稿を書いてくれた著者に、版を重ねられないことを申し訳なく思い続けるうちに、鬼籍に入られてしまったり。

(取り返しがつかない、と何度思ったことか)

すべて良いものは皆、時の彼方へ去って行く。

書店もだ。

彼が心の底から愛し、同じ本を扱う戦友だと思ってきた全国の書店の数々。

彼が半ば趣味として取材し、執筆し、編んできた、書店たちの物語。優れた、熱い、興味深い、多くの書店たちの記録は、数冊の本として、心を込めて刊行してきたけれど——その書店たちのうち、あの書店もこの書店も、と、多くの素晴らしい書店たちが、櫛の歯が欠けるように、閉店していった。

(あの店もこの店も、もう無いんだものなあ)

藤森の編んだ本の頁のうちのいくらかは、墓碑銘のようになってしまった。楽しげなPOPが並ぶ棚の写真も、綺麗に整理された本棚が並んだ店の写真も、もうすでにこの世には存在しない店の記録になってしまった。

(そんなことのために取材してきたわけじゃないのにな)

自分は無力だと思う。大切にしていたものがみんな消えて行き、流れ去ってしまい、それを食い止めようとしても、とどめるだけの力を持たない。

時代の変化だ仕方がないのだと片付けるのは簡単なことだけれど、記憶の中の、取材の日に笑顔だった書店員たちや、その書店を好きだと語ってくれた常連の客たちのことを思うと、藤森にはそれはできない。ひとつひとつの書店が消えていったとき、どれほど多くの、哀しむひとが生まれたのだろうと思う。

藤森自身が、そういった店の最後の日に立ち会ったことも何度もある。すべての店が、店の人々も、客たちも涙の別れになった。赤い目をしてレジに立つ書店員たちや、別れを惜しんで、閉店の時刻が過ぎても、店から去ろうとしない、常連客たちや。

閉まって行くシャッターの前に立ち、最後の挨拶をする店の人々と、感謝の言葉を繰り返しながら拍手する、客たちと。

（どの店も、立派な書店だったよ）

それぞれに工夫を凝らし、熱心で。それぞれの地で、生き残るために戦ってきたのだ。何年も、何十年も。長い長い間、その町に在って、町の人々に愛されながら、灯を灯すように、本を売り続けていたのだ。

それを知っていてどうして、「仕方がない」の一言で済ませることができるのか。

ひとつの店の閉店の知らせにふれるたびに、ひとつの店の閉店の日に立ち会うたびに、彼の心は、抉られるようだった。

（なんという時代になってしまったんだ）

弦にふれていた指を止め、ため息をついた。

ギターをソファに置こうとして、飾り棚に飾っていた、古いソフビの特撮ヒーローたちと視線が合い、少しだけ笑った。

ヒーローになりたかったなあ、と思う。

子どもの頃から、正義の味方に憧れていた。

遠い宇宙の星からやってきて、怪獣や悪い宇宙人たちと戦い、地球の平和を守る、正義の宇宙人。ふだんは普通の人間として、この星で暮らしている、正義の味方。

生命や平和や、愛や友情や。そういった守るべきものが悪の手に脅かされるときに、彼らは立ち上がり、大きな手でみんなを守るのだ。

(すべて悪いものは、この手で打ち倒せればいいのになあ。そんな力があればいいのに)

彼の愛する者たちを脅かすものが、かたちになってどこかにあって、それを滅ぼせば、みんなが幸せになるのならいいのに、と思う。

そうして、すべての良い本は消えて行かず、その本を必要とする読み手の下へ届き、町角で愛されてきた書店たちは、変わらず商いを続け、本と書店を愛する町の人々は、お気に入りの書店で、変わらずに本を買うことができる――いつまでも、変わらずに。

(そんなことが、できればいいのに)

けれど現実には、打ち倒すべき、シンプルな悪など存在しない。何かを是正すれば、一瞬で現状が変化するものでも無い。そんな魔法は存在しない。

藤森は彼の能力が及ぶ限り、現状を良い方に変えていこうとしたけれど、何もできなかった。立ち尽くし、疲れてしまった。何もできないなら、大好きな者たちが滅びて行くのを、このままそばで見ていなくてはいけないのなら、もう辞めてしまおう、と思った。諦めて、背中を向けてしまった。

そう選択するほどには、疲れていた。

「でも――でもなあ」

藤森は、微笑んだ。

テーブルの上に無造作にのせた、読みかけの文庫本を見つめる。もう何回も読み返した、一冊の本を。

窓辺のテーブルの上に、猫がいて、花瓶が置かれたイラストの表紙の、『四月の魚』。

昭和の時代に、多くのヒットを飛ばした、元シナリオライターが書き下ろした物語。

若くして世を去る宿命にあるひとりの女性の、その生命が放つ光を――地平線に沈んで行く太陽が放つ、眩しい金色の光のような輝きと祝福に満ちた、最後の日々を描いた物語。

この本は、誰にも注目されないまま、消えていく運命にあったかも知れない本だったという。それを、ひとりの若い書店員が見出した。彼の働いていた老舗の書店の同僚たちや、著名な女優が、その声に耳を傾けた。

書店は、老舗とはいえ、けっして規模の大きな書店ではなかった。けれど、その書店が仕掛けたことをきっかけに、この文庫本は、全国の書店でベストセラーになり、今も売れ続けているという。

そのヒットには、インターネットも味方した。一冊の本の情報は、多くの人々の手と言葉によって、地の果てまでも共有され、行き渡り、話題となった。ついには、ネット発の話題として、テレビや新聞などの旧来のメディアに取り上げられ、それをきっかけに、また本の評価は高くなり、売れることになった。

皮肉なものだな、と、藤森は思った。インターネットの普及によって、ネット書店は多くの客を得た。結果としてリアル書店——町の書店は大ダメージを受けたのに、こんなふうに、ネットが情報と感動を運ぶハイウェイとなり、大ベストセラーが生まれるきっかけになることもあるのだ。

「こういう幸せな奇跡もあるんだなあ」

最初、その話を聞いたとき、少しだけうらやましい、と思った。彼が編集してきた本たちも、そんな幸運に恵まれれば良かったのに、と。

けれど、興味を持って手にした『四月の魚』は、たしかに素晴らしい本だった。思想の深さとウイットに富んだ語り、生命について語る真摯な言葉と、つい笑ってしまうような、楽しく愛らしい逸話の数々と。

藤森は、その著者の現役時代のドラマは、タイトルだけは記憶にあったけれど、見てはいなかった。けれど、この著者に会ってみたい、この著者の本を作りたい、と、久しぶりに心の奥が疼いた。

（もう、編集者じゃあないのになあ）

（もう、本は作らないつもりだったのに）

けれど、また本を作るとしたら——今の仕事——コーヒーを淹れたり、客と会話したりする時間の合間に、いつのまにか、すうっとそんな思いが忍び込んでくるようになっていた。

（版元にいなくても、本は作れる）

企画も編集も自力でできる。印刷と製本は、今なら少部数で発行する方法もいくらでもあるし、そういった本を流通に乗せることも、不可能ではなくなっている。

（一度本の形にしさえすれば——）

（流通に乗せれば——）

あの若い月原一整のような書店員がどこかにいて、本を見出してくれるかも知れない。藤森が諦めず、思いをつくした本を作り上げれば、本は読み手のもとに届くのかも知れない。そうして——多くの名著のように、時代を超え、世界中の、たくさんの人々と出会える本になれるのかも知れない。

藤森が、諦めなければ。

希望に、背を向けなければ。

藤森は、口元に笑みを浮かべ、またギターを手にした。

奏でるのは、Let it be——。

あるがままに、とうたう歌。静かに。語りかけるように。でも秘めた熱を宿した、そんな歌。現状を、今の自分をそのままでいいんだよ、と肯定してくれる、そんな歌。

現状がもし辛くても、それを悲しむことなく、あるがままに静かに受け止めよう、去って行く縁もあるだろうけれど、それがさだめなら、再会する日もあるだろう、とうたう歌。

(諦めるより、希望する方が自然なら、夢見ていてもいいんじゃないかな)

もういちど、この手で本を作りたい。

世に残したい。読者に手渡したいと。

（諦めるのも、希望に背を向けるのも、ぼくにとっては、楽なことじゃあなかったな）

箱の中に手足を折って入り、目を閉じてうずくまるような、そんな日々だった。

小さくも美しい町に、しゃれた店を持ち、自分好みの曲の数々を、良いスピーカーから流し、高品質の豆を挽いて、心を込めて入れた美味しいコーヒーを、長年集めてきた素敵な器に入れて。訪れる気の合う客たちと、ギターを手に語らい笑い合う——そんな生活は最高に幸福だと思い込もうとしていた。

「楽しかったけどね。でも、最高に幸福って、そこまでのことはなかったな」

藤森は軽く肩をすくめる。——すべてを諦め、隠居するには、自分はまだ若かったということだろう。

退職したいとうちあけたとき、妻が心配半分のような優しい目で笑っていたのを思い出す。

「ご隠居になるのは、まだ早いんじゃない？
もう本を作らなくていいの？　あなたみたいな編集者が、そんな簡単に変われるの？」

たしかにな、と笑う。糟糠の妻にして、同業の編集者は、さすがにお見通しだった、のだろう。

愛した世界に背を向けるには、彼はたぶんまだ若すぎるのだ。本と本の世界を、自らの仕事を愛しすぎていたのだ。

Let it be
あるがままに。
夢を見ていたいなら、まだ見ていよう。
それが無理の無い、自然なことならば。
魂が希望することを諦めきれないのなら。

「——桜風堂(おうふうどう)書店、ぼくに手伝わせてくれないかなあ」

つい、子どものようなことを考えてしまう。この間から何度も考える。

アルバイトでもいいのだけれど、掃除(そうじ)とか、届いた荷物を開けるとか、配達とか。できれば何かしら、本にさわらせてくれないだろうか。それくらいなら、書店で働いたことの無い自分でもできるかも知れない。

「あの店、手が足りてないと思うんだけどな」

出版社に勤めていた頃、多くの書店を見てきた。ライターとして、書店員たちと語らい、現状も調べてきた。あくまで外からの視点だけれど、書店とはどういう場所なのかは、多少はわかっている、と思う。

「あの店を、手伝いたいんだよな」

この町に住むようになる前から、桜風堂書店に出入りしていた。店主とも付き合いがあり、お互いにリスペクトできていると思っている。

だから、この春、桜の頃に、店主の窮状（きゅうじょう）を知ったとき——店が閉店することになるかも知れない、と様子が知れたとき、自分が店を引き受けようか、とひそかに思っていたのだ。決意を固めるしかないか、と思っていた。

この素敵に美しい山間（やまあい）の町から、住民たちに愛された、歴史の古い書店が失われるのは忍びない、と思ったから。

今まで見てきた、無残に消えて行く書店と同じさだめに、あの素晴らしい書店もまた、と思うと切なくて。

けれど、言い出せなかった。自分が書店を、いや書店どころか、物を売るかたちの店舗（てんぽ）を経営したことが無い、という事実が、彼を慎重（しんちょう）にさせた。いわば素人（しろうと）が、手を挙げてもいいものか、と逡巡（しゅんじゅん）した。たとえ善意から出た提案とはいえ、桜風堂書店とその店主の心を軽んじることになり、傷つけるのではないだろうかと、そんな躊躇（ためら）いもあった。

迷いつつ、はらはらしながら見守るうちに、救世主が現れた。月原一整だ。一羽のオウムを伴ってやってきた、ひとりの静かな青年が、藤森の愛する書店を守り、継ぐことを決心してくれた。

本と書店を守り抜く、守護天使のように。

「何でもするから、バイトに雇ってくれないかなあ」

自分のような年齢のオヤジは、雇いにくいだろうか、と苦笑しつつ、藤森はギターを奏で続けた。Let it be Let it be――。

いつか窓の外の空は、夜の色になっている。今日も一面の星空が、この美しい町の上に広がるだろう。

# 幕間４～神様の手

　その日の夜、店を閉めたあと、沢本毬乃は、文房具店の二階のアトリエで糸車を回していた。

　ふわふわとした綿を今日は紡いでいく。

　ふくよかな猫のハナが階段を上がってきて、開けたままの扉から、しっぽを上げて部屋に入ってきた。そのまま本棚に駆け上がって、上に置いてある、お気に入りの籠に入る。回る糸車と、毬乃の指先を見下ろした。

「ハナちゃん、糸車大好きだものね」

　回るところが良いのか、糸ができてくるところが面白いのか、猫のハナは、毬乃が糸車を回していると、どこからともなくやってきて、糸を紡ぐ様子を見守るのだった。

　もとは大伯母の同居人だった猫だけれど、今はすっかり、毬乃の親友になった。

「いい糸ができるように、そこから見ててね」

言葉がわかるのか、どうなのか、ハナは目を細くして、了解、と答えたような気がした。

綿から糸を紡ぐことは、数限りなく経験を積み重ねているので、物思いにふけりながらでも、作業することができる。

そうするとどうしても、毬乃は、同じ階にいる妹のことを考えてしまう。――まあ昔から、ほんとうに子どもの頃から、毬乃は妹のことを案じ続けてきたのだけれど。

毬乃は、自他共に認める、賢く器用な娘だった。気が利いていて、なかなかに視野も広い。それは恐らく、字を覚えるのが早く、本を読むことが早かったからだろうと自分では思っている。からだが大きく健康で、運動神経が良かったこともあって、長じてどこへでもひとりで行けるような娘に育ち、そんな自分が好きでもある。

一方で、年の離れた妹の来未は、小さくか細くて、見るからに頼りない娘だった。言葉を話し始めるのも、歩き始めるのも遅かった。頭の回転も、正直速い方ではない。そのかわり、じっくり考えて言葉を一つ一つ大事に紡ぐ、そんな娘だった。走るのが得意ではないから、いつもみんなのあとを追いかけるような子ども時代を送っていた。でも、自分より足が遅い友達やころんだ友達のために、速度を落とし、手をさしのべることができる子どもで——妹のそんなところを、毬乃は好きで尊敬もしていた。

大事な妹だった。きょうだいが欲しくて長いこと待ちわびて、やっとできた妹だったから、ほんとうにかわいかった。来未の方も、毬乃によく懐いてくれて、いつもカルガモの雛のように、毬乃のあとをついてきたのだ。

来未はあまり丈夫でなくて、近所で風邪やインフルエンザが流行れば、最速で罹患し、寝込んだ。早くいうと弱い子どもだった来未を、両親は大切にしていた。手がかからない子どもだった毬乃よりも、愛されていたと毬乃は思っている。ただ来未はいつも遠慮がちで、コンプレックスの強い子どもだったから（よそのひとや親戚は姉妹を比べがちで、するとどうしても、小さくか弱い来未は、元気で派手な毬乃の引き立て役のような扱いを受けてしまう。それがコンプレックスのもとだったろうと毬乃は思っている）、どこまで家族の思いが通じているのか、わからないところがあるのだけれど。

来未は頭が悪い方ではないのに、字を読むことは得意ではなかった。そのせいか、小さい頃から、漫画と絵本を繰り返し読んでいた。色彩感覚はとても良くて、塗り絵も落書きも上手だったし、テレビアニメの登場人物の似顔絵を苦もなく描いたりしていた。

　正直いって、天才肌というわけではない。指先が器用なわけでもない。図工の成績はさほど良くなかった。ただ絵を描くことが何より好きで、時間さえあればスケッチブックを広げているので、それでいつしかうまくなっていった感じだった。だから、漫画家になりたいといいだしたとき、もっともな夢だと思った。この妹には向いているかも知れない。応援したいなあとも思ったのだけれど――。

　糸車を回しながら、毬乃はため息をつく。

（出版社から声がかかって――そこでつまずいちゃうとは思わなかったなあ）

　担当編集者との間に何があったのかは、少しずつ、来未に聞いた。家族としては、百パーセント来未の味方だけれど、相性も悪かったんだろうなあとも思った。

（いつかもっと相性のいい編集者と出会えれば――）

　毬乃は来未の漫画が好きだった。『ケンタウロスとお茶を』だって大好きだ。たぶんこのケンタウロスのお嬢さんは、毬乃が発想のベースになっているんだろうなあと思うところもあって、口に出すことは無いけれど、余計に肩入れしてしまう。

（なんとかしてやりたいなあ）

　子どもの頃はずっと来未のそばにいたけれど、いつのまにかそのそばを離れていた。ひとり暮らしを始めると聞いたとき、来未だって大学生になったし、大丈夫だろうと思った。

「その判断が甘かったかなあ」

糸車を回す手を止めて、毬乃は乾いた親指を噛んだ。ひょっこり出てきた、どこの誰とも知らない性格の悪い編集者に、大事な妹が虐められるなんて、想像だにしなかった。

そうして妹が部屋から出られなくなるほど、心を病み、疲れ果ててしまうとは。

毬乃にはたくさん友人がいて、その中には、プロのイラストレーターもいるので、最近、彼に来未の絵を何枚か見て貰った。

「努力型の才能だね」

といわれた。「妹さん、いいものを見分ける目はもってるんだと思う。絵と漫画が大好きだって、その思いもすごい伝わってくる。色彩も構図も、どうすればパーフェクトなのか、正解が頭ではわかってるんだと思う。だけどぶきっちょさんなのかな？　頭に手がついて行ってない感じだね。

でも、こういう子は、あきらめずに描いていけば、いつかはうまくなると思う。雑さがないし、丁寧だから、こつこつと時間さえかけていけば、何とかなると思うよ」

それに、ぼくはこの子の絵が好きだな、と、彼はいった。「たぶんこの子、すごく優しい子でしょう？　誰かが傷つくくらいなら自分が傷ついた方がまし、みたいな考え方をする子。そういう子の描く絵や漫画はやっぱり優しくなるんだよ。魂（たましい）の美しさがにじみ出るっていうのかな？

文はひとなり、っていうでしょう？　同じように、絵にも人柄は出るんだよ。絵には嘘はつけない。意地悪な人の絵はどこまで行っても意地悪で、善人の振りをすることはできないんだ。妹さんの絵と漫画は、この綺麗で優しい世界は、妹さんにしか描けないんだ。

優しい代わりに、人を押しのけてでも前に出る、なんてのはできそうにない性格だってのは、絵にも出てるから苦労しそうだけどね」

友人は、きっと大丈夫だと思うから、信じて見守っていてあげなよ、といった。

「こういういい子はきっと、いつか運に恵まれるから。そりゃ最初の担当編集者はあれだったかも知れないけどさ、いつかはきっと、才能を見出して、伸ばしてくれる誰かとの、いい出会いに恵まれるさ。そこから運が開けてゆく。明るい方へね。

自分もアートの世界にいるからわかるんだけどね、神様って見ているもんだよ」

「だといいんだけど……」

その神様が何とかしてくれるまで、どれくらい時間がかかるものだろう、とつい考えてしまう。

あのままずっと部屋に閉じこもっていたら、死んでしまうのじゃないだろうか。何しろ食べないし、飲むことすらろくにしないのだ。緩慢な自殺をしようとしているようにすら、見える。

「あの子にとっては、漫画家になれるかも知れないって夢は、それだけ大切な夢だったんだろうなあ」

小学校の近所にある小さな本屋さん、すずめ書店のおばあちゃんを喜ばせたかったと、来未に聞いた。

すずめ書店は、毬乃にとっても、思い出の多い書店だ。来未が漫画の本と出会ったように、毬乃は活字の本と、その書店で出会ったのだから。

(たしかに、本屋のおばあちゃん、年取ったなあとは思ったけど)

いつだったか久しぶりに、ひょっこりのぞいたとき、そう思った。単純に加齢のせいもあるのだろうけど――。

(今は本屋さん、どこでも苦戦してるものなあ)

たしかすずめ書店さんは、幸い、借家ではなく、自分の土地と建物のはずで、その辺の心配はしなくていいだろうけど、と、毬乃は以前誰かに聞いた話を、記憶の糸をたぐるように思いだした。ある意味悠々自適で経営してゆけるお店だと思う。

腕組みをする。紙の新聞でも、テレビでも、ネットニュースだって、書店や出版関係で、良い話題なんて滅多に無い。

日本国そのものも、庶民レベルまで景気が回復したとはいえないのと、普通の人々が昔ほど本を読まなくなったことが直撃しているようだ。昭和の時代に書店を切り盛りしていた店主たちが年老い、世代交代をしたくても、後を継ぐひとがいない、という理由で消えて行く書店が多いとも聞いた。

（そういう意味では、桜風堂書店さんは、すごくラッキーだったんだよなあ）

この町に在る、古く小さな書店のことを思う。毬乃はもともと本も活字も好きだから、その書店のことは存在を知ったその日から推していたし、贔屓にしていた。だから、老いた店主が倒れたときは心配したし、ふらりと現れた月原一整が店の危機を救い、後を継ぐことになったときは、心底ほっとしたのだ。

おまけにそれが、春にTwitter界隈その他で話題になっていた、万引き少年の事件に翻弄された書店員だとわかって、しみじみと良かったと思ったものだ。ほんとうにあれは酷い事件だったと、本と書店が好きなネットユーザーなら、義憤に駆られたものだから。

（——もし神様がいるのなら）

毬乃は、軽く宙を見上げる。

あの若い善良な書店員は、報われて然るべきだろう。老いた店主だって、店主の孫のかわいい小学生だってそうだ。桜風堂書店はこのまま経営状態がいい感じになって、お店は閉店の憂き目になんて遭わず、左うちわで続いていくべきだろう、と思う。

「まあもし神様なんてものがいないとしても」

軽くうなずいて、両手を握る。「そのときは人間が何とかするしかないわよね」

閉店の危機から救われた歴史ある書店と、石をもて追われながら、自分が守るべき店にたどりついた書店員――。

神様が救ってくれないのなら、人間が――自分たち、その店を支えたい客が、支えていくしかないというものだ。

「たいしたことはできないかも知れないけど」

アラビアの石油王というわけではないのだから、無尽蔵に本を買う、なんてことはできないけれど、これからも継続的に欲しい本を買っていこうと思った。

以前、書店員の友人に聞いたことがある。

中小の書店で、あまり売り上げが良くなく、新刊が配本されないような書店でも、事前に、できれば早いうちに、客からの注文が入れば、予約することができる。欲しい本が、無事に発売日に入荷するそうだ。客注（きゃくちゅう）といって、お客様からの注文は、それだけ強いのだ。

つまり、もし自分が好きな書店や、近所の書店には、希望の新刊が入らなさそうだとしたら、事前にその書店で注文したらいい。

あきらめてネットで注文したり、大型書店に探しに行くよりも、好きな書店で買った方が、自分も便利で嬉（うれ）しいし、書店も売り上げが立つ上に、本が売れたという実績になって、次はその新刊と関係する別の本が、ちゃんと入荷するかも知れないのだ。

「だから、桜風堂でわたしは新刊を買うのよ」

これからも、きっとね。毬乃はうなずく。

少しでも、できる応援をするのだ。書店が好きだから。身の回りから無くなって欲しくないから。それだけのことだ。

（ま、エゴなのよ、単なるね）

かっこつけてるわけではない。正義の味方ぶっているわけでもない。自分が近所の本屋さんになくなって欲しくないだけなのだから。

今までに、知っていた書店が閉店したとあとで知って、胸の奥がぐじぐじと痛んだり、泣けてしまったりもした。できることがあったかも知れないのに自分は何もしなかったと後悔するくらいなら、一冊でも自分は本を買うのだ。書店がそこにあるうちに。

書店と客との関係については、いろんな考え方があるということを、毬乃は知っている。実際その意見の相違で、近所の仲間同士でも、軽く口論になることがあるからだ。

桜野町には、毬乃のような、自由業についている人々が多く住んでいる。都会から移住してきた者も多い。この町は歴史的に、「規格外」の人間や、旅人に優しいので、住み心地がよかった。

商店街からやや離れたところに、観光ホテル、と呼ばれている、小さなクラシックホテルがあって、そこのロビー（ちょっとした飲み物や軽食、夜にはアルコールもいくらか注文できる）が、毬乃たち移住者のゆるいたまり場になっていた。

桜野町はいうなれば、忘れられた観光地なので、ロビーが酷く混むこともない。今のような、夏の観光シーズンでもだ。ホテルの関係者も、ひとけが無いよりはいいと思うのか、彼らがそこにいて話し込んでいても、笑顔で見ていてくれた。古くからの住人としては、移住者の若者たちが楽しそうにしているのは、嬉しいことなのかも知れない。

どういうはずみだったのか、本はネットで買うのではなく、リアル書店で買った方がいい、という話になった。

毬乃にとっては当たり前の話なので、だよね、とうなずいていたのだけれど、ひとりがいったのだ。身ぎれいな格好をしている、若手のゲームクリエイターだった。

「やだよそんなの、めんどくさい」

桜野町の一角に、町が企業に貸しだしている住宅地があって、大手のゲーム会社の関係者が暮らす、その辺りの住人のひとりだった。

人間関係はあまり好きじゃない。都会のにぎわいも嫌い。この町に移住してきたのも、ひとと会話しないで済むからだ、という若者だった。そのわりに、みんなが顔を出すところには、こんな風に交じってくるので、人間が嫌いというわけでもなさそうだった。実は寂しがり屋なのかも知れない、と仲間の誰かがいっていた。

「ネットで頼めば、発売日には届くしさ、リアル書店で注文するって、そのために店の人間と会話しなきゃいけないのがだるいよ。時間も勿体ないしさ。ネットで注文か、電子書籍なら、仕事してるパソコンからでも、そこにあるスマートフォンからでもぽち、で済むのにさ。大体、世の中全体が変化していってるんだし、その過程で、小さな本屋が潰れたり、減っていったりしてもしょうが無いんじゃない？

時流に合わないってことだよ。小さな本屋、本買いに行ってもどうせ欲しい本は置いて無いし、町にある意味って無いんじゃないの？」

「そっかなあ」

毬乃は、胃がむかむかしてきた。「町に本屋さんが無いと、子どもがお小遣いで気軽に本を買いに行く場所が無いじゃない？　本と出会う場所がなくなっちゃうでしょ？」

「学校の図書館だってあるしさ。あと、読みたい本があるなら、親がネットで本を注文してやればいいんじゃん」

「そうじゃなくて、近所に本がたくさん並んでる場所があることが大切だと思うのよ。子どもがひとりで歩いて行ける場所か、自転車で行ける程度の近所に本屋さんがあってほしいの。買えさえすればいいっていうのとは違うの。ネットだと、そのときほしい本だけを買うことになるでしょう？　そうじゃなくて、買う予定じゃ無かった本と、子どもが出会う場所が欲しいのよ」

自分がそういう子どもだったから、そう思うのだ。お小遣いを握りしめて、未知の本を選び、買いたい。存在すら知らなかったような本と出会いたいのだ。それを手にして、めくって、この本が欲しいとレジに抱いて行きたい。うちに連れ帰って読んで、本棚に並べたい。

子どもの頃――そして今でも、道を歩いていて知らない本屋があると、心がときめく。

自分が知らない本、けれど好きになれる本が扉の向こうにあるような気がして。扉を開けて、中に一歩足を踏み込んだときの、本の匂いに包まれたときの何ともいえない至福（しふく）の気分を、毬乃は愛している。

「まあ、知らないひとは知らないんだろうなあ。本は読みたくても、本屋さんがなくてもいいひとたちっているのよ」

かみ合わない会話をしながら、あのとき思って、今もそれで納得（なっとく）している。たぶん仕方がないことなのだ。逆に、毬乃に興味が無い場所で、ゲームクリエイターの彼に愛着のある場所はきっとある。良い悪いではなく、そんなものなのだ。人間だもの。

「たぶん、本好きと本屋好きは＝（イコール）じゃないのよね。今度よく考えてみようと思うけど、書店という場所に何らかのいい思い出や、思い入れが無いと、書店への愛着は生まれないんじゃないのかなあ。早くいうと、自分自身が、書店という場所に渇望（かつぼう）というか、必要だという思いを抱いていないと、書店が減っていくことへの危機意識は……」

糸車を前にぶつぶつと呟（つぶや）いていると、かちゃりと扉が開く音がした。

開けっ放しのアトリエの扉の向こうに、開いた向かい側の部屋の扉と、その前に立つ、来未の姿が見える。夜の廊下にひっそりとたたずんでいる。

名前を呼ぶと、「行ってくるね」といった。

「どこに？」

「あの、近所の本屋さん」

「桜風堂さん？」

「うん」

笑顔だけれど、緊張した顔をしていた。

久しぶりに、寝間着（ねまき）でないこの子を見た、と思った。

「行ってらっしゃい」

「行ってきます」

ゆっくりと階段を下りて行く足音が遠ざかる。

祈るような気持ちで、毬乃はその足音を聞いていた。玄関の扉が開いて、そして閉まる音がした。

一緒に足音を聞いていた猫のハナが、本棚の上の籠の中から、大きな耳をそちらに向けて、そして毬乃を振り返った。

毬乃はハナと視線を合わせ、「出かけていったね」と笑った。

再び糸車に手をかけ、糸を紡ぎ始める。

自分と同じように、書店が大好きな妹が、あの素敵な書店を見て、どう思うだろう、と思った。きっと悪いことにはならない、と、信じられる気がした。

(神様なんてものがもしいるのならね)


外はとっぷりと暗かった。

来未がこの町にたどりついた、あの夜と同じように。

違うのは、あの日と違って、とてもからだが重いということだ。

筋肉が落ちてしまうとは、こんなことをいうのだろうか、と思う。一歩歩くのも、やっとな感じで、足がつりそうだった。歩き方を忘れたのかも知れない。

たぶんみっともない歩き方になっているんだろうなあと思うと、夜の優しさが身に染みた。暗闇に包まれていたら、来未がどんなに情けない見た目でも、歩き方が変でも、きっと誰も気にしない。——といっても、誰も彼女とすれ違うこともなかったのだけれど。

今夜も夏の夜の風は心地よく吹き渡り、どこからともなく、沢を流れる水音と、蛙たちの声がする。秋が近いせいか蛙たちの声はか細く弱々しい。かわりのように虫の声がにぎやかだった。——秋だよ、もう秋が来るんだよ、と鳴いているような気がして、背中がふうっと寂しくなった。

夏の終わりは、何とはなしに寂しい。命の終わりを連想するのは、蟬(せみ)たちがいなくなると思うからだろうか。今は夜だから、しんとしているけれど、じきに朝が来れば晴れやかにうたいあげる蟬たちは、じきにいなくなる。都会でだってあんなに落ちている死体を見るのだから、この山里ではたくさんの蟬の亡骸(なきがら)が地に落ちるんだろうなあ、と、来未は思った。

夜といっても、まだ遅い時間ではないので、商店街の街灯は灯(あか)りを灯(とも)し、遅くまで開いている店々からは、道に向かって光が放たれている。

夜の闇の中をゆっくりと歩きながら、来未は、明るい世界が怖いような、恋しいような、不思議な気持ちになっていた。明るい方に行きたいと思うのに、そちらに行くのが怖いような気もする。もうずっとこの闇の中にとどまっていたい。その方が自分にはふさわしいような気がする。

橋を渡ったその向こうに、ひときわ光を放っているように見える、書店の姿が見えた。

光に向かって、一歩近づくごとに、『桜風堂書店』と描いてある木の看板が、光に照らされて、はっきりと見えてきた。

ガラスの大きな引き戸の向こうに、たくさんの本が並んだ、本棚が見えた。

そちらに向かって、よろよろと橋を渡るうちに、少しずつ、足を急がせていた。

走るように。

ただ、あの光のそばに行きたいと思った。

ガラスの引き戸の向こうに、あの場所には、どんな漫画があるのだろうか。来未が大好きなコミックや、未知だけれど、出会うと好きになれそうなコミックは、無いだろうか？


つんのめり、たまに躓き、転びそうになりながら、息を切らして、来未はその店の前に立ち、店から放たれる光をそのからだに浴びた。

（ああ、でも、どうしよう？）

光の中に入りたい。そう思いながらも、どうしても、一歩が踏み出せなかった。

レトロなデザインの美しい引き戸に手が伸ばせない。

けれどそのとき、

「こんばんは」

よく通る声がして、ジーンズにエプロンを掛けた男のひとが、暗がりの中から現れ、引き戸のそばにきた。

ふわりとコーヒーの匂いがする。来未のお父さんくらいの年のひとだろうかと思った。優しい雰囲気が似ているような気もした。

そのひとはにこっと笑う。

お嬢さん、どうしたんです、中に入らないんですか、と訊ねるように。

来未はうつむいた。そのひとの手が、桜風堂書店の引き戸を開けた。本の匂いの柔らかな風が吹き、来未を迎えるように包み込んだ。

来未は目を上げて、光の中へ足を踏み出した。一歩一歩、恐る恐る店の中へ入って行く。

奥にある窓から、網戸越しの涼しい風が吹き抜ける。

天井の少しレトロに見える灯りを映して、木の床が光っている。

綺麗な本屋さんだと思った。どの棚も、ぴしっと本がそろって並んでいて、美しい。それでいて、お客さんの指が本を引き出そうとしても、本を傷めないように、わずかな余裕を持って、きちんと並んでいた。

そういう本棚がいいということは、すずめ書店でアルバイトをしたときに、おばあちゃんから教えて貰ったから知っている。

（すごいなあ、この本屋さん）

胸がどきどきした。不器用なりに自分も、こんな本の並べ方はできるから、余計にその凄さはわかる。見る限り、すべての棚が美しいのだ。

そして、ＰＯＰ――。

文芸と文庫の棚の、あちらこちらに、手描きのＰＯＰが飾ってある。けっして華やかなものではないけれど（このお店には絵が描けるひとはいないのだろうか）、丁寧で読みやすい字で、推したい本の内容の紹介や、勧めたいポイントが書かれていた。

（ほんとに、すごいなあ）

来未は小説はほとんど読まないので、添えられたＰＯＰに書かれていることが、本の内容に沿っているものなのかどうか、その辺りはわからない。ただ――そんな来未にさえ、このＰＯＰを描いたひとがこんなふうに推すのなら、読んでみたい、と思わせる熱と愛がそこにあった。

コミックの棚を探し、やや遠くに見つけ、そちらに向かって足を進めようとしたとき、さっきの男のひとの声が聞こえた。

「一整くん、よかったらなんだけど、ぼくにこのお店を手伝わせてくれないかな？」

凜とした、強い声だったから、つい振り返ってしまった。ひとの会話に耳をそばだてたりしてはいけないと思いつつ、気になった。

「えっ、風猫さん――藤森さんを、ですか？」

レジカウンターの中にいたお店のひとが、柔らかく、でも驚いたような声で訊(き)き返す。

眼鏡(めがね)をかけた、頭の良さそうなお兄さんだった。店の名前が書かれたエプロンがよく似合っている。背が高い。来未よりはお兄さんで、毬乃よりは若く見える。二十代終わりか、三十代初めくらいだろうかと思った。

このひとが、毬乃が話していた、都会から来た書店員さんなのかな、と思った。

さっきのお父さんみたいな男のひとが、言葉を続けた。首元に手を当てて、少しだけ恥(は)ずかしそうに。自分の言葉に照れたように。

「いや正直ね、ぼくなんかがこんなお願いをするのは、まともなことじゃないだろうとは思うんだ。長年出版社にいたとはいえ、書店で働いたことは一度だってないからね。自分は、ただ本屋が好きなだけのアマチュアだって、ちゃあんとわかってる。——でも」

男のひとは、カウンターの中の書店員をじっと見上げる。「この手で、もういちど、本に——本と書店に関わりたいんだ。この店のために、そして出版業界のために、自分にはまだできることがないだろうかと思うんだ。勝手な思い入れで、迷惑かも知れないとはわかってる。だけど、一整くん、この店を手伝わせてくれないかな。アルバイト扱いでいい。いや、なんならバイト代だって必要ないんだ。掃除(そうじ)

でも後片付けでも、なんでもするから」

「えっ——あの、風猫……藤森さんに、うちの店の掃除を、ですか？」

お兄さんは戸惑ったような、でも目の奥にどこか嬉しそうな色を浮かべた笑顔になった。

「天下の風猫さんに、そんな雑用係みたいなことをお願いするなんて。そんな」

「あ、もしかして、掃除は手が足りてるっていうのなら、レジを教えてくれないか？　昔々の学生時代、コンビニでバイトをした経験ならあるから、ちょっと教えてもらえれば、たぶんなんとか勘を取り戻せるんじゃないかと。レジの機械の取説ある？」

お兄さんは、楽しげに笑った。ほんとうに楽しそうだった。

そして、男のひとに深々と頭を下げた。

「ありがとうございます。お心も、ご提案も、とても嬉しいです。というかその、願ってもないことで——」

わずかに身を乗り出した。その目が輝いている。まるで絵に描いたように。

男のひとの手を取らんばかりにする。

「詳しいことはあとでお話ししますし、店主に相談してからのことになると思いますが、ぼく、この店の人文の棚を充実させたいという希望を持っていたところだったんです」

「人文の、棚を？」

「今、このお店には無いので。ちゃんとした棚を作りたいんです。この店の象徴になるような、素晴らしい人文の棚を。

でもぼくのような、経験の浅い書店員には、とてもじゃないですけど、ハードルが高くて」

「……」

「でも、藤森さんならきっと、作っていただけますよね？　きっと、できますよね？　桜風堂にふさわしい、一流の人文の棚を編集してくださいますよね？」

「やってみる。やらせてくれないか」

カウンターごしに、男のひとが、お兄さんの手を取った。ぎゅっと握った。

「ありがとうございます」

「こちらこそ」

「あ、バイト代はお支払いさせてください」

「いや、こちらから頼んでいるのに、そんなわけには――」

お兄さんは、にっこりと笑った。

「藤森さんには、人文の棚を見ていただくほかにも、ご意見番としてこの店のためにアドバイスをしていただけたら、と思うんです。

　そこまでしていただくなら、ノーギャラというわけには参りません。たくさんはお支払いできないかも知れません。都会の書店のそれと比べると、情けない金額になるかも知れないです。でも、どうか、桜風堂書店からの感謝の思いを受け取ってください」

　来未にはふたりの関係がよくわからないけれど、何だか、男の友情って感じで素敵、と胸が熱くなった。

　そして少しだけ、（いいなあ）と思った。

（あたしもこんな本屋さんでアルバイトしてみたいなあ……）

　ふと気がつくと、足元に三毛猫がいた。いらっしゃいませというように前足をそろえている。ああこの子は見かけたことがあるかも。来未は身をかがめ、そっとその子の頭をなでた。この店にはかわいい猫までいるのだ。

猫をなでつつ、本の匂いに包まれて、こんなお店で働けたら楽しいだろう。

　大学は休んでいるし、当分、向こうには戻りたくないような気がしていた。少しだけ休みたい。この町に住んで、この書店で働けたら、と、夢想した。エプロンを着けて、この店で働く自分を。レジに立ち、お客様とお話をして、配達もして。

うん、できないこともない、と思う。

（すずめ書店さんでバイトしてたのは、高校生のときだから、ちょっとだけブランクはあるけど）

それこそ、レジの機械を見せてもらえたら、なんとか扱えそうな気がした。

でも、このお店の大きさだったら、アルバイトはそんなに何人もは、いらないだろうな、と、思う。

束の間の夢から覚めてしまった。

楽しげに談笑を続けているふたりから離れ、ため息交じりに店内を歩いた。

コミックの棚の前に行く。見上げる。方々を見る。すぐ見回せるほど、わずかな数の棚しかなかった。そのことに、来未はちょっとだけ、いやかなり、がっかりした。

でも少しして、気を取り直した。

（このお店の客層には、コミックを読むひとはあんまりいないってことかも知れないし）

子どもや若い人が少なくて、お年寄りが多い――山間の小さな町なら、ありそうだ。

来未は、腰に手を当てて、海外の美しい花咲く庭園でも散歩するひとのような歩き方で、コミックの棚をのんびりと見て回った。

　この辺りの棚も、美しかった。本は美しく並んでいた。美しく並んではいるけれど――大切そうに、多種多様なコミックが並べられているけれど。華やかな表紙の本や、売れ筋の本は、ちゃんとアイライン（目に入りやすい高さ）に面陳（棚に差すのではなく、表紙を向けて棚に飾ること）になっているけれど――。

（――？）

　来未は首をかしげた。

（本の並べ方が、おかしいな）

なんでここにこの本があるんだろう。そんなコミックがあちこちに目についた。雑というか、取次から送られてきたままの本を、機械的に並べているように見える。

　レーベルや版元を間違えて並べているとか、そういう意味ではない――ただ、多少変則的に並べても、お客様に見つけやすいような本の置き方はある。話題作の飾り方も、もっと工夫できるはずだ、と思った。

　それにこのコミックの棚、全国的な話題作と、売れている本をピックアップしてはあるけれど、このお店独自に推している本が、どうも見当たらないようだった。

（あれ？　ＰＯＰが無い――）

気がつけば、コミックの棚の辺りには、ＰＯＰがほとんど無かった。

わずかにあるものも、版元が用意したコピーがそのまま書かれているだけで。

(推してるコミックが無いよね？)

(ていうか……もしかして)

桜風堂書店には、コミックを選んで推すほどに、漫画が好きで、詳しい書店員がいない、ということなのでは？

気がつくと、コミックの棚のそばにあるライトノベルの棚にも、ＰＯＰは無かった。ラノベにも詳しいひとがいないのかも知れない。棚に差してあるその差し方が殺風景だ。

来未はライトノベルはほとんど読まないのだけれど、挿絵(さしえ)を見るのは好きなので、いま書店に並んでいるような、ヒット作や、これから流行(はや)りそうな本には詳しかった。

だから、このライトノベルの棚の、心のこもっていない殺風景さには、思わず勝手に悩んでしまうというか、腕組みしたくなった。

(他のジャンルの本の棚と、愛が全然違ってるんだもの)

商品知識のレベルの差が凄すぎる。

きちんと並べようとしているのはわかるけど、それが届いていないというか、棚によっては空回りしているように見える。

（ていうか、このお店、新文芸置いて無い）

ざっと見た感じ、少なくともめだつ場所にはない。

ネット発の小説を、文芸サイズの本にまとめ、出版された本はいま急成長して、ヒット作の多いジャンルになっている。

（新文芸をコミカライズしたコミックも無いなあ……）

まだそこまでめだって売れているわけではないけれど、新文芸をコミック化した本は、今じわじわと売れていた。

何冊かやっと見つけたけれど、特に光を当てるわけでもなく、他のコミックと一緒に無造作に棚に並べてあるだけだった。

「——うわあ、もったいない」

思わず声が出てしまった。「もったいないお化けが出そう」

自分の声に驚いた。視線に気づいて、恐る恐る振り返ると、レジカウンターの方から、あのお兄さんと男のひとがこちらを見ていた。

「あ、あの——」

来未は思わずいいかけて、でもやはり、とうなだれた。

（ていうか、何をいおうとしたのよ、あたし）

コミックの棚がおかしいですよ、とか、新文芸の本をもっと、とか、いきなり客の立場でいうのは、おかしい気がする。それも今日初めてこのお店に来た客だ。絶対変だ。ずうずうしい。あまりにも脈絡がなさ過ぎる。

顔が赤くなってきた。しおしおとうなだれて、レジカウンターの前を通り過ぎる。

（――帰ろうかな）

素敵な書店だけれど、コミックの棚があんな感じでは、いても寂しくなりそうだった。

もう来未はここには来ない方がいいのかも知れない。

そんなことを考えていると、耳の端に、お兄さんの声が聞こえた。弾んでいる。

「――そういうわけで、二階にコミックとライトノベルや児童書を集めたフロアを作ろうと思ってもいたんです。でも人手が足りないから、無理かな、って思ってたところで――。だから、藤森さんが手伝ってくだされば、願ったり叶ったりで」

声はほんとうに嬉しそうだった。きっとお兄さんは、この話題がとっても嬉しくて、ほっとしたりもしていて、だからお客さんである来未が店内にいても、つい会話を続けているんだろうな、と、来未は思った。

（コミックとラノベと児童書のフロア――）

来未は、天井ごしに二階の方を見上げた。

このお店には、そんなフロアがこれからできるのか——そう思うと、胸が弾んだ。

お兄さんは話し続ける。

「——ただ、ぼく、コミックとライトノベルはあまり詳しくなくて。藤森さん、そっちも明るいなんてことは」

「手塚治虫とか石ノ森章太郎、白土三平あたりならまあなんとか。自慢じゃないが、最近のは詳しくないんだ。コミックは嫌いじゃないし、むしろ好きなんだけどねえ」

読む時間が無くて、と男のひとはいう。

まあそうだよね、と、来未は、どきどきする胸を押さえながら、思う。コミックはそれはそれはたくさん刊行されるから、よほどはまって観測していないと、知識が追いつかない。それはラノベも同じだ。新文芸だって。

お兄さんが、ため息交じりにいった。

「——誰か、コミックとラノベの棚を見てくれるひとはいないでしょうかねえ。でもまあ、人文の棚は、藤森さんにお任せできるわけですから、これ以上望むのは贅沢なのかも」

（あたしがやります――）

（棚を任せてください）

そういいたかった。発注を任せて欲しい。

自由に推していいのなら、ＰＯＰだっていくらだって作る。

（ディスプレイコンテストだって参加していいなら――）

たまに、版元主催で、書店ごとにディスプレイの出来の優劣を競うコンテストが開催される。来未はコミックとライトノベルで、それぞれ一度ずつの受賞経験があった。

振り返り、手を挙げたいと思った。

あたしに任せてください、と。

けれど、手が震えた。――勇気が出ない。

（あたしに、できるのかな）

（あたしなんかが、そんなこと、願ってもいいのかな）

心の奥に、ぐずぐずした傷と痛みがあった。

二度と立ち上がれないような疲れは、まだ癒えていなかった。

――来未は、漫画家になれなかったのだ。

せっかくのチャンスを生かせなかった。せっかく期待されたのに裏切ってしまった。それだけの強さと才能が無い、アマチュアだったのだ。

（あたしは駄目（だめ）な人間だから……）

すばらしいことも、美しいことも、何も望んではいけないのかも知れない。

そんな気がした。

あきらめて、うつむいて。

もう店を出てしまおうと、引き戸に向かって。

文庫の話題の本が置いてある、平台（ひらだい）のそばで、立ち止まった。

エンドに本が斜めに置いてある。

こういう置き方は、自分ではしたことがなかったので、興味を引かれた。バランスが難しそうだ、と無意識に思う。でも素敵に目を引くなあ。

そのときだった。目が、小さなパネルを捉（とら）えた。小さな拡材（かくざい）を。

『四月の魚（ポワソンダブリル）』——。平台に美しく積まれた本のそばにそえられたパネル。

あっ、と思った。

「『神』の絵だ」

呟く。「神の絵が、ここにある——」

それは、今年の夏に刊行され、ベストセラーとなった文庫本、『四月の魚』のパネルだった。

版元が用意したものではなく、銀河堂書店オリジナルのデザインの絵がもとになっているものだった。この絵だ。まちがいない。その店の書店員が描いたのだという。絵は、百貨店のディスプレイにまで使われたのだとネットで噂を聞いた。

書店員の経験のある来未は、その話題に興味を引かれた。そしてある日、Twitterに流れてきた画像を見たとき――。この絵がその絵だと知ったとき――。

「神」だ、と思った。神の描いた絵が、ここにあると。

同人界隈でよく使われる言い回し、「神」はたぶんこんな時使うのだろうと思った。

自分には敵わない、天上のひとの絵だと思った。

それでも来未はその絵を愛した。

スマートフォンに入れて、壁紙にして、毎日眺めた。

今だって、そのままにしている。お守りのかわりに。

（なんて――なんて強い絵なんだろう）

スマートフォンの中にあっても美しい絵だ。何回見ても素敵な絵だ。けれど書店の売り場にあって、本のそば、『四月の魚』のそばにあるこの絵のなんと美しく輝いていることよ。

（ああ、こんな絵が描きたい）

胸から言葉が溢(あふ)れるように、そう思った。

自分が推したい本、大好きな作品を、自分の絵で彩(いろど)りたい。拙(つたな)くてもいい、想いを込めたPOPを描きたい。

来未は両方の手を、ぎゅっと握りしめた。

レジの方を振り返り、そして、叫(さけ)ぶように、いった。

「あたしをこのお店で、働かせてください」

# 終章　星をつなぐ手

時代小説の人気作家、高岡源は、夏の終わりに桜風堂書店に来て以来、何かと店に顔を出すようになった。なにしろ健脚なもので、徒歩三十分はかかる山道を常人の半分くらいの時間でのぼってくる。涼しい顔で、やあ、と手を上げる。

来ればサイン本を作ってくれる。お客様がその場に居合わせれば、即席のサイン会の流れになることもあった。気さくに写真撮影にも応じるし、興が乗れば、読者たちとの文学談義が盛り上がることもある。そのまま商店街にくりだして、居酒屋や食堂、ホテルのレストランで地元の料理に舌つづみを打ったりもする。町営の温泉にも入る。妻子をつれてくることもあった。

お客様たちも嬉しかっただろうけれど、売れない時期が長かった高岡にとっては、リアルの場で、自らの本の愛読者にお礼の言葉を伝えられることが、何より楽しく、ありがたかったらしい。

桜野町の人々は思わぬことに喜んだ。著名な作家がしょっちゅう遊びに来る、と

いうことへの、驚きと珍しさに慣れたあとも、

「この町と桜風堂書店が好きな作家さん」

として、みんなに愛された。

　高岡も、

「新しい故郷(ふるさと)ができたみたいだなあ」

と、それを喜んだ。実際、ラジオのインタビューや新聞のエッセイなどで、いとおしさと感謝があふれた言葉で桜野町を紹介してくれたりもした。

　高岡の本は、桜風堂書店で、さらに売れるようになった。

　元編集者の藤森(ふじもり)がしみじみといった。

「そりゃまあ、自分たちと接点がなくて、血が通(かよ)っていることを感じさせない著者の本よりも、自分たちの住む町を好きでいてくれて、よく顔を見る著者の本は売れるよなあ。

　いわば読者と著者が仲間になっているような、身内意識を持たれている、そんな関係に移行すると、その著者の本は売れるんだよ。

　これ実は、あれと同じ原理なんだよな。ほら、Twitter(ツイッター)などのSNSに、いろんなメーカーや組織、会社のアカウントがあって、人間味のあるツイートをして、みんなの人気者になっていたりするだろう？　あれだよ。ただの商売や宣伝じゃな

い、とりつくろったキャラクターでもない。生身のひとりの人間の想いや、それまでの人生のかけらを言葉のはしばしに感じさせるようなアカウントは強いんだ。そのアカウントの——企業のファンになると、頼まれなくても、みんな無償の愛を持って品物を買い、友人知人、あるいはもっと広範囲な人々に宣伝してくれるようになるって、あれだ。それがつまり、ＳＮＳに企業アカウントが存在することの意義なんだけどね」

　今回の高岡先生の場合は、企んでしたことじゃあないと思うんだけどね、と、藤森はいった。みんなが楽しそうで、ラッキーだったね、と。

「ぼくも編集者時代、何度か経験があるんだが、著者のヒットを我がことのように喜び、なおかつフットワークが軽い読者がつくようになるとね、下手に版元の営業が売ろうとしたり、広報が宣伝をしたりしなくても、読者が読者同士呼びかけあって、勝手に本を売ってくれるようになるんだ。まあ、ＳＮＳ時代の、新しい本の売れ方、といってもいいのかもね」

　新しくバイトに入ってくれた、コミック担当の沢本来未は漫画家志望、やや内気で不器用だけれど、誠実に働こうとする良い子だった。自然な笑顔で接客ができるのも良かった。

彼女曰く、「文字の本は苦手で」読めないということだったけれど、高岡源の本をはじめとして、いろんな著者の本のPOPを勘を働かせて描いて飾ってくれた。下手ですけどといいながら、楽しそうに、愛らしい絵を描いてゆく。銀河堂書店の苑絵を尊敬しているそうで、たまに店に飾ってある『四月の魚』のPOPを拝むようにしていた。

一整が原稿を書いた『紺碧の疾風』のペーパー（手書きの新聞のようなもので、店に置いて自由に持ち帰って貰ったり、本にはさんでそのまま売ったりする）に、キャラクターの絵を添え、タイトルも綺麗に書いてくれたりもした。

ペーパーには、高岡への短いインタビューも添えた。普段のインタビューには無いような、素朴な、人間味が溢れる切り口の質問と回答が並んだものだった。店内でくつろいでいる写真も入れた。表情が豊かな人物なので、とても魅力的に撮れた。

できあがったペーパーは、データにして、まず銀河堂書店と共有し、それから、Twitterを通して、希望する書店にも無償で提供した。一緒にこの本を盛り上げる書店を募るためだった。

本は、自店でだけ売れても、さほど盛り上がらない。多くの店の平台に積まれ、広い範囲で話題になって初めて、ベストセラーへの道を歩むのだ。

ペーパーというものは、いってみればただの紙一枚なのに、不思議な楽しさがあるもので、作るには多少の手間暇がかかるけれど、お客様には喜ばれる。データを貰った書店としては、せっかくペーパーがあるなら、と、さらに多めに本を仕入れたり、新しくPOPを描いたりする。

結果的に本は店内で人目を引き、売れることになる。『紺碧の疾風』新刊は、もともと売れていたけれど、ペーパーがTwitterで話題になり、いろんな書店にデータが行き渡ってからは、全国でじわじわと売れ行きが加速した。

「Twitterで話題の本」という触れ込みで売る店もあり、この本の既存の読者たちには、意外性をもって捉えられたようだ。熟年以上の読者たちには、子や孫とインターネット上の話題で会話したい、というちょっと背伸びした気持ちもあって、本はさらに売れた。

あとを追うようにテレビのワイドショーや夜のニュース番組などでも話題になるようになった。もともと営業職が長かったこともあり、年齢なりの落ちつきもあったので、高岡はそつなくテレビ出演をこなした。全国の書店と読者に支持され支えられてきた著者であるという自負もある高岡だ。いつも笑顔で腰が低く、それでいて嫌味もなく、露出の機会はさらに増えていった。

やがて、高岡のキャラクターそのものにも人気が出た。

十代の少女たちに、「すごい先生なのに、なんかかわいい」と受けたのだ。

彼女たちは、高岡を「源ちゃん先生」と呼んだ。そして一種のキャラクターグッズ、コレクションのような気持ちで、『紺碧の疾風』を買ってくれた。Twitterやインスタグラムに、高岡の本の表紙の画像はたくさん登場するようになり、その無償の宣伝にふれた、新しい、あるいはもとからの読者たちが、高岡の本をさらに買った。

『紺碧の疾風』最新刊は売れた。

もともと売れる作品、大人気シリーズの最新刊ではあったけれど、それは、一整や、元編集者の藤森でも、ちょっと驚くような売れ方で、

「本って、売りようでまだ売れるんですね」

一整がつい呟(つぶや)いてしまったような、そんな流れになったのだった。

そんなある日、桜風堂書店の店主が呟いた。

昼下がり、つかのま来客がとだえたときだった。野鳥たちの声が高く響いていた。

「あの、一整くん。サイン会って、するの大変なんでしょうか？　うちの店でサイン会って、できると思いますか？」

「サイン会——？　誰の……」

訊(き)かなくてもわかる、と思った。

高岡源だろう。

店主は、笑って頭をかいた。

「何しろ、田舎(いなか)の小さな店だし、こんなところまで来てくれる作家は滅多にいない。——だから、サイン会なんて夢のまた夢だったんですけどね。でもね、叶(かな)うことなら、生涯(しょうがい)で一度くらい、この店でサイン会をするのもいいかな、って。それも高岡先生の本で。

この夢が叶ったら、わたしはもういつお迎えが来ても……」

そのときたまたま店内にいた、町長の福本薫(ふくもとかおる)が、呆(あき)れたように口をとがらせ、笑った。

「縁起(えんぎ)でも無いことをいわないの」

美人は怒った顔も美しい。

店主の幼なじみだというこのひとは、桜風堂書店の常連(じょうれん)のお客様のひとりでもあった。

出版界でキャリアを積んだあと、故郷に帰ってきて、さまざまな町おこしを試みている地元愛とチャレンジ精神に溢れた女性だった。実際に多くの企画や事業を成功させ、町を住みやすい場所に変えてゆきつつある。年齢を聞くと驚くほどの歳なのだけれど、銀色になった髪以外は、年齢不詳に若く見えた。どこか神秘的な雰囲気の美人だ。

「そうですねえ」

一整は棚を整えていた手を止めた。

「遠くの著者だと交通費を誰が負担するかでもめたりするんですが、高岡先生でしたら、その点はおそらく大丈夫ですね。あとは、直接かかる費用は特には無いはずです。サイン会は、無料で行う場合——無料にするんですよね? 著者には謝礼などお支払いしませんし」

といってもこの店と高岡との間柄ならば、お茶や食事などを通して感謝の思いは伝えたく思う。あくまでも高岡が恐縮しない程度のものになるだろうけれど。集まるお客様たちにも何かしら記念になるようなささやかなものを用意したい。

「問題は、お店と版元との関係でしょうか。あまりお客様が集まりそうにない場合は、著者の名前に傷がつくということで、引き受けてもらえないこともありまして——」

口の中が苦くなる。銀河堂書店で働いていたときは、そういう心配はあまりしないで済んでいた。昭和の時代ほどの大きな店ではなくなっていたけれど、やはり繁

で済んだのだ。華街にある老舗であり、大きな駅のそばにあったから、集客にさして苦労はしない
ましてや『紺碧の疾風』のサイン会（ということになるだろう）となれば、あの営業氏とのやりとりになる。今更うらみごとをいう気はないけれど、良い感じに話を進められるかどうか——。

店主が、小さく呻いた。

「ううむ。この店じゃあやっぱり無理かなあ。……こんな、山間の、ひとがあまり住んでないような町ですし。交通の便も最悪で、地の利が悪すぎる」

一整はしばし考え込んだ。

もし、高岡源のサイン会が実現したとして——。

これがもし、たとえば蓬野純也のような、比較的若い層や、都会に暮らす、いろんな意味で余裕のある読者に人気のある著者ならば、遠距離からもお客様を集められるだろう。インターネット経由で宣伝すれば、そういったフットワークの軽い読者たちは、何とか時間を空けてきてくれたりもする。——けれど、最近読者の層が広がったとはいえ、高岡のコアなファン層は、熟年層になる。交通の便がいい都市でのサイン会でないと集客は難しいだろう。

（お客様は、桜野町の住人と、近隣からしか集まらないだろうなあ）

もっとも、地元の人しか来ないイベントになっても、あの高岡なら、笑顔で盛り上げてくれるだろう。楽しかったとお礼をいう、いってくれる、その笑顔まで、一整には見えるようだった。

（だけど——）

その好意に甘えてもいいものなのか。

イベントはたとえば、サイン会の一時間か二時間の、その時間だけ、著者や立ち会う版元の関係者に空けて貰えばいいというものではない。イベントのその日は丸一日、仕事はできなくなるだろう。数日前から準備で時間をとられるかも知れないし、高岡の年齢では、イベント終了後は疲れて仕事にならないかも知れない——。

無償でサイン会に応じてくれる著者に、たぶんひとがあまり来ない、売り上げも立たないイベントにきてもらうことを願う——それは、許されることなのだろうか？

一整の表情から読みとったのだろう。店主が草木がしおれるように肩を落とした。

「ちょっとこの店には分不相応な夢だったかなあ。サイン会、もし実現したらどんなに楽しいだろうかってつい想像しちゃったんですよね。お客様たち、きっと喜ぶだろうかなって。そんなお客様たちの表情を、高岡先生に見ていただきたかったたんですよね。こんなに嬉しそうに、笑顔で並んでくださってる、これが先生の読者さんなんですよって」

悲しげに笑った。

「――一瞬だったけど、いい夢を見ましたよ。とても幸せな夢でした」

そのとき明るい声がいった。

「おやおや、そんな簡単な夢でしたら、いつでも叶えられますよ。いいじゃない、サイン会、やりましょうよ」

高岡源だった。ほんとうにこのひとはいつもふいに現れる。

「あの――でも……」

一整が口ごもると、高岡がほほえんだ。

「話はなんとなく読めました。わたしにでしたら何の遠慮もいりません。そして、誰にも文句はいわせません」

高岡は店主をみつめた。

「むしろ桜風堂書店さん、どうかわたしにこちらのお店でのサイン会をさせてやって下さい。いまやわたしの故郷のような町である、この場所で。お願いいたします」

深く頭を下げる。店主は自らも頭を下げ、高岡の両手をとるようにして、

「こちらこそ――こちらこそありがとうございます。桜風堂書店、頑張らせていただきます」

一整はふたりのようすをみつめ、やがて静かな笑みを浮かべた。

それなら、やるしかないのだ。はらをくくって。

(高岡源のサイン会なんて、この店の最初のサイン会には最高じゃないか)

そのとき、福本薫が、さらりといった。

「なんだったら、旧暦のクリスマスの、星祭りの頃にサイン会、ってどうかしら? その頃なら、この辺、帰郷するひとと観光客で、人口増えるわよ。歴史の古いイベントだしね、あのお祭りの前後ばかりは、観光ホテルは満室になるの」

「あっ、そうか」

それとなくようすをうかがいながら人文の棚を整理していたらしい藤森が、笑顔で手を打った。「その手がありましたね」

「えっと、星祭り、といいますと……?」

一整が訊き返すと、そこにいてみんなの話を聞いていた透が、笑顔で見上げてきた。

「昔のお姫様の伝説のお祭りですよ。湖にね、灯籠を流すんです。湖にも、周りにある樅の木の森にもいっぱい灯籠や蠟燭を飾ってね、星が灯ってるみたいに見えれてるんですよ」

る、綺麗なお祭りなの。——あのね。湖に灯籠を流せば、願い事が叶うっていわ

霊験あらたかだと思いますよ、と、透は声を潜め、いたずらっぽく笑った。

「桜風堂書店が閉店せずに続きますように、ってぼく、今年お願いしましたもの」

床にいたアリスを抱き上げ、ぎゅっと抱きしめながら。

イベントが旧暦のクリスマス——次は翌年一月になるというのなら、準備に時間をかける余裕がある。小さな田舎の書店といえど、それなりに宣伝もできるだろう。

ちょうど地元の祭りもあるというのなら、多少は初見のお客様もいらっしゃるに違いない。

銀河堂書店時代にも、サイン会でひとが集まり、お客様の列ができていると、

「ねえねえ、この作家さん、どんな本を書くひとなの？　みんなが並んでるから、わたしも並んでみたけど」

なんていって、ふらりと列に加わるお客様がいらしたものだ。

(よかった。高岡先生に恥ずかしい思いをさせないですむだけの集客が見込めるかも知れない)

一整は胸をなで下ろした。

「それで、一整くん、思ったんですけれど」店主が改まった口調で、いった。

「このサイン会の最後に、君を桜風堂書店の次の代の主として、お披露目することにしたいと思います。いやわたしの中では、この店はとっくに君のものなのだけれど、こういうことはけじめをつけないといけないから。きっと高岡先生のサイン会は、最高のイベントになります。わたしの代の最後のイベント、そして新しい桜風堂の誕生の、記念すべき思い出になる」

来年から、この店は君の店ですよ——。店主はそういうと、一整に右の手を伸ばした。

一整はかすかに震える右手で、そのひとの手を握り、強く握りしめた。

目の端に、嬉しそうな透の笑顔が見えた。出会った頃よりも背が伸びて、明るい表情になった少年の笑顔が。その腕の中の三毛猫も、人間の会話がどこまでわかるものか、ひげをたてて嬉しそうだ。窓辺の止まり木にいる白いオウムは、ふいに、万歳をするように、両の白い翼をばさりと上に上げた。機嫌がいいときにする仕草だと、以前、老船乗りに聞いたことがあるのを思いだした。高岡源が、目の端にやさしい皺のある笑顔で、うんうんと満足げにうなずいている。

小鳥たちの声が高く聞こえ、そして、窓から射し込む秋の日差しと、店に吹き込み、吹き抜ける涼やかな風の中で、一整はふと、幻のように、本棚の中の本たちのまなざしを感じた。かすかな息づかいを。一冊一冊の中に封じ込められ、かたちとなった言葉たちが、店主となる一整を見守り、祝ってくれているような。

それはずっと昔から知っていた気配で、たぶん子どもの頃にはもっとはっきりと感じていた存在のような気がした。誰かに話せば笑われてしまいそうな話だけれど、一整がその存在を忘れていたときも、ずっと彼らは一整のそばにあったのだ。一番の友達として。


さらに助けの手がさしのべられたのは、それからそうたたない、ある夜のことだった。

Twitterの桜風堂書店のアカウントに、福和出版の、団重彦の担当編集者、鹿野有香がメッセージを送ってきたのだ。

『噂に聞いたんですけど、来年、そちらのお店でサイン会やるってほんとですか？』

耳が早い。ついでにいうなら、鹿野は足も速い。元陸上部だといっていただろうか。いつも元気で気が利いた感じの、まだ若い編集者だ。団重彦とは相性が良く、親子のようだけれど、編集者としてはかなり厳しく、本を作る上では遠慮も妥協もしない、と、団から聞いた。

「鹿野さんは頑固でね、これと思ったら、どうしても譲らないんだ」

どこか嬉しそうに、誇らしげにそういっていた。

若くとも一流の伴走者の彼女がいたからこそ、『四月の魚』は世に出ることとなった。

今ふたりは新作の準備中だ。次は書店の話になる予定だそうで、

「月原くんをモデルにした、ハンサムな書店員を出してもいいかい? 彼を主人公に、ひとりの孤独な書店員の魂と、閉店しそうになっていた小さな書店が救済されていく物語を描きたいんだ」

なんて、団に訊ねられて、一整は面はゆかったりもした。

さて、鹿野からメッセージが届いたのは深夜のこと。彼女がまだ編集部にいるのも、いつものことだった。著者の原稿やデザイナーのラフ、そんなものを待っていると、この時間になるのだという。カップラーメンにお湯を注ぎながらツイートしていることもあった。

鹿野相手なら、今更隠すこともない。高岡源のサイン会を一月に企画中だということを伝えたところ、こんな返事が来た。

『つれないなあ。桜風堂書店さんでのサイン会なら、うちの先生だってやりたかったんですよ。どこで聞いたのか、高岡先生のサイン会があるらしいって先に知った

の、先生です。で、ぼくもあの店でサイン会したかったのに、っていじけてます。どうしてくれるんですか？』

どうして、って、どうすればいいのだろう？

『ひとつ提案があるんですけど、そのサイン会、合同サイン会にしちゃいません？最近流行なんですよ、複数の作家が同じ場所で開催するサイン会。それぞれの著者のファンが集まるので、けっこうひとが集まるんです。イベントが好きっていう一見さんたちも来ますしね。――ああ、あくまでも高岡先生メインでいいんですよ。こちらはまだまだ新人作家ですし。そのわりにけっこう年はいってますが、まあ、ひとりよりふたりの方が、場が華やかになるんじゃないですか？』

そのメッセージで、はっとした。――それを最初に思いついたのは、著者と編集者のどちらかはわからない。このふたりは、イベント会場にひとを呼ぶ、その手助けをしたいと思ってくれているのだ。場を盛り上げる、自分たちはその助けになれるのではないか、と。

鹿野は謙遜しているけれど、『四月の魚』はベストセラーだ。団重彦は、往年の人気シナリオライター。彼本人にも会いたいお客様はいるに違いない。桜野町では、この本を一整が強く推していたこともあって、お客様が愛着を持っている本であり、著者なのは間違いなかった。

しかし、団と鹿野は、自分たちの本のために手を挙げたわけではない。間違いない。団重彦は人前に出ることにも、ちやほやされることにも興味が無い。そもそも団重彦は大病から復帰した身の上、少しでも時間があれば、休養に充てたい、いまだそんな体調のはずだ。

（なのに――）

一整は手にしたスマートフォンを握りしめ、画面の向こうに頭を下げた。

お気持ちは嬉しいですが、と、一整はメッセージに返信した。――先生のお体が心配です。サイン会、していただけるのでしたら、いつかご体調がよろしいときに、ぜひ。

入れ違いのように返信があった。

『団先生、取材をしたいんですって。売れっ子の高岡先生が桜風堂でするサイン会を見て、新作を書くための参考にしたいらしいの。ほら、例の新作、月原さんがモデルの書店員が主人公の、本屋さんのお話の取材。月原さんのお店のお話を書くのなら、桜風堂書店さんの初めてのサイン会、取材して、ついでに著者として参加しないわけにはいかないでしょ？』

返信はさらに続いた。

『タイトル、決まったんですよ。「桜風堂ものがたり」――ああこれは仮のタイトルですけどね。主人公の若き書店員が継ぐ店の、その名前をタイトルにするんです。お店の名前は現在考えてるところで。さすがに桜風堂という名前はそのまま使えないですからねえ。』

かくして、高岡源のサイン会だけでなく、それに団重彦も参加することとなり、こんな田舎の小さな書店にはいささか賑(にぎ)やかなイベントになりそうだと、一整たちは晴れがましくも、緊張しながら、その実現に向けて動き始めた。

まだ若い自分と、イベント未経験の桜風堂書店だけでは不安な規模のサイン会になりそうな予感がしたので、一整は、銀河堂書店の柳田(やなぎた)店長、塚本(つかもと)副店長の意見も聞きながら慎重に進めることにした。

イベントを開催するということは、お客様を集めるということだ。万が一にも事故やトラブルを起こさないように、気を配らないといけない。そして、足を運んでくださったお客様たちが、みんな幸せになり、楽しかった、来て良かった、と、笑顔で帰ってくださるように。

(自分たちは、プロなんだから——)

イベントのプロではないのかも知れない。けれど、接客の、そして本を扱うことにかけては、一流の存在でありたい、そう思った。これから自分が店長となる以上、このイベントは絶対に失敗させない——ひそかにそうも決意した。

二冊の本の版元たち（イベント当日は担当編集者と営業も店に来て手伝ってくれる）との打ち合わせも数を重ね、内々で企画が進行し始めた。高岡源は、もともと団重彦がシナリオを書いた作品の数々を好きだったのだそうで、団との合同サイン会が楽しみなようだった。ついには、

「一応デザイン会社勤務なもので、これくらいなら、自分でも作れちゃうんだよね」と、サイン会のオリジナルポスターまでデザインし始めていた。「いやあ、合同サイン会、いいねえ、楽しいねえ。いっそもうひとりくらい、著者が増えればいいのに」


その頃、意外な人物から店に電話があった。

季節は移り変わり、もう秋も深まっていた。桜野町を包む森や、町を区切る水路や川沿いに植えられた広葉樹（こうようじゅ）たちが少しずつ色づき始め、肌寒くなってきた風にそよぎ始めた頃だ。

『——蓬野純也です』

突然のことだったので、一整は言葉を失った。

その人物を嫌いなわけではない。むしろ好きだったはずだと思う。けれど、心の

奥に幼い頃の悲しかった記憶の断片が蘇ってくるようで、とっさに対処できなかった。あの日々のことは、一整は、まばらにしか覚えていない。ただひどく悲しく、寂しかったと、そんな感情だけが、いつも心の奥にある。その頃の心の傷は、もうとっくに治っていたような気がしていたのに、生乾きの傷に不意に手をふれたような気がした。

そうなのだ。この従兄弟とは、長い年月、互いに距離を置いていた方が楽ではあったのだ。それは彼の方もそうなのではないかと思っていたのだけれど。

以前、店に来てくれたことがあった。それきり足を運んでくれないので、やはりそうなのだろうと思っていた。彼の再訪があっても良いように、彼の本には目を通すようにしていたのだけれど。いい作品を書くんだなあ、と尊敬し、ひそかに、従兄弟として、誇らしくも思っていたのだけれど。

けれど彼の声は明るく、そして意外な言葉を告げてきた。

『福和出版の営業さん経由で聞いたんだけど、来年一月に高岡先生のサイン会をするんだって？　それだけじゃない、団先生もいらっしゃって、合同サイン会になるとか。

日程聞いちゃったんだけど、その日ぼく時間があるから、よかったら車出すからさ、荷物とか運ばせてもらえたら嬉しいな。――だめかな？　会場の整理とかも手伝うよ。お茶くみとかも』

「――いやあの、荷物運びとか、お茶くみ、とか」

天下の蓬野純也が？　テレビでもおなじみの、超売れっ子作家が？

『十代の頃から、団先生のシナリオのファンだったんだよ。サイン書いて欲しくて。あと、高岡先生も、著者として尊敬してるし、前から一度、お話をうかがってみたいと思ってたんだ』

純也の声は、どこまでも明るく、楽しげで。何のわだかまりも感じさせなくて。

だからつい、一整も明るく言葉を返してしまったのだ。――たぶんほんとうは、長いこと、そんなふうに、会話したかったのだろうと思った。当時のことは、よく覚えていないのだけれど、子どもの頃に、兄弟のように仲が良かったはずの、この従兄弟と。

「蓬野先生、せっかくこちらまで足をお運びいただくのでしたら、もうちょっと違った方面で力を貸していただけたら嬉しいんですが、よろしいでしょうか？　サイン会、なさいませんか？　両先生と一緒に。ぜひ合同のサイン会を」

図々しい願いだとは思うけれど、彼がそこにいるからには、サイン会のお手伝い係としてではなく、著者としていてもらわないと、彼のキャリアに失礼なことになる。

それに蓬野純也は、イベントの前の月の十二月に福和出版から新刊が出るはずだ。お礼といってはなんだけれど、多少はその宣伝になるだろう。彼の人気からすると、桜風堂書店でのイベントなんて、ほんとうにささやかなレベルのにぎやかしにしかならないだろうけれど。

「それと」一整は、店の電話の受話器を手に、深く頭を下げた。「蓬野先生、夏に『四月の魚』を推してくださいまして、ありがとうございました——」

ラジオ番組「三日月の本棚」のゲストとして熱く語ったのをはじめとして、蓬野純也は、彼の持ついろんな媒体で、あの本についてふれてくれた。いろんなひとの後押しを受けたあの本の、大きな助力であった、そのひとつの力になったのだ。いつかお礼をいえたら、と思っていた。

『いや、別に、そうたいしたことじゃないから』朗らかな声が潤んでいた。『いい作品はみんなで褒めて、売っていかなきゃっていつも思ってるだけだよ。ぼくはほら、団先生の年季が入った大ファンなんだしさ。——ええっと合同サイン会？ぼくなんかが加わってもいいのかな？』

お邪魔でなければぜひ、と従兄弟はいった。

一整は、一応、高岡源と団重彦に、蓬野が加わっても良いか訊ねた。

作家ふたりは、賑やかなサイン会になることを、心から喜んでくれた。

『ちょっとそれは、うらやましいような話じゃないか』

その夜、電話をかけると、銀河堂書店の柳田は鼻を鳴らした。『なんだその、超豪華なメンツの合同サイン会。ひとりくらいうちにもよこせ、というのは、半分本気の冗談だけれど——』

声が低く沈んだ。『そこまで行くと、今度はお客様が集まりすぎるんじゃないのか?』

「はい、ちょっとそれが心配になって来まして」

いつもなら、電話をかけないような時間に、ついかけてしまった。

閉店間際(まぎわ)の店内は、しんとして、秋の虫の声がうたうように外から響いてくる。どこか懐かしい音色だけれど、冬の訪れが近いことを告げるような、もの悲しい歌声だった。

「サイン会、桜風堂書店の店内で、と考えていたんですが、大丈夫かな、と……」

声が気弱になっているのが自分でもわかる。この店でならば、多少のイベントならできるだろうと踏んでいた。でもそれも、せいぜいが著者ふたりのサイン会までのことではないだろうか。蓬野純也のようにフットワークの軽い読者が多く、集客力がある著者が加われば、どういうことになるのかわからない。もしお客様が集まりすぎたら、店から溢れた人々が、店のまわりで列を作って渋滞したり、その列が商店街の他のお店に迷惑をかけないだろうか。桜風堂のスタッフが管理しきれないお客様たちが、町のどこかでトラブルを起こしたりしないだろうか。

「――もうひとつ、そんなにたくさんのお客様がいちどきに集まって、道に迷うひとが出ないかな、なんて心配もあるんです。最寄り駅から徒歩三十分の山道が――初めて来店されるお客様には、意外と難易度が高いかも知れないなって今更のように気づきまして」

地元の人間たちは慣れているので、そんな事故はほぼ無いけれど、たまに山菜採りのお年寄りが迷ったりするような山なのだ。低いなりに、小さな滝も沢もあるので、迷いこんだら、命に関わることが無いとはいえない。そもそも、イベント開催日の季節は真冬だ。

事前に店でサイン会の参加券を発行することもあり、遠くから来るお客様よりは、地元の住人の割合が多くなるだろうとは思う。しかし、参加券は他の書店でのイベントでもそうするように、電話でのお取り置きも可能にしようと思っていた。そうでないと、熱心な遠方の読者たちにイベント参加への門を閉ざしてしまう。門前払いのようなものだ。

スマートフォンの向こうで、柳田は何事か考え込んでいるようだった。やがていった。

『よし、銀河堂から、スタッフを当日何人か送ることにしよう。そちらの店には興味を持っている奴らが多いし、みんな月原に会いたがっていたから、喜んでいく奴が多いんじゃないか？　それで、少なくともお客様をさばくことはできるだろう。みんなイベントには慣れてる』

「ありがとうございます」

その言葉しかなかった。銀河堂書店だって手が足りないだろうに、と思う。

柳田の声が笑う。

『何いってるんだ。いまや俺たちの店は、チェーン店同士だろう。助け合うのが当たり前だ。

さすがに会場までは準備してやれないから、そっちは自分でどうにかしろ』

「はい。ありがとうございます。会場は、こちらでなんとか――」

なんとかしなくてはいけない。スマートフォンの向こうにいる柳田に深く頭を下げながら電話を切り、一整はため息をついた。

近くでレジをしめる準備をしていた藤森が、聞こえてきた会話で内容を察したのか、「よかったね」といってきた。いま柳田に話した不安は、その少し前にも藤森と軽く話していたことだったのだ。

一整は再度ため息をつき、「お客様はなんとかさばけそうな感じになってきましたが、やっぱり、会場が。どれくらいの数のお客様が集まるのか、正直それも見えないところがあって。確実に、この店の中には、入りきらないですよね……」

ふたりで店内を見回す。――たとえばここにサイン会のためのお客様が集まるとしたら。五十人はなんとかなるだろう。でも、七十人、百人も並ぶことになるとしたら。

参加券の数を絞ることで、ある程度の人数までで抑えることはできるだろう。けれどそれにしても、こんなに著者の顔ぶれが豪華なサイン会になるのなら、それなりの人数の枠にしないと不釣り合いだし、不満の声が出るだろう。

そのときだった。いつのまにか、店内にいた町長が、笑顔でいったのだ。

「丘の上の廃校、よかったら使いませんか？　こういうイベントのために解体せずに置いてるんですし、最近はたまに集会場としても使ってますから、掃除が行き届いていて綺麗ですよ」

いつから話を聞いていたのだろう。楽しげに、どこかいたずらっぽく笑う。閉店間近の静かな店内に佇んでいると、美貌のせいもあって、どこか精霊めいて見えた。

「あ、それはいいですねえ。使わせていただけたら、こんなにありがたいことはないです」

藤森が目を輝かせる。「あそこなら、ひとが百人来ようと大丈夫だ。ねえ、一整くん、丘の上の小学校、行ったことあるかい？　古くて素敵な建物でさ、時計台があってさ、鳩もいてさ。古い大きな図書館があって、子どもの本がずらっと並んでるんだ。暖炉まであるんだぜ。ぼく調べたことがあるんだけどね、昔、この町が豊かで、今より人口が多かった頃は、読み聞かせなんてそのスペースでしてたそうなんだ。木の床はつやつやしてて棚もレトロで綺麗で。あんな素敵な、広々とした場所でサイン会ができたら最高だよ」

店に置かれたかごの中で丸くなっていたアリスが、尖った耳を少し動かし、また眠った。

「あとそれと、最寄り駅から山登りするお客様たちに道に迷うひとがいそうだ、という件については、今ちょっと思いついたことがある。なんとかなるかもね」

口の端をちょっと上げて、藤森はどこか楽しげに笑った。

翌日の昼下がり、観光ホテルの支配人が、笑顔で店を訪ねてきた。

「風猫さんからうかがったんですが、星祭りの頃、イベントをなさるそうですね。

たくさんのお客様が、山を登っておいでになるとか。――よかったら、うちのマイクロバス、お貸ししましょうか？　うちのお客様と一緒に乗っていただくので、あいのりみたいな形になりますが」

　年に一度の祭りの頃、観光客と帰省客でホテルは満室になるという。普段よりも便数を増やして、麓(ふもと)の駅のそば辺りまで、迎えのバスを出すそうなのだけれど、空席が出るのだという。

　かといって便数を減らせば、お客様には不便になる。歴史のあるクラシックホテルとしては、年に一度しか滞在しないような遠方からの客人は特に大切にしたくもある。

「お客様にゆったりと乗っていただけるのは嬉しいんですが、バスががらがらなのは寂しくはありますしね。ですから、当館としては、使っていただけた方が嬉しいというものですよ」

　一整は、桜風堂の店主と顔を見合わせた。二人で観光ホテルの支配人に頭を下げた。

「サイン会は、何時頃開始で、終了の予定なんですか？　なんでしたら、帰りのバスも出しましょう。うちのホテルは満室ですし、旅館もね、この町に、昔はたくさんあったんですが、今はなくなってしまいましたから、お客様には明るいうちに麓に下りていただかないと、泊まる場所がありません。車がなくて、タクシーを呼べないお客様は、行き場がなくなってしまいます」

「ありがとうございます。午後一時スタートで、二時間くらいかな、と考えています」

三時に終われば、近場で軽く観光をして帰ることもできるだろう。小さな町だ。サイン会に集まるお客様たちが、少しでも良い思い出を持ち帰ってくれれば、と思った。帰りのバスがあるのならば、みんなゆっくりと、夕方くらいまで町を見て回ることもできるだろう。

ちょうど出勤してきた藤森が、満足そうな笑みを浮かべると、手にしていた魔法瓶を軽く掲げるようにした。

「淹れたてのコーヒー持ってきたんですが、みなさんいかがですか？」

丘の上の廃校でサイン会を行うらしい、ということが町で話題になり始めた。

毎日のように店に顔を出す女性のお客様――以前、一整がまだ桜風堂を引き受けるかどうか決めていなかったときに、観光ガイドを喜んで買って帰った、あのお洒落なおばあさま、鈴木様だ――も、サイン会のことにふれた。

「わたし、小説はあまり読まないんだけど、源ちゃん先生の本はちょっと読んでみようかな、って思ってたの。これを機会に買おうかしら。丘の上の学校でサイン会するのよね？」

　料理雑誌の棚の前で、あれこれ見繕いつつ、レジの一整に話し掛けてくる。源ちゃん先生、こと高岡源は、いまや美容室にあるような女性誌でもとりあげられる人気者だ。

「鈴木様、お好きかも知れません。料理の描写が、それはそれは美味しそうなんです」

　このお客様は、いつも料理雑誌や本を買って帰る。それもレベルの高い、どうかするとプロの調理師向けに近いようなものまで手にする。かなりの料理上手なのだろうと思っていた。

（それにいつも、優しい感じに、町内のいろんなひとの噂話をなさるから、高岡先生の書かれるような、市井の人々の優しい思いやり溢れる物語とは相性がいいと思うんだけどな）

　鈴木様は、レジに雑誌を数冊持ってきながら、にっこり笑った。

「じゃあ、サイン会に行くことにきーめた。参加券はどうしたらもらえるの？」

　三人の著者が書いた本のうち（この場合は高岡源になるだろう）、好きなものを買ってくだされば、差し上げますよ、と説明をして、『紺碧の疾風』を買っていただいた。最新刊と一巻をお客様は選んだ。サイン会までに読み込んで、作者の先生とお話しするのだといった。

にこにこと笑顔で精算を待ちながら、ふといった。

「サイン会、たくさんのお客様がいらっしゃるんじゃないか、って聞いたけど、あれってたしか行列ができたりするんでしょう？　前にテレビで見たことがあるわ。お客様に、お茶とかお菓子とか、お出しするの？」

「ええ、何かうちの店でできたらいいなあとは思ってるんですが――」

一整と透、藤森と来未の四人がいれば、なんとかなるだろうと簡単に思っていたけれど、考えてみれば、時間的にばたばたするような気がした。いくら銀河堂書店から援軍が来るといっても、桜風堂書店のメンバーが、イベントをよそに、お茶くみをするわけにもいかないだろう。

「わたし、手伝おうか？　お友達にも声、かけてみてもいいわよ」

鈴木様は、自分の鼻を指さすようにした。「うちね、昔、旅館やってたの。古くて立派な旅館で、なかなか美味しいお料理も出してたんだけど、廃業してね。昭和の時代に、全国的に、旅館やホテルがばたばた倒れた時期があったんだけど、あの頃にね……」

軽く肩を落とした。その時代に、桜野町にあった宿はいくつもなくなったのだという。

「サイン会って何時頃？　午後なのね。よかったら、おむすびとか、簡単な軽食も準備しましょうか？　地元の料理とかも。特産品のお茶と紅茶と、あと牛乳も。丘の上の学校には、調理できる場所もあるから、けっこう本格的なこともできると思うのよ」

ああ、それがいい、それがいい、と手を打って楽しそうに、お客様は急いで帰っていった。

そうたたないうちに、話は広がりと進展を見せた。――サイン会のあと、夜の星祭りまで見て帰りたいという希望があるお客様がいるなら、その人々のために、学校の図書館に臨時の宿泊施設を作るというのはどうだろう、という流れになったのだそうだ。お客様の世話は、桜野町で昔旅館やホテルを経営していた人々が、総出でしてくれるという。料理の材料も用意してくれるとか。地元でとれるものならば、宣伝も兼ねて近所で入手できるだろうという。

「せっかく年に一度のお祭りがある日に桜野町に来てくれる人達がいるのに、お祭りの時間の前に帰っちゃうなんて、もったいないね、って話になったのよ」

料理上手な鈴木様は笑う。

「観光ホテルさん、マイクロバス出すんですって？　あそこにだけ、活躍させられないものね」

「それはいいなあ」藤森が声を上げた。「本棚のある場所——書店や図書館に泊まり込むのって最近の流行でもあるんだよね。本のある場所で大勢で眠ったり、夜通し語り明かすことって、なかなか楽しいらしいんだよ。あの綺麗な建物で、お泊まり会をして、その上、町の料理も出るとしたら、そっちを目当てにするお客様も出てきそうなくらいだな」

そういうイベントを開催している書店や図書館があることを一整も知っていた。逆に、最初から、泊まり客のための本棚を用意した、本棚つきのペンションのような宿まで、最近はあるのだ。

鈴木様からの提案は心躍るような、嬉しくもありがたいことだった。けれど、同時に申し訳ないことでもあって、一整が恐縮（きょうしゅく）すると、お客様は笑顔で、いいのいいのと手を振った。

「久しぶりに、お客様のお世話をできるってそれだけでわたしたちは嬉しいのよ。この町は、長い長い間、旅人を迎えて、送り出してきた里だったんだもの。先祖の血が騒ぐってものよ。

あのね、本屋のお兄ちゃん、あなたがこうして、商店街のお店を継いでくれること、町の外から、お客様を呼んでくれることが、わたしたちはほんとに嬉しいのよ。まったく、生き返ったような気持ちがするわ。

ずうっとこの町は忘れられていたようなものだったの。まあつましく生きていれば、みんな生きていけてるし、日本にたくさんあって消えていった、他の観光地みたいに消えていくのもいいかと思ってもいたんだけど、そんなのってさみしいなって気づいちゃってねえ」

鈴木様は笑った。艶然としたその笑みは、いつもの料理が趣味のお客様ではなく、古い旅館の女将らしい、凜とした笑みのように、一整には見えた。

「町ぐるみで、ちゃんと準備して、お客様を、お迎えしなくちゃね」

冬が来た。年が明け、桜野町の星祭り、桜風堂書店のサイン会の日が近づいてきた。

参加券は、百二十枚用意した。一整は悩みながらその枚数を決めたのだけれど、十二月の終わりの頃にはみんななくなってしまった。主催の桜風堂書店、チェーン店である銀河堂書店で参加券を配ったのは当たり前として、高岡源、団重彦、蓬野純也の著者三人も、それぞれの持つ媒体でサイン会について紹介し、参加を呼びかけたことの効果が大きかった。

そして、こんなことがあった。ちょうど十二月の、クリスマスの頃のことだ。桜野町に住むという若手のゲームクリエイターがTwitterで、合同サイン会のことについてツイートした。桜風堂書店公式アカウントのツイートを引用する形で紹介してくれ、コメントをつけたのだ。

『こういうの、リアル書店の生き残りのための努力だと思うので、そういうのが好きなひとは、応援してあげてください。田舎の本屋が頑張ってます。応援するって、町内みんな盛り上がってるし、すごい綺麗なお祭りがあるんで、そのついでもいいので。』

『正直リアル書店とか興味ないし、本はどこで買っても同じだと思うし、なんなら、すべて電子書籍に変わればいいと思ってる。けど、俺、昔から時代小説が好きで、高岡源の小説もキャラも好きだから。もしうちの町でサイン会して、誰も来なかったらかわいそうで困るからさ。』

『高岡源ね、中学のときの図書館の司書の先生に似てるんだ。あの頃学校が大嫌いだったんだけど、図書館と本は大好きだったんだよ。その先生もさ。そんなこと思い出しちゃってさ。』

彼のツイートを、とあるゲームクリエイターが自らのコメントを添えてリツイートした。アクションRPGのソフトで、全世界的なヒットを飛ばしている、著名な人物だった。

『リアル書店についてはいろんな考え方があると思う。住んでいる環境や生活によって、本を買うための店の、理想とするかたちは変わるからね。でもひとついえることがある。リアル書店は、町の本屋さんはね、一度消えたらもう二度と復活しない。もう帰ってこないんだよ。』

『今くらいの季節になると思い出すんだ。子どもの頃、近所におもちゃや文房具も売ってる、古い本屋さんがあってね、その店が大好きだったんだ。隅から隅まで好きだった。毎日学校帰りによってた。クリスマスにはそこで何か買ってもらった。夢の国だったよ。』

『週刊の漫画雑誌が大好きで、発売日の前の日には眠れないくらいで。発売日にはお金を握りしめて買いに走った。漫画の単行本は繰り返し読んで本棚に並べた。そのうちＳＦの文庫本も買うようになった。学生時代にはゲームブックも。友達と貸し借りもしたな。』

『けれど、おとなになってから久しぶりに行ってみたら、あんなに広く感じた店の中が、十歩もかからずに端まで行けるほどに狭かったんだ。棚いっぱいに並んでいた本もおもちゃも、古びたのがちょっとずつしかなくてさ。で、次に行った時はもう閉店してたんだ。』

『きっと古くて小さな、ありふれた店だったんだろう。でもあの店は俺には世界でたったひとつの夢の国への扉だった。あの場所があったから、今の俺がある。目をつぶればいつも、子どもの頃に見つめた、あの店の本棚と背表紙が見える。きっとずっと消えることはないだろう。』

『町に本屋があるということは、そういうことだと思うんだ。その町で育つ子どもに、夢の世界への扉を用意して待っているということなんだ。だから俺は、今ある町の本屋さんを守りたいと思ってる。それが現在のそして未来の誰かの夢を育て、守ることに繋がると思うから。』

『まあでも、ひとによって守りたいものは違うだろう。大切に守って未来に残したいものは。それぞれに良いと思うものを、各自、守っていけばいいんじゃないかな。そしたら世界はきっと、みんなの手でたくさんの良いものが大切に守られる、すてきな場所になるだろう。』


そしてイベント当日がやってきた。地元のお客様たちの盛り上がりも相当なものだったけれど、遠方からやってきた三人の著者の読者たちもそれに呼応するように盛り上がった。高岡源、蓬野純也の二人がサービス精神旺盛なのはわかっていたけれど、団重彦もなかなかなものだった。メイン会場になった廃校の図書館で本たちに囲まれてサインをしながら、往年のヒット作、ハンサムなニュースキャスターが主人公のドラマの、その主人公の顔真似をして見せたり、台詞をそらんじたり。そのたびに歓声が上がった。

丘の上の廃校は気合いを入れて掃除され、すみずみまで磨かれて、どこか誇らしげに見えた。クリスマスの飾りや冬の花で飾りつけられ、美味しそうな軽食やお菓子が並べられた。楽しげなざわめきが満ち、方々で笑い声が弾け、来たひとも迎えるひともみなが笑顔だった。

それぞれの著者の前にはサインを乞う列ができたけれど、これを機会に、と未読の著者の本を買い求め、サインを貰うお客様も多かった。福和出版の大野が、楽しそうにいった。

「合同サイン会ってそういう利点もあるんですよね。未知の著者との幸せな出会いがある」

作家のサイン会には、普通はこんなに集まらない。当日になって来られない参加者も出てくるものだ。けれど今回は、多少の無理を押しても、桜野町に駆けつけるお客様が多かった。著者たちにそれだけの魅力があったということもあるだろう。その上に、著者たちと書店と、そしてそこに関わるいくつもの「物語」がひとをひきつけたのだろう、と一整は思った。

しかしどれほどたくさんの読者がそこに並ぼうと、銀河堂書店からやってきた援軍が巧みにさばいてくれた。銀河堂のエプロンを着けてそこにいる人々に、お客様が声をかけた。

「おや、よその本屋さんが助けに来てくれてるの?」

副店長の塚本が、笑顔で首を横に振った。「いえいえ、わたしどもは、よそのお店の人間ではないのです」

銀河堂書店と星野百貨店からは見事な花も届いていた。

一整が特に嬉しかったのは、『四月の魚』を買って列に並んでくれた少年との再会だった。両親とともに現れた彼は、あの万引きの事件で関わった少年だった。あの頃、彼の入院中に何度もお見舞いに行った。久しぶりに見る彼は背丈も伸びて、表情が明るく、幸せそうに見えた。

「その本、とてもいい本だから」

一整が微笑みかけると、少年も嬉しそうな笑みを浮かべた。

順調に流れていったように見えるサイン会だけれど、実は開始前に、少しだけ荒れた。図書館の中をぐるりに並ぶ列の中に、小さな子どもたちがいて、並び続けていることに飽きて、騒ぎ出したのだ。子どもたちも親も辛かっただろうけれど、子どもの甲高い声は、場の雰囲気を壊してしまいそうになる。

そのとき、手伝いに来ていた苑絵が、図書館の棚から抜きとった古い絵本を手に子どもたちの前に立った。ひとつ息をして、そして、子どもたちの視線を集めると、本棚を背に、いつものような笑顔で、読み聞かせを始めたのだ。

「苑絵ったらほんとに、場の空気をつかむのがうまいよねえ」

やはり手伝いに来ていた渚砂が見とれるように、そういった。

一整の耳は、苑絵の声の端にかすかな震えを感じた。慣れない場所で、大勢のひとたちの前で、初めての子どもたちのために絵本を読むことは、怖いのだろう。けれど、絵本を広げて、その場に立つ様子は、魔法書を手にして場を守り、みんなを幸せにするための呪文を読み上げる優しい魔女のようだった。

やがて子どもたちは静かになり、笑ったり歓声を上げたりしながら、苑絵の声に耳を澄ませた。大人たちもまた耳を澄ませているのが、それぞれの表情からわかった。天使の人形や星をかたどった灯りに飾られた古く美しい図書館に苑絵の声は静かにうたうように響いてゆく。

ああこの声が好きだったのだなあ、と、一整は思いだした。

サイン会は盛会に終わった。お客様たちは、真冬の空気の中、それぞれに散って行く。桜野町観光に繰り出す人々もいれば、手にしたサイン本の山に満足して、観光ホテルのマイクロバスで麓へ下りて行くお客様もいる。車で来たひとや町に宿泊先や帰る家がある人々は、夜の星祭りを楽しむために、廃校のある丘の上から、商店街のある町の中心部へと下りていった。廃校に棲む鳩たちが、人々を見送るようにゆったりと輪を描いて空を舞った。

ゆっくりと黄昏時を迎えていく桜野町には、町のあちこちに星のような小さな灯りが灯った。自分のエプロンを着けてイベントを手伝っていた透の解説によると、星祭りのために湖に流す灯籠の、小さなサイズのものだという。ふいに鳴り響く鐘の音に振り返ると、これも灯りを灯した廃校の時計台の鐘が町の空に晴れやかな時報を鳴らしているのだった。

町を彩る灯りは、川と水路の水に映り、町全体に星が鏤められたように見えた。三々五々、人々が歩いている道を店に向かって行くうちに、一整はいつか、蓬野純也と並んで歩いていた。

薄闇が満ちてきた路地に、小さな三毛猫が、幻のように駆けて行くのが見えた。

ふと、純也が口を開いた。「君に謝らないといけないことがあるんだ」

純也は訥々と語った。一緒に暮らした子ども時代、一整の愛した子猫を自分が死なせてしまったことを。人知れず墓を作ったことを。それを一整に知らせなかったことを。

（そうか。あの子猫は、死んでしまっていたのか――）

静かに一整は思った。捜しても待っても、会えないところにいってしまっていたのか。

心の中で、子ども時代の一整が「そうか」とうつむくのが見えたような気がした。けれど不思議と、その子は悲しそうに見えなかった。やがて、顔を上げて微笑んだ。

「蓬野先生――」一整は、半歩前をゆく、自分より背の高い著者に声をかけた。

「子猫のこと、ずっと覚えていてくださって、ありがとうございます。嬉しかったです」

「許してくれるのかい？」

「許すも何も」一整は、振り返った従兄弟に笑顔を向けた。「感謝しかしていません」

地上にいくつもの星の光を灯す町に、夜が近づき、闇が増すごとに、灯りはひとつひとつ増えてゆく。光のそばに生まれる影の中に、今はもういない子猫の耳や瞳が見えるような気がした。

遠い昔にあの子猫は死んでしまったのかも知れないけれど、時の隙間に今も生きているような気がした。そうしてこんな祭りの夜には、誰かが思い出すごとに、ふと蘇るのかも知れないと。

それは儚い、小さな存在で、風に攫われたように地上から消えてしまったけれど、たしかにこの地上に生きていたということを、記憶する誰かがいる限りは、その魂は、永遠にこの世界にとどまり続けるのかも知れない。地球という、優しく大きな揺り籠の上に。

(「地球は揺り籠のように、たくさんの命の思い出を抱いて、宇宙を巡ってゆく。」)

『四月の魚』で団重彦が書いた、あの言葉のように。

そして、一整も純也もまた、束の間この地上に存在し、やがて塵になり消えてゆく存在に過ぎず——でも同時に、きっとそのときは誰かの記憶に残るのだ。彼らを愛する誰かの思い出となり、そして、この地球という星の歴史を構成する、ささやかに誇らしいかけらのひとつとなる。

「子猫のことを、覚えていてくれて、ありがとう。——兄さん」

一整は、足を速めて純也のそばに並び、彼を見上げるとそういった。

一整は、この町の、星祭りはこれが初めてだったので、山間の町に灯る光の群れにただ息を呑んだ。

湖面に光は流れ、湖を取り巻く樅の木の森に、光は灯る。

空には銀を散らしたような、一面の星。

（まるで町全体が、クリスマスツリーみたいだな）

そう思った。

「クリスマスツリーみたいですね」

同じことを、苑絵が口にした。「世界って、なんて綺麗なんでしょう」

そういいながら辺りの風景に見とれ、積もって凍った雪に足を滑らせそうになる。

一整が手をさしのべて支えると、照れたように笑った。

苑絵と渚砂は、渚砂の車に乗って、イベントの手伝いに来てくれていた。副店長の塚本は自分のドイツ車、パートの九田さんはなんと750ccの巨大なバイクでやってきた。

――とてもかっこよかったけれど、道に迷って遅刻して、少しばかりみなを心配させた。

仲間たちの応援はとても助かったし、久しぶりにみんなと一緒に働けたことが、ほんとうに楽しかった。特に苑絵がそばにいるということが、こんなにほっとする、温かいことなのかと思った。

あのとき、古い小学校の図書館に朗々と響いた読み聞かせの声はうたうように美しく、物語と子どもたちへの愛にあふれていた。銀河堂書店時代、月に数度の読み聞かせの会のときに聞こえてくる苑絵の声を楽しみにしていたことを一整は思いだした。子どもたちにそっと差し伸べる優しい手のような、そんな声だった。

それはまったくふだんの苑絵の声とはちがう、凛とした女神のような声で、とはいっても、相変わらずつまずいたり転んだりしそうになってくれたので、いつも目の端で気にしなくてはいけなかったのだけれど、そういう心配さえもが楽しくて、楽しんでいる自分を発見したことがまた楽しかった。

(星祭り、か――)

言い伝えによると、願い事が叶う夜らしいけれど、こんなに魔法じみて美しい夜ならば、どんな奇跡があってもおかしくないのかも知れない、とふと思った。

天には神が灯した星々が光り、地にはひとの手が灯した灯籠があたたかく光る。

それでもう、いいじゃないか、と思うのだ。

「ほんとうに、綺麗だなあ」

この美しい情景が見られたというだけで、そして今日のサイン会が成功したというだけで、自分にはもう願い事など何もないと思った。

「これ以上なにか願ったら、罰が当たりそうで」

そばで苑絵が、小さくうなずいた。

茶色い大きな目がきらきら光っていて、そこにもまた、星が宿っているようだった。

白いハーフコートがとても似合っていた。天使のようだと思った。

（そうだ、もし祈るのなら）

一整はそっと微笑んだ。

（この優しい、かわいくてあぶなっかしい卯佐美さんが幸せであるように祈りたいな。これから先の未来、寒い思いも、寂しい思いも悲しい思いもせずに、泣かないで済むように）

できることなら、もしころびそうになっても自分が手をさしのべられるように。

もしも魔法があるのなら、こんな娘にこそ、その祝福はふさわしいのだと思った。

星空を見上げ、この空のどこかに願い事を叶えてくれる優しい存在がいるのなら、と祈った。

どうか、すべての優しい人々に祝福を、と。

少しずつ夜空に灰色の雲が流れ、集まってきた。

やがてはらはらと粉雪が舞いはじめた。空から降る優しい言葉のように。

そのとき、樅の木の森の中から、三神渚砂が、自分たちを見ていたことに、一整も、そして苑絵も気づかなかった。

渚砂は、しばらく悲しげな、思い詰めたような表情をして二人の背中を見ていたけれど、やがて肩をすくめ、足音を忍ばせて、町の方へ帰ろうとした。

その途端に、自分の背後にいた誰かの胸に鼻をぶつけ、驚きつつ、むっとした。

「――ちょっと、何してるの？　こんなところで」

蓬野純也だった。

「いやその、三神さんどうしたかな、と思いまして。ここはやはり、ほんとうに告白するかどうか、ものかげから、見守るべきではないのかと」

あたたかそうな（そして上等そうな）コートを着て笑う蓬野は、心配そうな優しい視線で、渚砂を見つめた。

もふもふとした茶色いコートは、セントバーナードに似て見えて、渚砂はつい笑ってしまった。ほんとうは泣きたかったのだけれど。

蓬野の腕に自分の腕を絡め、人差し指を口元にあてて、「帰るよ」といった。

「告白、しないんですか？　わたしが星のカケスです、とかも？」

渚砂は肩をすくめた。蓬野をひきずるように雪道をふんで歩いて行く。

「ここだけの話、ぼくあの日、一整に電話するのは相当勇気が要ったんですからね？　さりげない感じで会話したのも。ぼくの方は頑張ったのになあ」

「あのいい雰囲気を邪魔するほど、わたし、意地悪でも、趣味が悪くもないから」

かっこわるいこともしたくないし、と呟き、笑った。

（永遠に秘密なことのひとつやふたつ、人生にあるのもいいんじゃない？）

歩きなれない雪道は変にすべる。ブーツをはいていても冷たくて、立ちつくしていれば瞬間冷凍でもされてしまいそうだった。

（心の中から冷えちゃってるしさあ）

だから、早く帰った方がいいのだ。人里の明かりの方へ。ぬくもりと光の中で呼吸をし、息を整えれば、今夜の出来事も少しずつ消化できるだろう。きれいなものを見た、と。

（おにあいだったしね）

幸せそうだった、よかったね、と——今はまだ辛くとも、やがて心から思えるようになるだろう。

（だってわたしは強いもの）

そんな自分が大好きだもの。

ほほえんで顔を上げた。目の中にはらはらと降りだした粉雪が落ち、涙のようにとけていった。冷たいけれど、心地よかった。

胸に入る冷たい夜風を吐いていると、泣きたい思いもごまかせた。そしてこの、渚砂を心配してくれている、心優しい救助犬みたいな蓬野がいてくれて、良かったと思った。

（一緒に歩いてたら、雪道もすべらないものね。さすが救助犬）

善人がそばにいてくれるなら、意地でも笑っていられると思った。

「観光ホテルのバーが遅くまで開いてるんだって。傷心（しょうしん）のかわいそうな子羊（こひつじ）に、つきあってくれるよね、先生？」

「渚砂さんが望むなら」

「おごってくれる？」

「いいですよ」

「やった」

白い息を吐き、星空の下を歩く。

悲しいけれど、胸は張り裂けそうに痛むけれど、今こうして、渚砂を支えてくれようとする、温かい腕がある。

さりげなく名前で呼んでくれたひとがいる。それに気づいていて、あえて渚砂は振り返らず、歯を食いしばって、前に進む。

（こんな夜、素敵じゃない？）

笑みを浮かべた。

強がりでも何でも無く、楽しいと思った。

そして少しだけ、願った。一瞬だけど。

（神様、もしいるのなら、この優しい救助犬に、いいことがありますように――）

（わたしはもう充分、幸せですから）


そして。

その夜、商店街の古い居酒屋で、町長の福本薫と、柏葉鳴海は、地酒を酌み交わしていた。

ずっと以前に、ふたりは仕事の場で同席したことがあり、ひさしぶりの再会を祝して、そういう流れになったのだった。

ジャズアレンジされたクリスマスソングを聞きながら、炭火や客たちの煙草でいい感じにいぶされた店の中で地酒を飲み、焼き鳥や川魚の料理を楽しんだ。

桜風堂書店のイベントに、なるること柏葉鳴海がやって来ないわけがない。

サイン会が終わるころ登場した彼女は、集まっていた人々の拍手や歓声を受けて、高岡と蓬野のそれぞれの本を初見で朗々と朗読し、喝采を浴びた。『四月の魚』のラストシーン辺りの朗読は、ヒロインのリカコがその場にいるようにしか見えなかった。

その様子は、見事に盛会となったイベントの様子とともに、日本中に、そして世界へと、様々な人々の手で、画像や動画となって配信された。小さな町で、時の流れの中で忘れ去られていた観光地は、またふわりと、人々の記憶の中に蘇ったのだった。

居酒屋の主が、用事で席を外したとき、鳴海がふと、薫にいった。

「それで、その伝説のお姫様って、結局どうなったのかしら？　まあ天から星が降ってくるような、メルヘンの世界のお話だから、考えるのも野暮かも知れないんだけど」

薫は、ふと笑った。そして、いったのだ。

「この言い伝えね。実はほんとうにあったこととは違うの。鞠姫が夜の山を逃げたとき、闇夜に明かりは灯ったけれど、それは天から降った、魔法の星の光じゃあなかったのよ」

「？　どういうこと？」

「里の人々はね、結局、鞠姫ひとりに湖と山を越えさせるなんてことはできなかったの。小さな灯りを手にした里の人々が、そっと、鞠姫を導いて、逃がしたんですって。お姫様の手を引いて、湖を越え、山を越えて、迎えに来た味方のいるところまでね」

「へえ、すごい。でもそれって命がけのことだったんじゃ」

「そうねえ。ご先祖たち、文字通り、命をかける覚悟はしたんでしょうね。でも鞠姫は無事に逃げ延びたんですもの。結果オーライよ」

「じゃあどうして、お星様が助けた、みたいな伝説になったのかしら？」

「それはね」いたずらっぽく薫は笑った。

「ご先祖は自分たちの勇気と、みんなの力で奇跡が起きたことを、きっと黙ってられなかったんでしょう。子々孫々まで語り伝えたかった。でも、そのまま言葉にすれば、禁を犯したことがばれてしまう。里の危機になる。だから、お伽話にしたんじゃないのかな」

「なるほど」

　鳴海は首をかしげる。「このほんとの話って、じゃあ、桜野町のひと、みんなが知ってることなの？　知ってて黙ってるの？」

「うーん、どうかなあ。知ってるひとは知っているのかも」

　薫は笑う。日本酒の杯を口にしながら。

「わたしは知ってるけどね。福本の家は里の長の血筋だし。——でね、実は福本家には、かつてドイツの娘が嫁いできてるのよ。その娘のドイツの実家には、はるか昔に、日本から渡ってきたお姫様が先祖にいるらしいって言い伝えがあったそうなの。長いこと秘密にされていたことだったみたいで、そのせいもあってか、くわしいことはよくわからなくて。お姫様の名前さえ、わからなくなってて。でも、そのドイツの娘は日本という国に子どものころからロマンチックな興味を持っていたわけ。そして海外に留学していた、福本の家の先祖と出会って恋に落ち、勇んで日本に嫁いできたの。故郷に帰るみたいだっていったとか。

で、福本の家には、この話も語り伝えられてるって訳」

鳴海は焼き鳥をくわえたまま、大きくまばたきをした。

「へええ。不思議。——ねえ、その昔のお姫様が鞠姫様かどうか、調べてみたの？」

「こういうことは、調べるとつまらなくなっちゃうから。魔法が逃げるっていうのかな」

「わかるような、わからないような」

鳴海は笑う。

薫も笑い、そして言葉を継いだ。

「魔法はね、存在するんだな、と思ったの。ほんとうには、神様も天使も、星を地上に降らせなかったのかも知れない。でもね、優しいひとたちの手が、地上に星を灯したんだなって。

そういうの、素敵だな、って思ったの。

わたしは、自分が桜野町の、この里のものの末裔だってことが気に入っててね。

――そして、もしかしたら鞠姫の血を継ぐものだとしたら、里に帰らなきゃって、ずっと思ってたの。

いつか、里のひとたちのために、良い贈り物を携えて帰らなきゃって」

鳴海は、気持ちよく酔いながら、イワナの塩焼きをつつき、ほろ苦い味を堪能し、そして、窓越しの夜空を見た。雪雲の間から、ちかちかと、星の光が見えるような気がする。気のせいかも知れないけれど。

でももし、ほんとうには見えなかったとしても、空には星がある。

変わらず光を地上へと投げかけているのだな、と思った。

小さな無数の灯火で地上を照らすように。

# 番外編　雪猫

子猫のアリスのお気に入りの人間、月原一整が風邪を引いて寝込んだのは、春なのに妙に冷え込んだ、ある日のことだった。

働くことが大好きみたいな人間なのに、めまいがぐるぐるするそうで、どうしても立っていられなくて、お店を休んだ。一整がアリスのいる本屋さんで働くようになって、そんなふうに休んだのは、その日が初めてだった。

満開の桜の花に、雪が降り積もり、アリスはあたたかい家の中からそのようすを不思議な思いで見ていた。まだ子猫のアリスには、雪も桜も、そのどちらもが一緒にあるようすも珍しい。ついでにいうなら、一整が寝込んでいるのを見るのも珍しかった。

「一整さん、桜風堂のためにいっしょうけんめいだったもの。がんばりすぎて、疲れちゃったんじゃないのかな」

透が心配そうにつぶやいて、アリスの小さな頭をなでた。

アリスは雪が積もる庭を、急ぎ足で駆け抜けて（だって寒いから。小さな足が凍りそうになるからだ）、ときどき離れの部屋にようすを見に行った。一整がそこに布団を敷いてひとりで寝ているからだった。

閉まっているガラス戸の前で鳴くと、少しして一整が起きあがる気配がして、開けてくれた。

「お見舞いにきてくれたのかい？　ありがとう」

寝間着姿の一整は吹き込む雪混じりの風にひゃあ寒い、と笑って身を縮め、咳き込みながら布団に戻ると、「おいで」と掛け布団を開けてアリスを中に入れてくれた。

布団の中はあたたかい。ちょっといつもより暑いのは一整に熱があるからだろう。氷みたいに冷えていたからだがすぐにあたたかくなって、自然とのどがごろごろ鳴った。懐かしいなあ、と一整がいう声が、布団越しに聞こえた。

「……昔ね、子どもの頃、きみみたいな三毛の子猫と一日だけ一緒に寝たことがあるんだ。子猫は痩せていて寒そうでね。ぼくもそのとき寒かったし寂しかったんだけど、一緒に寝たらあたたかかった。……すごく幸せな気持ちになったんだ。ずっと一緒にいたかったんだけど――」

どこにいったのかなあ、あの猫。そうつぶやいて、一整は眠ってしまった。

いつもよりもおしゃべりな感じだった。とても熱が高いみたいで、アリスは心配になり、布団から這いだした。

透を呼びにいこうかと首を傾げたとき、驚いた。

いつのまにか、知らない子猫が部屋にいたのだ。

小さな三毛猫だった。ちょっとだけアリスに似ていた。

誰もガラス戸を開けていないのに、その子猫は一整の枕元に座っていて、じっとその顔を見下ろしていた。そちらからひんやりと冷たい風を感じた。

そして子猫は眠る一整の額に前足を触れ、そっと寄りかかるようにした。

そうして優しく額を舐めた。いつまでも舐め続けた。

舐めるうちに、少しずつ、猫の姿はうっすらと消えていった。雪や氷が溶けるように。そして代わりに少しずつ、一整の火照っていた顔色や速かった呼吸は穏やかなものになり、やがて静かな寝息が鼻から漏れた。

謎の子猫は、やがて、ひやりとした一筋の風になって消えていったけれど、いなくなる前に一瞬だけ、アリスの方を見た。笑っていた。寂しそうな、うれしそうな、そんなひげの上げ方だった。

アリスはいなくなった猫の代わりに、一整の顔を舐めてあげた。

一整は何か楽しい夢を見ているのか、口元が微笑んでいた。

窓の外には、白い雪と桜の花びらが、ちらちらと降りしきっていた。

おしまい

# あとがき

この本、『星をつなぐ手』は、同じくＰＨＰ研究所から二〇一六年秋に刊行された、『桜風堂ものがたり』の続編となります。『桜風堂ものがたり』は、勤めていた街中の書店を不幸な事件から離れざるを得なかった書店員の若者・月原一整が、縁あって、古く小さな地方の書店の後継者となることを決意するまでの物語でした。

今回の本は、その後の物語となります。そして、月原一整と桜風堂書店の物語としては、おそらくこの本が完結編となると思います。——一巻こと、『桜風堂ものがたり』が、本屋大賞二〇一七で五位をいただくなど、おかげさまで好評な物語になりましたので、著者としては（おそらくは、版元であるＰＨＰ研究所さんとしても）月原一整の物語をまだ完結させるつもりは無かったのですが、最終章の辺りを完成させていたときに、「ああこれはもう、お話としてまとまってしまう」と気づいたのでした。

たまにそういう物語があります。登場人物たちが自らの手で、綺麗に幕を引いてしまい、「そしてみんないつまでも幸せに暮らしました」というナレーションが耳に聞こえてくるような。

ところで――。『桜風堂ものがたり』で、とある本が登場人物たちの手によって、劇的に売れてゆく、という逸話(いつわ)を書きました。売れてゆくに至る、ひとつひとつの出来事は、実在の書店でもありえたり、実際に行われていることでしたので、こんな風にしてベストセラーへの道を歩む本があってもおかしくないよなあ、と思いながら書いていました。それでも文章にしてみると、現実感がないというのか、ファンタジーのような流れに書けてしまったのですが――。

『桜風堂ものがたり』が刊行されたあとの出来事なのですが、盛岡の書店、さわや書店フェザン店が仕掛けた、『文庫X』なる謎の文庫本が大当たりして、全国の書店で展開される、大ベストセラーになっていったことを記憶されている方も多いかと思います。同店の書店員（当時）、長江貴士(ながえたかし)さんが見出した一冊の本を、お客様に先入観なく手にして貰(もら)うために、あえてタイトルと表紙絵を隠しました、という内容のメッセージを記したオリジナルのカバーを掛けて売られた、あの本です。

この本をあなたに読んで欲しい、と身もだえするような切実さで訴えかけてくるメッセージ付きの『文庫X』は、まずさわや書店フェザン店で当然のように売れてゆきました。タイトルも中味もわからない文庫本なのにそうなったのは、さわや書店が、お客様からの信頼の厚い書店だったこと、また、なんだか面白そうだ、というノリで本に手を出すような、知的なゆとりのある客層を持つ書店だった、ということが大きかったのだろうと思います。この本が売れていく様子を、この時期ちょうどTwitter(ツイッター)で見ていたのですが、さわや書店を「お客様」として普段から支持しているアカウントの皆さんのお店への思いと信頼、活字を愛する心は、いろんな発言からたやすくうかがうことができました。

書店の側が、「仕掛ける」といっても、それに呼応し、ともに盛り上がる「お客様」がいない限り、本は売れません。あの「お客様」たちの支持と応援もまた、奇跡を起こすには大切な力で、あの書店はそれだけの客層に恵まれたお店だったんですね。そして、さわや書店は、自らその客層を育てようとすることでも、有名な書店なのでした。——このさわや書店、そして『文庫X』に関しては、各出版社から当事者(さわや書店の関係者のみなさま)による興味深い本が、数冊、刊行されています。それぞれに面白いので、未読の方はぜひ。

『文庫X』は、あとになって新聞やテレビなどの旧来のメディアにとりあげられるようになりましたが、初期はTwitterでの盛り上がりからスタートしてゆきました。あの企画に触れ、共鳴した全国の書店員のみなさんが自店での発売を始め、いくつかのお店ではオリジナルのカバーを作ったりもして話題を集め、やがて全国的なヒット作になっていった、その流れをリアルタイムで見ていたので、お祭りに立ち会うような楽しさがあったのを覚えています。

それが自分の本でなくても、売れている本の話は楽しいですし、ひとりの書店員の思いからスタートした企画が、その企画をよしとした大勢の人々の共鳴で広がってゆく、というのは、映画のようにドラマチックな、素敵な事件だと思いました。出版業界、明るい話題がなかなか無いですから、たまにはこんな出来事があるのっていいことだなと日々思っていました。

それで、その頃、わたしはこの『文庫X』事件がもっと前に起きた出来事だったならば、と、悔しかったのでした。そうしたら、『桜風堂ものがたり』の中で、取り上げたかったのに、と。

起こりうる奇跡、明るい可能性の例として、あの本の中で、紹介したかった、と。もしそこに一冊の本があり、その本を素晴らしい、読んで欲しいと願う書店員がいれば、こんな奇跡も起こりうる――そのひとつの例として、話題にしたかったのでした。

ところで、カバーをアレンジすることによってヒット作を創り出す、という例ですと、実は同時期に栃木の書店、うさぎやが、『あずかりやさん』（大山淳子　ポプラ文庫）にお店オリジナルの柔らかい雰囲気のカバーを掛けることで、お客様の目を引き、売れる本にした、という出来事がありました。このオリジナルのカバーが新聞やTwitterで紹介されることによって、全国の書店に波及し、それぞれの店で売れる本になり、今も売れ続けています。

　このうさぎやのお話も、ほんとうは『桜風堂ものがたり』で紹介したかったのでした。

　書店が話題になるとき、どうしても暗いニュースが目につきます。でも、まだなんとかできるのではないか、この本はもっと売れるはずだ、と、頑張っているお店もあるのです。


　さて、『星をつなぐ手』は、続編といいつつ、実は『桜風堂ものがたり』を書いたときにすでに用意してあった逸話をメインに使っています。後半の廃校でのサイン会の辺りですね。『桜風堂ものがたり』の序盤で三毛猫のアリスが廃校にいたのは、いずれあの場所を舞台として使おうと思っていたからでした。『桜風堂ものがたり』ラストでサイン会まで書きたかったんですが、あのときは枚数と時間が足りなかったのでした。

　結果的に、当初考えていた物語を枚数を増やした上で二冊にわけて刊行することになったようなものですが、これがこの物語にはちょうどいい長さであり、かたちだったのかな、と思っています。物語をあるべき姿に完成させることができた、その幸運に感謝しています。

二冊になったことで、複数の新しい登場人物の誕生もありました。

その中で、音楽喫茶風猫の店主であり、元編集者の藤森章太郎、通称風猫さんには、モデルがいます。書店関係のことに知識を持つブロガーであり、ライターとして有名な、空犬太郎さんです。

空犬さんのお子さんが拙著がお好きだということがきっかけで出会い、主にTwitterでやりとりさせていただいているのですが、本と音楽、出版業界（そしてSFと特撮）に関する深い愛情と知識がうかがえるツイートはいつも素敵で、心から尊敬しています。

今回、『星をつなぐ手』は、空犬さんの関わられた名著『本屋図鑑』『本屋会議』（ともに夏葉社）の二冊を思い返しながら書いていたこともあり、実際に取材してお話もうかがったのですが（そして、作品の構成について相談し、教えを受けたりもしました。ありがとうございます）、せっかくですので、と、発想のモデルにした登場人物を描かせていただきました。物語のミッシングリンク的に、必要な人物がいて、そこにちょうど嵌まったのでした。

最後になりましたが、今回も校正と校閲の鷗来堂さんにはお世話になりました。たくさん助けていただいて、感謝ばかりです。組版のエヴリ・シンクさんにも大変お世話になりました。

美しく、荘厳でもある表紙絵をいただけた、げみさん、今回もありがとうございました。今回も最高に素敵な表紙にしあげてくださった、岡本歌織さん（next door design）、ありがとうございます。

また、今回の本は、ごく個人的な理由から原稿が遅れ、担当編集者の横田充信さんには、さまざまなフォローをいただきました。本がこうして無事に出ることができたのは、横田さんのおかげだと思っています。ありがとうございました。

最後の最後に。ひとつだけ、ほんとうに個人的なことを書かせてください。

原稿の完成を待つようにして、頑張って生きてくれていた、我が家の猫を見送りました。世界中のどこにでもいるような、一匹の猫に過ぎませんでしたが、わたしにはかわいい世界一の猫でした。たくさんのことを教えてくれ、たくさんのものを与えてくれた猫でした。最後にひとつ、この本の中で、いちばん大切な言葉を書かせてくれたのも、彼女だったのだと思っています。

こうして本ができあがってみると、彼女を亡くしたことで物語の最後のピースが嵌まったようでもあり、そう思うと、きらきらした小さな光が本のページの中に灯(とも)っているような気もするのです。そんなふうにして、小さな猫の命も永遠に連なっていくのかな、と。

さて、『星をつなぐ手　桜風堂ものがたり』、こうして完成いたしました。月原一整と、書店員・書店人たちの物語、楽しんでいただけましたでしょうか。

なお、登場する星野百貨店ですが、『百貨の魔法』（ポプラ社）が、その百貨店の物語です。いわば、桜風堂書店の物語二冊の姉妹編のような立ち位置の本でありますので、ご縁がありましたら、手にしていただけますと幸いです。

二〇一八年七月六日

静かに雨が降る夜に

村山早紀

# 文庫版のためのあとがき　それからのこと

この文庫版『星をつなぐ手』は、以前単行本の形で刊行された同タイトルの作品を文庫化したものですが、単行本の刊行時、あと少し描写をたしたかったけれど当時は余裕がなかったあちこちに手を加えたりもした、完全版になります。

また、ささやかなオマケとして、文庫版の『桜風堂ものがたり』上下巻刊行時にPHP研究所さん作成のペーパーに書き下ろした掌編(しょうへん)も添えさせていただきました。

単行本版『星をつなぐ手』をお持ちの方は、本文の読み比べなどしていただけると、ああここに手が入ってる、と気づいたり、そんな楽しみも味わっていただけるかもしれません。

さて。若き書店員、月原一整(つきはらいっせい)と桜風堂書店の物語はこの『星をつなぐ手』まででいったん完結になりますが、それはあくまで、彼と桜風堂書店の出会いと再生の物語が完結した、という意味であり、物語に登場した人々は、一整も含めて、その後もそれぞれ、人生の物語を、生きてゆきます。桜風堂と一整に関わることで、縁が生まれた人々がその縁に導かれるように未来へと進んでゆきます。

いくつかのひそかな夢や願いが叶い、成就してゆきます。

たとえば、漫画家への道を諦めつつあった来未は桜風堂書店発行のペーパーに添えた、エッセイ風の四コマ漫画がネット上で評判になったことがきっかけで漫画の世界に戻ってゆきます。新しい担当編集者は児童書業界の人物で、元編集者の風猫ゆかりの人物であり、風猫自身も常に彼女のそばにいて、よく励まし、さりげない指導も続けたのでした。

プロになった彼女の描くものは、ベストセラーにはなりえず、万人うけする作品にもなりませんでした。けれど、彼女の作品を必要とする読者にとっては、大切な宝物になり、孤独なときの友人となるような、そんな唯一無二の作品を描く漫画家になっていったのでした。

元編集者の風猫もまた、桜野町で暮らしつつ、自分の世界に戻っていったひとりです。彼はあの真冬のイベント会場で名刺交換をした、団重彦、そして担当編集者にひとつの企画を持ちかけました。一度は世界から消えようとしていた、といってもいい著者の復活と今日まで、そして未来の物語を自ら取材し、記事にしたいと申し入れたのです。

団重彦は、桜風堂書店をモデルにした作品を執筆中であり、喜んでその話に乗りました。担当編集者はリアルタイムの取材が本の刊行時に宣伝になることを予期して喜び、著者は遠からず世を去るだろう自分の想いが取材を通して世に残ることを喜びました。

団重彦の著した、書店と書店員の物語は、刊行後、ベストセラーになり、大きな賞も受賞し、やがてロングセラーとなってゆきました。ヒット作『四月の魚(ポワソンダブリル)』よりも多くのひとに愛され、未来に残る本となりました。

そして、風猫がまとめていた記事は、本の刊行後、彼のブログで連載の形で更新されていたのですが、星野(ほしの)百貨店の広報部から書籍化の話が持ちかけられます。

星野百貨店には、地下に本を印刷し、製本するための古い機械がそろっています。元は戦後、百貨店が風早(かざはや)の地に建ったとき、いずれ自らが本を出版したいと、特に銀河堂(ぎんがどう)書店のいまは亡き創業者が夢見て用意したものでした。

風猫は快諾(かいだく)しました。自らの手で、理想どおりの美しく完璧な本を編みました。やがてその本は静かに話題になり、風猫はその仕事をきっかけに、星野百貨店広報部編集の本を手がけるようになっていったのでした。

彼が手がける本の数々は、一冊一冊のレベルが高く、世に残るべき本として、本を愛する人々に求められました。書店や図書館の棚の片隅に、大切にそっと置かれる本となりました。

書店員渚砂は、その後、父親をなくしたことがきっかけで自暴自棄になり、銀河堂書店を辞めて海外をあてもなくさすらいますが、旅の果て、自分が本と書店をいかに求め愛しているかに気づき、日本に戻ることにします。花束を手に空港まで迎えに行ったのが、蓬野であり、それをきっかけに、ふたりは結婚することになります。そこからまた紆余曲折あるのですが——それはまた別の物語です。ただ彼らは、晩年、とても幸せに暮らしました。

さて、我らが主人公、月原一整は、卯佐美苑絵を妻に迎え、二人の間にはやがて本好きな子どもたちも生まれました。桜風堂店主として、また桜野町の若い世代の住民のひとりとして、時に悩み、試行錯誤もしながら、人々と手を取り合って、生きてゆくこととなります。

苑絵は書店の仕事を手伝いつつ、のちに国際的な絵本画家としての道を歩んでゆくのですが、その絵の中には、常に、住人たちに愛される古い書店と、桜野町ののどかな風景、笑顔の家族たちの姿が描かれることとなります。

銀河堂書店は風早駅前の星野百貨店の中で、変わらず、しかし時代に合わせていくらかは変容しつつ、したたかに商いを続けます。

　母体である、星野百貨店とともに。

　それは星野百貨店の創業者たちが、遠い日、焼け跡に、この地に在り続けることを使命として開業した、その祈りの通りに。

　ひとの願いと祈りは、年月を経て受け継がれてゆくうちに、奇跡となり、魔法となってゆくのでしょう。

　たくさんの叶わなかった夢と、叶えてあげたかったと呻吟する想いを土壌として、涙の雨に打たれ、そこに咲く美しい花のように。

　知らないひとにはただ幸福で夢のように思える、お伽話のように。


　最後になりましたが、楽しく、そしてひたすら懐かしい解説をいただいた、柳下博幸さん、ありがとうございました。解説を拝読して、これまでの日々が思い出され、幾度も涙ぐみ、胸が熱くなりました。

　わたしはパソコンの前で、柳下さんはお店の棚の前で。立つ場所は違いますが、これからもずっと本のそばで、ともに戦い、生きてゆきましょう。

　素晴らしい表紙を描いていただいた、げみさん。幸せそうな一整くんをありがとうございました。クリスマスの彼と桜風堂が見られて良かったです。装幀の岡本歌織さん（next door design）。今回も美しい本にしていただいて、感謝です。

ずっとお世話になっている校正と校閲の鷗来堂さん。今回も旅の友のように、本が出来るまでの日々を一緒にいてくださってありがとうございました。

読者の皆様、応援してくださっている全国の書店員の皆様と、図書館関係の皆様、いつもありがとうございます。いつもいつも心から感謝しています。

最後に、担当編集者、ＰＨＰ研究所の横田充信さん。お世話になりました。一整くんとともに美しい山道を行くような、長くて晴れやかな旅路だったなあと、いまは噛（か）みしめています。

二〇二〇年八月三十一日

一日も早く、コロナが落ち着きますように、と、何よりもそれを願いつつ
二歳になった四代目の猫とともに。

村山早紀

# 解説

柳下博幸(やぎしたひろゆき)

「村山早紀先生だけど、知ってる?」

仲の良い書店員さんからそう聞かれたとき、恥ずかしながら先生の作品を読んだことがなかったので「その日は用事が」といって先生が参加される会食を失礼ながらお断りしたことがある。あれはいつだったろうか、かなり昔の話。

今ではこんなに仲良しなのに。きっかけはTwitter(ツイッター)。食わず嫌いだった村山早紀作品を試しに手に取り、作ったPOPをTwitterにアップした。『カフェかもめ亭猫たちのいる時間』、これをきっかけに先生との交流が始まったと記憶している。それがめぐりめぐって本作の解説まで依頼していただくように。

ウチの奥さんがよく言うのが「どうして村山先生はこんなに良くしてくれるのかな」。本当だよ。いつか本人に聞いてみたい。でもきっと先生はみんなに優しいんだと思う。作品を愛し応援してくれる読者や本にかかわる全ての人に優しい。

たとえるなら、嫌な感情が流れ込んで墨を垂らしたように濁ってしまった心の泉。その泉は決して元の真水に戻ることはないけれど、村山作品を読めばきっと浄化されるのだと。

本作『星をつなぐ手～桜風堂ものがたり～』は本屋大賞にノミネートされた前作『桜風堂ものがたり』待望の続編にして完結編。

冒頭の序章「白百合の花」。元アイドルで国民的女優でもある柏葉鳴海が若かりし頃、最初に依頼されたエッセイを書く際に思った「毎週原稿を書いていったら、文章の勉強になるかも知れない。ものを考える癖だってつくかも知れない。わからないことを調べながら書いたら、世の中のことにも詳しくなれるかも」。そうして始めた文筆業の心得。むしろ今の僕が読むべき心得。再読して刺さった。

「感謝の思いや、嬉しかったこと、大切に思っていることは、言葉にして伝えておこう。そうすれば、いつか言葉は魔法になり、自分が大切にしている何かを守り、幸せにするかもしれないから」。そんな彼女が憂う桜風堂書店の未来。書店という業態が抱える閉塞感。序章から作品世界に引き込まれる。これは、そんな魔法の物語。

一整が立ち向かう世界は「配本」だったり「選書」だったり「ブックカフェ」だったり。そこには冒険も魔物も出てこない、地に足のついた、しかし先の見えない世界で懸命に彼は模索する。

そんな彼を前作から引き続いた面々が支え応援してくれる。銀河堂書店の仲間たち。小さな町の住人。作家さんに編集者。夢破れた若者に夢をあきらめない大人たち。その誰もが優しく温かい手でつながってゆく。これは一整の挫折と再生の物語。村山早紀先生が俯瞰と凝視の視点で丹念にシビアに汲み取り、映し出す。それがリアルだからこそ読者それぞれが思い描いた書店として生き生きと反映される。誰もが誰かの為に手を差し伸べている。本と人。そのつながりをいつまでも大切にしたいから。

その理想は幻想なのかもしれないが架空の絵空事ではないはず。だから今も僕はレジに立っている。村山早紀の作品世界を皆さんに届ける為に。

僕自身も書店員になってからかれこれ三十一年目を迎えようとしています。どのお店でもその時々でそれぞれ必死にもがき続け、その場所で作り上げ築いてきた繋がりのおかげもあってなんとか辿りついた現在があります。

その繋がりには大きく村山早紀先生との係わりがあり、特にこの「桜風堂ものがたり」シリーズの存在こそが、僕がここまで書店員を続けてこられた原動力となっている重要な作品なのです。その大事なシリーズの文庫版の解説を書かせていただけるという奇跡。そこに到るまでの軌跡を村山先生とのエピソードと共に記し、解説とさせていただきます。

「あ、この表紙は、『桜風堂ものがたり』。続きが出たんですか」

違う部署勤務（書店以外）のスタッフさんが事務所で『星をつなぐ手』を前に、解説の書き出しに悩んでいる僕に声を掛けてきた。

その時点で既に『星をつなぐ手』単行本の刊行から二年も経っているんですよ！とか、その文庫版の解説を目の前のおじさんが今から書くんですよ！　なんてヤボなことを言い立てるよりも、彼女が『桜風堂ものがたり』を知ってくれていたことに素直に感動しました。

しかし彼女がそのあとで言ったのが、

「息子がお母さん面白かったから読んで！って『桜風堂ものがたり』を持ってきたんですけれど、そのときにわたし面白くない！って言っちゃったんですよ。こんなの現実じゃないって。主人公の子にみんな優しすぎでしょ。ファンタジーじゃない。人間はもっと残酷なものなのよ！って」。

普段穏やかな彼女の闇の部分を覗いた気がして少し気後れしつつも、「でも、この作品はリアルな書店の現場を描いているんですよ。幻想は入っていますがそれはむしろ理想と言い換えてもいいかもしれません。本を愛する人の希望の書です。ちなみに僕もこの作品の中の人物のモデルなんですよ」

「えっ。……ひょっとして主人公の一整くんですか？　やだ、すみません。知らぬこととはいえ……」

否定も肯定もしない！　これもファンタジーの世界。


村山先生とは過去二回ほど、ご一緒にトークショーをさせていただきました。最初は渋谷にある大盛堂書店さんでの『桜風堂ものがたり』発売記念トークショー。こちらでは僭越ながら第二部で先生のお相手を務めさせていただきました。

冒頭は村山先生と大盛堂の山本さんによる『桜風堂ものがたり』のあらすじ紹介。

五十名強の村山先生のファンの濃密な空間（※今はまだ距離を取らなければいけない状況ですが、いつの日か、あの濃厚な空間にまた出会えますように）。

実は、作中の銀河堂書店店長柳田六朗太のモデルになった人が実在するんですという、司会の山本さんの振りにより柳下登壇。

山本さん「店長として、主人公の月原一整君から『辞めたい』との相談を直接受けたら、どう話します？」

柳下「うーん……そこは一整の決断を応援すると思うよ」

村山先生「そんなこと、柳田店長に聞かないで？」

この村山先生の言葉、素敵だった。

主人公、月原一整にシンクロして、そんなこと、恥ずかしいし、店長を困らせるからと。

まさに先生の心から月原一整が飛び出した瞬間。先生は、全登場人物に魂を吹き込んでいるんだと。

村山先生「書店は作家が魂を込めた作品をお客さんに届ける大切な場所。魂を交流させる場所＝書店だから、今回の作品は、自分自身、書店さんで働いたこともないので、その分、物語をすごく丁寧に書いた」とのお話。

先生がどれだけ、書店を大切にされているか、そして、そこで働く人たちが好きかというのが、言葉のはしばしから伝わってきました。

途中ゲラの段階で読ませていただいた本の感想を先生にＤＭ（ダイレクトメッセージ）で送っていたのですが、そのときの感想を早紀先生が壇上で読み上げたので思わず「先生、ＤＭの意味わかっています？」と言ってしまいました。終始笑顔が絶えない私の初舞台でした。

最後に村山先生から「これから書く予定の桜風堂の続編の話とこの本を多くの人に読んでもらいたいと、切に願い、祈っています」とのお言葉をいただき終幕。

二回目はそれから二年後。以前在籍したお店で『星をつなぐ手』単行本発売記念トークショーを開催させていただいたお話を。

当日は台風の影響で開催が危ぶまれた中、続々と集まってくれた熱心な村山早紀ファンの前で空犬（そらいぬ）さん（『桜風堂ものがたり』文庫版の解説者。作中では音楽喫茶・風猫（かぜねこ）の店主として登場）と台本なしの一発勝負。

先生からの無茶振り連発で緊張感溢れる楽しいイベントを行うことができました。

打ち上げと言う名の反省会で判明したのが、実は「今回は神奈川県で行う最初の村山早紀サイン会」だったこと。大々的に打ち出すべきだったと猛省したのを今でも悔やんでいます。その後ＳＮＳで先生から連絡があり、

村山先生「お客様、みんな楽しそうで、完璧で繊細でばっちりなイベントになりましたね。全体の構成、すごくよかったと思います。ドラマチックで。お客様の呼吸まで合ってましたね。そして、わたしの無茶振りに答えてくださる、柳下さんと空犬さん、大好きです。あの朗読を聞けたお客様たちは、超ラッキーでしたね♪」

会場ではそれまでに作成した村山作品のＰＯＰ（桜風堂書店の看板・立体化表紙・フリーペーパー等々）展示も好評で、どの参加者も幸せな時間を過ごせたのではないかと自負しています。当日の詳細はあの場所にいた幸せな皆様だけの思い出として大事にしまっておきますが。缶バッジ当選された方！　今でも大事に持ってくれていますか？　いつかまたトークショーをできればいいなと思います。

昨年、長く勤めた書店を退職し東京の本屋さんで働くことになりました。片道二時間、バスと電車に揺られて通う生活。それに加え新しい職場で不安いっぱいだったときに、数多（あまた）ある書店の中から村山先生に選んでいただき、わざわざお店までサインを書きに来ていただきました。今までのように「店長」としてお迎えするわけではなくどこか肩身の狭い状況の中、ひとりのアルバイトさんが出勤してきました。

「わ！　お客様ですか？」。それまでも数回しか会話したことのなかったアルバイトさん。「作家さんにサイン本作ってもらうんだよ」。さしたる反応も期待せずに積み上げた本を指し示すとパッと表情が明るくなり「え？　村山早紀さん？　え？　わたし、小さい頃から読んでいました！」。興奮して半泣きでレジに向かい購入した『星をつなぐ手』にサインを求める彼女を、先生は「あらあらあら」と優しく受け止めてくださいました。その後彼女に「知っていれば家にある本を持ってきたのに。今度先生がいらっしゃるときはちゃんと教えてくださいよ」と抗議されてしまいました。

彼女はそのお陰か、長くアルバイトを勤めてくれてこの春、社会人として旅立ってゆきました。その後も事あるごとにお店に顔を出しては「先生の新刊入ってますか？」。いつだってとびっきりの笑顔で。

そしてこの文庫本が店頭に並ぶ頃には、僕も一整君と同じように新たな舞台に立っていることでしょう。これを書いている現在、未来はまったく見えていません。それでも明けない夜はない。商（あきな）いに終わりはない。儚（はかな）い夢を希望に変え、飽きない好奇心を保つ。

道は続く　どこまでも道は続く。

またいつかどこかの店頭で村山早紀作品を皆さんにお届けし、村山先生をお迎えできる日が来ると信じて。

（吉見書店竜南店店長代理）

この作品は二〇一八年八月に、PHP研究所より単行本として刊行されたものを文庫化したものです。
「番外編『雪猫』」は、フリーペーパー「桜風堂通信Vol.3」に収録されたものです。

この物語はフィクションであり、実在の人物・団体等とは一切関係がありません。

著者紹介
**村山早紀**（むらやま　さき）
1963年長崎県生まれ。『ちいさいえりちゃん』で毎日童話新人賞最優秀賞、第4回椋鳩十児童文学賞を受賞。
著書に『シェーラひめのぼうけん』（童心社）、『コンビニたそがれ堂』『百貨の魔法』（以上、ポプラ社）、『魔女たちは眠りを守る』（KADOKAWA）、『心にいつも猫をかかえて』（エクスナレッジ）、『アカネヒメ物語』（徳間書店）、『トロイメライ』『春の旅人』（以上、立東舎）、『かなりや荘浪漫（1）（2）』『桜風堂ものがたり（上・下）』（以上、PHP文芸文庫）などがある。
Twitter ID：@nekoko24

---

ＰＨＰ文芸文庫　星をつなぐ手
桜風堂ものがたり

---

2020年11月19日　第1版第1刷

著　者　　村　山　早　紀
発行者　　後　藤　淳　一
発行所　　株式会社ＰＨＰ研究所
東京本部　〒135-8137　江東区豊洲5-6-52
第三制作部　☎03-3520-9620（編集）
普及部　☎03-3520-9630（販売）
京都本部　〒601-8411　京都市南区西九条北ノ内町11
PHP INTERFACE　https://www.php.co.jp/
組　版　　有限会社エヴリ・シンク
印刷所　　図書印刷株式会社
製本所　　東京美術紙工協業組合

---


ISBN978-4-569-90085-8

PHP文芸文庫

# 黄金旋律

## 旅立ちの荒野

村山早紀　著

事故に遭った臨が目覚めたのは廃墟のような世界。そこで変身する少年や言葉を話す猫、そして「敵」と出会い……。感動と興奮の冒険物語。

PHP文芸文庫

# 午前0時のラジオ局

村山仁志 著

テレビからラジオ担当に異動となった新米アナウンサーの優。そこで出会った先輩の秘密とは？ 温かくてちょっぴり切ないお仕事小説。